名家散文典藏

彩插版

王泉根散文精选

王泉根　著

长江出版传媒　长江文艺出版社

图书在版编目（ＣＩＰ）数据

王泉根散文精选 / 王泉根著.-- 武汉：长江文艺
出版社，2017.12
（名家散文典藏：彩插版）
ISBN 978-7-5354-9983-7

Ⅰ.①王… Ⅱ.①王… Ⅲ.①散文集－中国－当代
Ⅳ.①I267

中国版本图书馆 CIP 数据核字(2017)第 247322 号

责任编辑：李 艳　　　　　　　　　责任校对：陈 琪
封面设计：龙 梅　　　　　　　　　责任印制：邱 莉　王光兴

出版：长江出版传媒　长江文艺出版社
地址：武汉市雄楚大街 268 号　　　邮编：430070
发行：长江文艺出版社
电话：027—87679360
http://www.cjlap.com
印刷：湖北新华印务有限公司

开本：640 毫米×970 毫米　　　1/16　　印张：16　　插页：7 页
版次：2017 年 12 月第 1 版　　　　2017 年 12 月第 1 次印刷
字数：220 千字

定价：26.00 元

读王泉根散文记略（序）

谢冕

北京是一座大城，地铁立交穿越在红墙与摩天楼之间，无尽的喧闹的缝隙里，偶尔也嵌入若干僻静的场所，这些场所，除了置身高楼丛中那些盆景似的公园，便是类似公园的那些浓荫覆盖的大学校园了。说北京有一个大的"学术气场"，此话不假。我揣摩，这些气场的核心应该是在大学校园。大学校园宛若一块块磁铁，吸引着来自全国乃至世界各地的向往者，他们在这里汇聚，碰撞出火花，从而构成了这座大城急匆匆的喧腾之外的静谧的风景——人们注意到，这就是所谓的北京的"学术气场"了。

上面的这番话，是由王泉根教授的新著引起的，这本书的大部分篇幅都围绕着北京的"学术气场"展开。他写京城里各式各样的学术研讨会，写"黑五月"（大学流行的戏谑语）里一场又一场的论文答辩会，写教授们优雅的或杂乱的客厅，写忙碌的刊物编辑部，以及写茶聚，写书市，写文人们的温情的或随意的往来。他展示的是那些有异于官场、商场或游艺场的别样的风景，篇页间散发着浅浅淡淡的书香墨韵。因为同是学界中人，活动的内容和场所大抵相近，王泉根所展示的这些场景都是我所熟悉的、所经历的，因此也是感到格外亲切的。王泉根就用这些笔墨来传达他对北京这一"气场"的深深的情感。他说：气场是一种氛围，一种精神，一种彼此激发、辩驳、切磋、对话、守望的平台与场景。它会让你想起你就是其中一份子，时刻提醒着你的身份与担当。

王泉根写的，不仅是我所经历的，更是我所想说的。我读他的文章，就像是我在北大校园的某一间客厅，某一座茶室，某一场饭局上所感受到的，也许这些就是我在燕园的林荫道旁偶遇老友，倚车晤谈而忘归的一个情景。我不把他的散文当作一般的作品来读，在我，是因为他的言谈深得我心而有如对故人——尽管他比我年轻——的感觉。王泉根写过许多书，有关于儿童文学研究的，有关于中国姓氏研究的，也有关于文学艺术的论说的，那些著述，都凝聚着作为学者的专业性，体现他精深的学养，这本书与之相通，尽管他标明是散文，但我却在这些原本长于抒情的文体中，依然看到了作为学者对于事物的观察与省思的特点。

他为这些文章融进了许多议论和辨析，从而在感性中融进了理性的成分。这造成了他的文章的一种特殊的魅力。他的这些观察与思考，总围绕着读书、写书、评书以及与书斋、课堂、讲席相关的场面而展开，言说总与文人生平逸事息息相关。这是文集中最耐人欣赏与回味的部分——尽管他的抒情文字，如"曹娥江的回忆"中的那些文字，也都饱含着温情与暖意，但相较而言，我似乎更喜欢他的这些与他现今的工作环境紧密联系的随笔，从隐秘的愿望说，特别看重他的文字中流露出来的"书斋趣味"，那些书面的和口头的逸闻趣事，那些咖啡厅和茶座上香气氤氲中的奇思异想，阅读在此时成了一场欢愉的精神盛宴。

他以他所生活、工作的校园为核心，写自己的所思所想，有的是他亲身闻见，有的是他阅读心得，有的则是场内场外的闲谈偶拾，纵横交错，终成美文。大抵总以校园、学界、文友、读书诸项为核心，总体而言，一般都是围绕着一个"文"字而展开，这是他与众不同之处。他写了许多学界前辈的印象记，有的是他直接接触，是第一手印象，有的则是间接获得。文集中的许多前辈学人：冯友兰、郑逸梅、钱锺书、季羡林、陈伯吹、吴宓等等，其中尤以写吴宓先生的居多，就我读到的至少已有五六篇，可见他对吴先生的景仰之情。其中的《谁是中国最博雅的教授》一文，以众学者品茗清谈论学，以"公推"吴宓为"中国最博雅汇通的教授"为题旨。

王泉根的随笔，传达的不仅是情感，更有一种与学问相关的理念。推崇吴宓即是一例。他有感于今日学界与往哲之间的差距，引前人以为今人之鉴，这是他用意所在，前面举的关于吴宓的言谈即是。在论述中，他无意间发挥了他治学研究的习惯，综合归纳吴先生治学的若干特点，由此指明不同学者在"会通与专业""志业与职业""有我与无我"等方面表现出来的差距。他在标举吴宓治学的"有我"境界之后，历数当下一些学者治学"无我"的弊端，指出："无我是一种自卑与失落。由于缺乏自信，对自己的言说不敢负责，因而无我者的笔下往往貌似惊人，实质满纸虚空：或堆砌术语，新名词新概念轰炸，借以张目（其实连他自己也没搞懂）；或拉出几位洋人，罗列若干伪注，借以唬人……"他总是有所为而发。

由此可以看出王泉根的为文之道，他不事空谈，往往在看似碎笔闲墨中遥有所指，必以针砭时弊为旨归。他关心的是文脉的传承与发扬，或以古喻今，或发微杜渐，总是让人在轻松随意的谈论中，感受到为学、为文、为人的道理。当然，因为他"重理"，难免"轻情"，除了那些抒写曹娥江以及父亲等文字外，大抵也还是偏重学术和教育的凝重的话题，这些话题是我所感到兴趣和亲切的——因为我们都是同一业界中人，从事的职业相同，经常念想的也总是如此这般。但换位想象一般的读者，那感受也许会有不同，也许会因之感到隔膜和陌生。

　　不过，我要强调的是，对于像我这样的读者，我是非常地欣赏和喜悦的。那些熟悉的会场和课堂，那些熟悉的、热烈的、冷静的，甚至是尖锐的交谈和驳难，还有那些香气氤氲的咖啡座，觥筹交加的诗酒酣畅，那些岁月中的聚会，那些无所不在的充满自由精神的宽广的"气场"，总是这般地令人难忘和神往。

2015 年 5 月 4 日于北京大学中文系

名家散文典藏 王泉根 散文精选

目录

◆ 第一辑　人事有代谢(人事) ◆

◆ 第二辑　往来成古今（阅读）◆

第三辑 江山留胜迹(行走)

◆ 第四辑　我辈复登临(神思) ◆

第一辑　人事有代谢（人事）

每每见到今天的小朋友，小小年纪就背着沉重的大书包，天刚亮就赶去上学，双休日、寒暑假还有上不完的补习班、培训班，一脸"辛酸苦辣"，心里不免深为怜悯同情，又不免情不自禁地回想起当年吾辈的儿时与读书，忍不住冒出一句："这世道究竟怎么了？"

我是在浙东绍兴市上虞区曹娥江边的一个小镇、东汉哲学家王充的故乡——章镇出生长大的。在我儿时的学校生活中，除了读书，还有永远玩不完的游戏，最使童年欣然的是，大人与老师从来不会"横加干涉"。小时候的游戏完全是孩子们自己的天地，有一套孩子们自己的"游戏规则"，游戏方式随年岁增大逐步转变。

一、瞪大眼睛喂蚂蚁

那年代，几乎全中国的乡镇小朋友最初的游戏都玩过"喂蚂蚁"——往往是三五个小朋友一起，将打死的苍蝇摆放在蚂蚁进出的墙脚洞口或蚂蚁经过的路上，待蚂蚁来搬运。先是有一只蚂蚁发现了收获，于是兴冲冲进洞去通报。过不多久，就有一只大头蚂蚁头带着众将官一个跟一个浩浩荡荡排着整齐的队伍开将过来，一到现场，拉的拉，推的推，场面分外热闹，将胜利成果搬运回去。临走前，常常会有三五只蚂蚁再在现场四周巡视一番，看有没有遗漏的收获。

　　我们有时故意在相距不远的地方再摆上一只苍蝇，于是侦察兵大喜，赶紧前去追赶队伍，那蚂蚁队伍立马兵分二路，一路继续搬运，另一路掉过头来随侦察兵急匆匆再去搬运新的成果。于是，我们一边瞪大眼睛看蚂蚁搬食，一边抑扬顿挫地唱着儿歌："焦蟥蚁婆婆喂，剪刀卜刀带得来，草杠柴绳背得来，桥头有块精致肉哇，拨侬驮驮起，拨侬扛扛起。"

　　全中国小朋友的游戏大致是相通的，我的几位弟弟是在重庆出生长大的，我到重庆，问起弟弟们小时候的游戏，弟弟们告诉我也有一样开心乐事是看蚂蚁搬食。不过重庆称蚂蚁为"黄斯妈妈"，于是重庆小朋友唱的儿歌就变成了："黄斯黄斯妈妈，请你家公家婆来吃脑脑，坐的坐着轿轿，骑的骑着马马。大的小的都要来，吹吹打打一起来……"

　　有意思的是，玩蚂蚁的游戏不但南方有，北方孩子也一样喜欢，不过玩法有点不同。我在《旧时儿戏》与《老儿戏》两书中都读到了玩蚂蚁的游戏，北方孩子的玩法是"圈蚂蚁"："发现一只掉队的蚂蚁，走走停停，犹犹豫豫地寻找回家的路。几个小男孩围住它，准备给它开个玩笑，一个小男孩掏出樟脑丸，在它的四周画几个圈，犯了迷糊，可怜的小东西闻到那气味，晕晕乎乎，出不去了，原地打转，小孩子十分开心。"这时如果用火柴棍搭一个天桥，蚂蚁就会爬上天桥，逃出迷宫。

　　《旧时儿戏》文图并茂，以图为主体，绘画的是著名画家华川。这本书由天津古籍出版社 1999 年出版，介绍了 218 种北京、天津、河北一带儿童的游戏，我一直珍藏着。

　　小时候常玩的还有一种游戏是"杀猪"：搬来一条长板凳，让一个小朋友仰天躺在上面，算作是一条将杀的猪。于是众小友一一上去，一边将手比画着杀猪，一边口中念念有词："GO，一刀，猪头杀落哉！GO，一刀，猪肚皮剖开哉！GO，一刀，猪腿砍断哉！"有时如果是小女孩当猪，那杀猪的场面就有点"变味"，有的坏小孩故意在小女孩的裤裆处杀几刀，狡猾地笑笑，说："GO，一刀，猪卵泡割落哉！"于是当猪的小女孩就不干了，跳起来边哭边骂。

再一种游戏叫"朝官巡美"。小玩伴四人，围坐地上，或围坐一桌，先在 4 张小纸片上各写"朝""官""巡""美"4 字，揉成团，抛团落地，每人捡取一个，背着人展开纸团看字。

游戏规则是：如果捡到的是"巡"，他就要亮明身份："我是巡。""巡"就是巡警、侦探，他要很快侦破在座的另三位谁是"美"（美人），想好后，指认一人。猜对了，"巡"就赢了，猜错则输。这时由"官"宣判，罚打多少下手板心。执行者是"朝"，"朝"最实惠，权力最大，如"巡"猜对了，"朝"就打"美"，猜错了则打"巡"。执刑完毕，再抛纸团开始下一轮游戏。小玩伴之间当然不会真打手板心，只是高高举起轻轻放下，如果输的是小女孩，那更不会打了，只是用手指在她的手板心上扣痒痒。

还有一种冬天玩的游戏，叫"轧污渣"。冬天天寒地冻，小朋友穿着棉衣棉裤，戴着棉帽手套，一个个像大胖子。当冬天的暖阳照在山墙上时，男女小朋友就挨着墙根挤在一起，分为左右两队，大家用力往中间挤，一边使劲挤，一边大声喊："嗨唷唷，轧污渣!"因为穿得臃肿，中间的小朋友很容易被一个个挤出来，就像大便被挤了出来，所以叫"轧污渣"（绍兴方言粪便叫"污"）。这一游戏的名字有点不雅，但小朋友玩得最开心，冬天大家贴着墙根，你挤我我挤你，抱团取暖，常常玩得额头冒汗，笑声不断。

还有，在月光下种南瓜、捉迷藏……

以上这些游戏，大多是在幼儿时期及小学一二年级阶段玩的。

二、"踢脚班班"唱儿歌

幼儿与童年时期的游戏自然少不了儿歌童谣，当年那些伴我游戏、陪我成长的绍兴方言儿歌，至今依然鲜活生趣，难以忘怀。

最难忘的游戏儿歌叫《踢脚班班》。小朋友数人，排排坐在台门口的石级上，伸出小脚，由一人当裁判来数脚。裁判蹲在这一排小脚前，用小手一只一只数小脚，一边数，大家一边唱儿歌："踢脚班班，班过南山。南山荔枝，荔枝奥羹。新官上任，旧官请出。"

当大家唱到最后一句，裁判正好数到那只脚时，那位小朋友就得把脚缩进去，如果有小朋友连中两次，把两只脚都缩进去了，他（她）就得站起来，"旧官请出"，他（她）就出列了，于是由出列的这位小朋友来当裁判，这样一边唱一边数下去，周而复始，一直玩到兴尽另换游戏。

大概在1982年，我读到周作人写于1914年的《儿歌之研究》，里面居然有《踢脚班班》，这是我第一次见到儿时故乡的游戏儿歌用文字表述出来，大有"如逢故人"之兴奋，可见这一游戏在绍兴一带是"古已有之"的了。

绍兴方言中有很多"土"得根本无法用现代汉语表达的读音，儿歌童谣中的音韵自然更难找到对应的文字。我之爱读鲁迅、周作人的作品，原因之一是可以经常找到绍兴方言的现代汉语表达。但周作人是绍兴城里人，与我们相隔绍兴五六十里的上虞小镇上吟唱的《踢脚班班》略有不同，周作人记的是："铁脚班班，班过南山。南山里曲，里曲弯弯。新官上任，旧官请出。"

再后来我在胡兰成的《今生今世》一书里竟然也读到了《踢脚班班》。这位历史上有污点的胡兰成，是上虞章镇的胡村人，胡村地处上虞、嵊县（今嵊州市）交界处，中华人民共和国成立前划归嵊县。胡村距我们章镇只有十多里路，我在镇上读初中时，比我低一级的同学中就有来自胡村的胡兰娟、胡长林，他们与胡兰成是否亲戚本家就不得而知了。因胡村地属章镇，因而我更认可胡的《踢脚班班》，但胡所记与我儿时所唱也略有不同。胡记如下："踢脚班班，班过南山。南山扑碌，四龙环环。新官上任，旧官请出。"

作为民间口传文学的儿歌童谣，各地所传有所不同，这是很正常的，这是口传文学"变异性"的表现，更何况是小朋友的传唱。但章镇小朋友唱的"南山荔枝，荔枝奥羹"中的"奥羹"不知何意？我至今也不清楚。这只有用周作人的"儿歌观"来做解释了："盖儿歌重在音节，多随韵接合，义不相贯……儿童闻之，但就一二名物，涉想成趣，自感愉悦，不求会通，童谣难解，多以此故。"

20世纪90年代初，上海文艺出版社曾出版过一套"民俗、民间文学影印资料丛书",其中有一本《越谚》,我在 1990 年 10 月收到该社编辑林爱莲女士寄来的赠书,当时真可谓"如获至宝,大喜过望"!《越谚》由清末绍兴人范寅采风编撰而成,清光绪壬午(1882 年)谷应山房刊刻,上海版书末附有周作人的"跋"。

此书收录有不少从前绍兴地区的儿歌童谣,有许多都是我在儿时与小伙伴们唱过、玩过的。如《拜月亮》:"看见月亮特特拜,拜到明年有世界。世界少,杀只雕。世界多,杀只老雄鹅。"又如取笑正在哭泣的小孩:"己会哭,己会嗷,两只黄狗来抬轿。"但我们章镇小朋友唱的是:"己会哭,己会笑,两只黄狗来抬轿。抬到朱陵桥,扑煞跌了跤。"朱陵桥是我们章镇附近的一个小村庄,可见这首儿歌已很"章镇化"了。

流传最广最有名的是连锁调《一颗星》:"一颗星,隔灵灯。两颗星,加油明。油瓶漏,好炒豆。炒得三颗乌焦豆,拨隔壁姆嬷搭癞头。癞头臭,加乌豆。乌豆香,加辣姜。辣姜辣,加水獭。水獭尾巴长,加姨娘。姨娘耳朵聋,加裁缝。裁缝手脚慢,加只雁。雁会飞,加只鸡。鸡会唬,加蜒蚁。蜒蚁会爬墙,舀得小老鼠它娘。"

关于这首连锁调,胡兰成的《今生今世》也有记录,但不完整。周作人在《知堂杂诗抄》中的"儿童杂事诗卷三"中,专有一首《歌谣一》讲一颗星:"夏夜星光特地明,儿歌啁哳剧堪听。爬墙蜒蚁寻常有,踏杀绵羊出事情。"诗下有注:"儿歌《一颗星》最通行,前后趁韵,接续而成,绝无情理,而转换迅速,深惬童心。末曰,蜒蚁会爬墙,踏杀两只大绵羊。末句有各种异说,此为其雅驯者也。"周作人说得没有错。周毕竟是在绍兴城里长大的,这首《一颗星》的末句,在绍兴城里是踏杀绵羊,比起我们上虞乡镇的末句"舀得小老鼠它娘"自然要雅训多了。

关于《一颗星》还想多说两句。清代浙江钱塘人郑旭旦编纂的《天籁集》,收录有浙江儿歌 46 首。此书大约编成于清康熙初年,现存最早刊本为芝秀轩本,1862 年许之叙刻于湖南,其中第二十一首即为《一颗星》:"一颗星,挂油瓶。油瓶漏,炒黑豆。黑豆香,卖生姜。生姜辣,造宝塔。宝塔尖,戳破天。天哎天,地哎地,三拜城隍老土地。土地公公不吃荤，两个鸭子囫囵吞。"郑旭旦对此儿歌有如下评语："此篇随韵粘合，然无文理。然绝世奇文，有不必文理而妙绝千古者，此类是也。"

深涵着天籁妙音、童心天趣、浑然天成的儿歌童谣，实在是"妙绝千古"的奇文，而此类奇文用现代文体分类，往往划入"儿童文学"。然学界有鄙视儿童文学者，似乎只要一与"儿童"沾边，就是低与浅，根本不屑一顾。

但从绍兴出来的那一代文士，如鲁迅、周作人、夏丏尊、刘大白、陈鹤琴等等，甚至那位与张爱玲共写过"岁月静好，现世安稳"婚书的胡兰成，似乎都对这类"低与浅"的儿歌童谣民间语文情有独钟，他们的文字尤其是散文，往往别具一格、自有风味，有一种特别的"绍兴味"，如同绍兴的黄酒霉干菜一样，非别地可以仿造。这大概就是古人说的"文以气为主"，这气首先是地气与文脉。

三、弄堂里的射纸箭

大概从小学三四年级起，我们游戏的主流起了变化：逐渐带有了"赌博"味道，赌博的特点是刺激。当时章镇街上小伙伴最流行的"赌博游戏"有三种：射纸箭、飞牌头、打弹子。

射纸箭既是比赛，又是赌博。纸箭通常用香烟壳折成，香烟壳的纸张不但光洁，有一定的硬度，而且折出来的都是彩箭，好看。纸箭折成长条的三角形，尖角顶端还要包上一层薄薄的铁皮，这样的"铁头箭"容易射得远。

我们镇上下沙弄的小伙伴玩射箭的场地就在我家门前的长弄堂，通常是三至五六个小伙伴一起玩。先在石板地面用木炭或粉笔画一条线，算是"黄线"，射箭时不能越出此线。然后一个个依此用力射箭，一人一支。

射箭时，先要助跑，一边挥舞小胳臂，一边把箭头放在小嘴前，用力气使劲呵几下，以为这样就射得远，再用尽全力射将出去，射程大致有一二十米。射完箭后，大家赶紧跑到赛场的前头，寻找自己的箭，看谁的箭射得最远，确定第一名。第一名就赢得了"吃箭"的资格：站在纸箭落地处，将其纸箭丢到第二名的纸箭处用手一庹（丈量），如庹上，这支箭就归他了。然后再吃第二名、第三名的纸箭，直到"吃"光。如果丢箭时不注意，甩远了，小手庹不到两箭，那就失去了赢的资格，让给没有被吃掉箭的那一位。依次轮流。不过第一名丢箭时大都不会庹不到，因为小伙伴的射程通常差不多，纸箭都落在前后左右的近距离范围。

参加射箭游戏的都是男孩，因为射箭要有力气，要跑，要喊叫，而且还是一种赌博，很少有小女孩参加，她们大多是围在落箭处看热闹。射箭游戏是一种户外活动，通常是在春夏季晴天举行，暑假最热闹，往往从下午两三点钟开始，一直要玩到大人喊"吃夜饭哉"。射纸箭给小伙伴带来无穷乐趣，又跑又跳又要赢箭，一个个玩得满头大汗，脸红身脏。但赢来的纸箭一般都不作保留，既然射不远，当然不是好箭了；而且因已被折成纸箭，原来的香烟纸壳被弄得皱巴巴，连香烟纸也成了废纸，还保留它干啥。射箭高兴的是过程，尤其是丢箭吃箭时的那一种胜利者的满足和得意。

四、永远玩不够的飞牌头

第二种游戏是飞牌头。所谓"牌头"，是一种软硬适度的纸块画片，我们绍兴一带都叫作"牌头"，或叫"纸牌"。绍兴地区的牌头全是由上海厂家生产印刷的，在我儿时的心目中，那些花花绿绿的牌头实在是无价之宝，多少梦想多少幸福的感觉多少满足与期盼都在那一张张小小的牌头上。

一整版牌头大概有一整版的报纸那样大小，每一整张牌头就是一个完整的故事，正面是画，背面是简短的文字说明，如西游记、三国故事等，或是系统的知识介绍，印象最深的有各种杂技表演、兵舰类型、京剧脸谱等。一整张牌头有 60 小张，要自己用剪刀剪开，每一小张牌头大概有火柴盒那样大小，呈长方形。一分钱可以买 8 至 10 张小牌头。买卖牌头的旺季是在春节前后，那时候，放了寒假，小口袋里多少都会有一点剩余的压岁钱，压岁钱的大头通常交给大人，开学时补充学费，于是高兴地跑到小店铺去买牌头。

镇上牌头品种最多的是文具店，那是一家镇供销社开的大店，又卖图书，又卖办公用品与文具，但春节前后必定要从上海进货，向小朋友卖牌头。店里的营业员大概有三五人，干得最久、让人印象最深的店员叫陈涨潮，他能用一把锋利的弯刀，快速裁纸。文具店是全镇最大的文化用品商店，所以这里的牌头要整版卖，不一分二分地零卖。有时见到人家大人牵着孩子，去陈涨潮那里买牌头，一买就是三四版甚至十来版，那真叫人羡慕。请想一想，一整版牌头可以剪成将近一百张左右的小牌头，那是多么厚的一堆啊！

零卖牌头的通常是镇上的小摊贩，我们最常去的是下沙弄卖炒货（花生、瓜子、罗汉豆）的阿仁伯。阿仁伯的炒货店兼卖牌头，一分二分钱都买，所以阿仁伯就成了小伙伴心目中掌握牌头的大老板。我们常常会跑去问，有没有新牌头？有时买了牌头，还再买三分、五分钱的罗汉豆。阿仁伯特别喜欢我们小孩子去光顾，他做的是绝对的小生意，每天靠一分、二分、一角、二角的经营谋生。阿仁伯似乎是一个孤老头，屋里总不见有其他人。

春节期间，倘若买来新牌头，尤其是大人一高兴，允许买一整版的新牌头，闻着牌头的油墨香——我现在还能体会到那种儿时闻到牌头的香味——看着印在上面花花绿绿的人物、花鸟，那实在是一种说不出的满足与陶醉，简直成了世上最幸福的人。我那时想象不出还有什么比拥有整版新牌头更大的幸福。

牌头的玩法主要有三种，都有赌博意味。第一种是"劈牌头"：参加赌牌头的小伙伴，一般是三四人，先用木炭或粉笔在平整的石板地面画一方框，然后由一人做"庄家"，把牌头平放在方框正中，牌头的画面朝上。其他的小伙伴就轮流将手中的牌头劈下去，借助牌头落地的那一股气流，使庄家的牌头翻过来，翻过来就赢，翻不过来就输；或者不断地将庄家的牌头劈出方框。如果劈下去不小心，自己的牌头盖在庄家牌头的上面，那也算输。这种方法虽好玩，但往往劈上半天也难分输赢，所以不够刺激，但适合口袋里牌头少，也即"赌资"少的时候玩。

第二种是"飞牌头"，二人或三五人一起玩。玩法是：将牌头贴在墙上，让其飞落于地，如果你落地的牌头靠近另一位已落地的牌头，就用手去庹，伸出右手，大拇指与无名指之间的距离为一庹，能庹上，那张牌头就归你，赢了。所以庹的时候要尽量伸长拇指、无名指，小伙伴往往用力去拉手指。但庹上了还不算赢，对方可以伏在地上用力吹气，倘若将他那张牌头从你的手指压力中吹走了，那牌头就不归你，不算赢。伏地吹气是飞牌头最好看的一景，为了设法吹走自己的牌头，小伙伴总是翘起屁股，侧着脑袋，腮帮贴着地面，用足全力，从不同角度"嘘嘘……"地吹，这样，每次飞牌头回来，小脸蛋总是脏兮兮的。

真正刺激的玩牌头叫"养鱼塘"，这是牌头的第三种也是最高级的玩法，条件是口袋里装的牌头要多，也即"赌资"要多，如果不多，还没"养完"，牌头就归对方所有了。这种玩法一般也是三五位小友一起玩，很少有二人玩的，二人玩不热闹，而且二人加在一起的牌头也不会太多。

"养鱼塘"的玩法是：大家依次将牌头贴在墙上，让牌头一张一张地往地面落，谁的牌头盖住了已落地的一张，于是地上所有的牌头全归他所有，赢了。落地的牌头要盖住地上的牌头很不容易，稍微有一点风，牌头就飞开了。往往大家一张一张地往地上落牌头，越来越多，就像池塘里的鱼越养越多，满地都是牌头了，还没有被盖上，小伙伴真是紧张极了。如果这时候谁的牌头飞完了，那就自认倒霉，退出养鱼的资格，站到一边去，看谁最后能赢……

只见墙上的牌头还在一张张地落地……哇，盖上了！终于有人将牌头盖上了！于是统吃，这一地的牌头统统归他所有。那股高兴劲甭提有多痛快了，一张张地捡拾胜利果实，这是多么大的一堆牌头啊！往往有几十张，时运好时可以有上百张。小口袋一下子被牌头装鼓了。这样的好时运，我也曾碰到过，那种得意、高兴，至今依然历历在目。

因为"养鱼塘"是"大赌"，实在刺激太大，因而心理变化也大，这样偶然也会出现意想不到的事：有人赌光了不服气，站在一边满脸通红，突然趁人不备，抢走地上的牌头就跑。

"抢牌头"当然是很让人看不起的行为，如果有人有"抢牌头"的记录，那就在大家心目中上了"黑名单"，以后就不跟他玩了。我们"养鱼塘"时最怕的是另一种"抢牌头"：大家玩得正上瘾，突然闯进来几个高年级的"坏学生"，如同野猪进菜园，抢走我们满地的牌头，还挥舞拳头，威吓我们，以大欺小，实在可恶。

大概读小学四年级时的一天午后，我们四五个男生聚在镇上"沈伯良照相馆"院子里"养鱼塘"，鱼塘已养了很多塘了——每赢一次算一塘——玩兴正浓，全然忘了上学。忽然听到沈伯良先生家的自鸣钟"当"地敲了一响，呀，下午1点了，于是我们捡起地上的牌头赶紧往学校跑。跑进校门，咦，奇怪，怎么还没上课？校园里正热闹着呢。原来，还不到下午1点。后来我们才知道，沈先生家的自鸣钟每半小时就会"当"地敲一响，我们听到的那一记响声是中午12点半。

飞牌头、养鱼塘，给我的儿时带来了无穷乐趣，有时做梦还在养鱼塘，老是梦见我的牌头落地，就是盖不住。心里那个急呀，真是难以形容。一觉醒来，常常感谢：幸亏是梦，要是真的，我口袋里的牌头可就输光了。

五、打弹子与扔铁片

随着年岁慢慢长大，到了小学五六年级，镇上流行起"打弹子"的游戏。所谓弹子就是圆溜溜的玻璃珠子，里面嵌着各种色彩不一的花芯，十分好看。在我们小伙伴眼里，黑弹子最好看，因不多见，所以显得高贵、典雅，有一种贵族气。口袋里装着一把弹子——少说也有七八颗，小手一摸，滚圆溜光，骨碌碌直转，感觉真是好极了。

"打弹子"的玩法是：以小伙伴四五人为最佳，找一块平地，用木炭或粉笔画好正方形或长方形的比赛场地，在场子中间挖一小洞，大家依次先要将弹子滚进小洞，只有进洞的弹子，才有资格吃掉未进洞的弹子。"吃"法是：你的弹子要打中对方的弹子，这就要比试"眼夫"——眼睛的功夫。

丢弹子时要掌握力度、射线,因而技术性很强,往往不易打中。打中多的人,我们就称赞他"眼夫好"。弹子比牌头贵多了,一整版60张牌头记得只要1角钱,而一颗弹子往往要四五分钱。所以打弹子是儿时的"贵族化"游戏,一般小小孩不敢玩,玩不起,总是小学高年级或初中生在那里玩。

小学五六年级时,同学们之间忽然流行起另一种新的"赌博"玩法:扔铁片。这玩法的时兴有点偶然。那些年,家乡曹娥江经常"涨大水",有一年江堤决口,全镇被淹,洪水将镇上酿造厂堆积如山的酒甏菜坛冲了个稀巴烂。酿造厂就在我们小学校附近的谢乔,酿制绍兴黄酒、酱油、豆腐乳以及酱黄瓜等酱菜,在绍兴地区也很有名气。

洪水过后,酿造厂原本的酒坛堆场变成了响彻"叮叮当当"补坛声的工场,厂里请了许多从东关(竺可桢故乡)、谢塘(谢晋故乡)来的补坛师傅,我们放了学就去那里看热闹。只见师傅们先在破坛上用铁钻小心地凿上洞眼,再用扁平的长条铁钉联结破坛,这么叮叮当当一敲打,敷上涂料,破酒坛就修好了。我们经常去玩,就与师傅们混熟了,有时师傅就把补坛废弃的铁钉、铁片丢给我们玩。

我们最初也想学修坛补甏,但不太现实,口袋里装的铁片多了,干吗用呢?忽然有人想到了"赌博"。于是三五人围在一起,在水泥地面画一框框,往框内扔铁片,看谁把庄家下睹的铁片一点点甩出框框,这铁片就归他。

扔铁片显然不过瘾,于是凡是金属块片都被大家拿来赌。班上有个高个子留级生,叫张伯明,有一天他居然拿来了铜片,这可把大家赌兴奋了,铜片多贵呀,镇上的采购商店标价一斤可卖好几元呢。张伯明不但有铜片,还有亮晶晶的螺丝帽、铁块,甚至有小半截钢管,他从哪弄来这么值钱的东西呢?经过侦察,我们终于掌握了机密:原来镇机械厂常在他家附近的河坎边倾倒车间金属垃圾,那里面准能刨出宝贝来。于是大家都去刨废铜烂铁,卖给采购商店,扔铁片的赌博游戏反而兴趣淡了。

六、赌沙蟹：一夜长大

大概从小学五六年级起，到初一，我们的游戏越来越向"赌博"方向发展了。当时镇上青少年最流行的赌博有两种：一是"赌沙蟹"，二是"盯角子"（硬币）。

赌沙蟹就是玩扑克牌，经常在一起玩的有张宝均表兄妹俩、阿宝、张正芬，还有下沙弄一些其他同龄人。最常用的玩法是"沙蟹"：同花、顺子、JQKA。赌资有二分、五分，过年时玩兴最浓，赌资涨到一角、二角。

大概是读小学六年级时放寒假，我与阿南、张宝均几个同伙有好几个下午几乎天天都聚在宝均家里打牌。我的手气不错，有一天天快黑时，我赢了三元多钱，而输得最惨的是阿南，他将他老父预支给他的三元多压岁钱全都输光了。大人已在堂弄喊："吃夜饭哉！奈格还勿回来？"快散场时，我看到阿南伤魂落魄的样子，很可怜他，就把我赢的钱还给了阿南，我担心他回去后被老父与后娘发现，挨打。阿南很奇怪地望着我，问："侬勿要？"我点点头。于是他一把抓住钱放进了口袋。

第二天下午，我们继续在宝均家里赌沙蟹，没料到这一天我变了手气，大输，而阿南却大赢，我也把大人给我的三元多压岁钱输光了。天快黑了，大家站起来准备散场，我等着阿南将我输的钱还给我，于是满怀希望地望着他。没料到阿南拍拍屁股就想走，没有要还钱的意思。我急了，问阿南："我昨天把钱还你了，你今天也要把钱还我。"阿南很奇怪地望着我，半讽刺半凶巴巴地说："输了的钱怎么要还你？这是我赢的钱，归我所有。"说完他真的就走了，很得意的一副胜利者的姿态。

那一天，我好伤心，好害怕。怕的是被大人发现输掉了压岁钱，被班主任老师知道还要"吃马肉"（挨批评）；伤心的是，我把赢来的钱还给了人家，可人家却不还给我，我担心人家挨大人骂，人家怎么也不想想我呢？怎么可以这样不讲良心？好几个晚上我都睡不好觉，担心，害怕，悔恨，怨天尤人，什么都有。最后我终于想通了：从此以后再也不"赌博"了，再也不与阿南他们玩沙蟹了。

说到做到。真的，从那天以后，我再也没有玩过扑克，没有参加过任何形式的"赌博"游戏，一直到今天。

（2016 年 11 月 11 日）

我们的『龙公龙婆』

浙江人讲虚岁，春节一到就年长一岁。父亲已八十有八，虚岁八十九岁。母亲虚岁也是八十九岁，但比父亲小几个月，因而以农历生肖计，父亲属龙，可谓"大龙"，母亲属蛇，蛇是"小龙"。按照"做九不做十"的民俗，春节我们围坐在父母身边，向龙公龙婆敬酒奉茶，分享蛋糕，庆贺二老九十大寿。

二老身体均好。春节回家，见父亲依然眼不花耳不聋，看报纸不用戴老花镜。母亲虽然满头银丝，但发长且密。母亲不无得意地说，过年前去理发铺做头发，理发师还夸她的满头长发呢。

酒过三巡，这酒是四弟自酿的葡萄酒；菜有五味，这菜是几位重庆的弟媳烹调的川菜浙菜。父亲已微醺，望着我们说："眼看都快九十了，我要总结三条。"

"第一条，世上只有妈妈好，没有老汉也不妙。你们要永远记住母亲的伟大，当然记住老汉也好。"父亲说得很幽默，餐桌上一片笑声。这里要做点"翻译"：川渝方言称父亲为"老汉"，父母年轻时从浙江到重庆做工谋生、破石扎根已六十多年，虽然在家里依然满口绍兴方言，但也掺和了不少川渝方言，"老汉"即是其一。

"第二条，老四与媳妇待我们真是好，我们一个月只缴600元生活费，什么都包了，连电话费也不要我们缴。"父母退休后，一直与四弟一家住在一起，吃得好住得好，特别是关系融洽，二老无忧无虑，心情愉快。家在重庆的二弟、三弟他们也不时过来问寒问暖。有重庆诸弟的悉心尽孝，这使在京、沪谋生的我和小弟十分宽慰，特别是我这个当大哥的更可以全身心对付自己的事业。因而当父亲的话音一落，我就举杯提议，大家一起向四弟、四弟媳敬酒。我的眼眶有点湿润，我们只是逢年过节回来看看父母，平时电话问候而已，而他们是一年365天，眼睛一睁，侍候到熄灯，有时夜里也要起来，多不容易啊！

"第三条，我们俩可以说是'三好老人'：福气好，运气好，身体好。"父亲总结得太好了，围桌而坐的儿孙们欢呼雀跃，频频向三好老人敬酒夹菜。

幸福是什么？幸福是一种感觉，一股暖流，一片气场。我们人人都沉浸在龙公龙婆这两棵大树荫庇下的幸福暖流和气场中。唯愿此时此刻、此情此景、此心此意定格而永恒。

虽然二老身体均好，但"养身术"却不同：父亲乐观而母亲多虑，父亲好动而母亲爱静。父亲常说，他的养身术最重要的一条是养身先养心，养心的核心是心态平和。最能体现父亲心态平和的是：报喜不报忧，心里总想着好事、开心事，不想、不说不开心不顺心的事。每年辞旧迎新之际，父亲必要总结大家庭这一年的"十件大事（喜事）"，同时又向大家郑重预告新年将至的喜事。

父亲认真地统计了我们大家庭老老小小的出生年月与生肖，制作了一份《全家出生年月一览表》，交由四弟媳打印，春节分发给我们，每家保存一份。父亲说，想当年他与母亲来重庆破石扎根，只是两个人，如今四世同堂，共有24人，大家庭的人丁还会不断增多，这使父亲颇为得意："儿孙才是最大的家产呵。"但只是统计生肖时父亲有点遗憾：现在的大家庭24人还未凑足十二生肖，父亲寄希望于第四代，以使十二生肖齐全。

父亲说，老大一家在北京，老小一家在上海，老二、老三、老四和二老在重庆，中国京津沪渝四大直辖市，我们居住了三个，不容易啊，虽然重庆房价便宜，可北京上海的房价却是"吓煞人"。这次回家，见到父亲又在忙碌一件事：要我们每人提供到过哪些国家，他要统计出全家老小去过全世界哪些地方。

父亲的小书房里，四处张挂着与母亲去北京、上海、深圳、浙江老家旅游时的照片，孙辈的结婚照，曾孙辈的娃娃照……墙上还挂着不知从哪个寺庙得来的劝善诗帖《不生气》。父亲虽然只读了三年小学，但他每天必记日记。如去参观游览，则先用笔记录在小纸片上，回来后再仔细整理。所记之细，连爬过多少级石梯也都一一数清记录。

父亲养身术的一大秘诀是长年坚持身体锻炼，每天必做一套自编的健身操，内容有：单腿站立，即"金鸡独立"；靠在门框前，撞后背、后腰；弯腰仰头敲后背脊。这套健身操他已坚持做了二三十年。父亲最爱说："我是饿了就吃，瞌睡来了就睡。"父亲外出随身带的书包里必定装有糕点、糖果，走路饿了就吃。每天必午休，晚上超过九点半必寝。因而春节团聚，我们常常与母亲聊天到深夜，而父亲最多坐到十点就呵欠连连，回房间去了。

父亲好动，每天必定要出去走走。老年人享受免票，乘公交、坐地铁、逛公园一概不用花钱。父亲通常是上午九十点钟出去，午饭前回来。有时外面看热闹过了午餐，就去小餐馆吃一碗担担面。但他最爱吃的是"豆花饭"，饭与菜全有了，还不到 5 元钱。这几年父亲腿脚有点不便，就在小区附近走走，四弟媳特地为他买了一根拐杖，但父亲很少使用，认为"有碍形象"，快奔九了，还不服老。

父亲爱上街购物，他的原则是"不买贵的，只买廉的"，但买回来的东西常常被母亲批评。四弟一再叫父亲出去不要买东西回来，但父亲总是左耳进右耳出。一来，他为自己在家无所事事吃闲饭心有不安，总想着要帮家里出点力；二来，也是习惯使然，上街见到便宜货就手心痒痒，能省就省。殊不知，有时实在是好心帮倒忙。

如某日父亲买回来三块豆腐，摊主的卖法是买两块一元钱，买三块一元二角，父亲就动心了，买三块不就要节约三角钱吗？于是就买了回来。但家里平时人少，吃不完这么多，于是就浪费了一块豆腐。母亲给父亲算账，现在吃掉的两块豆腐每块要七角五分"高价"。父亲不服气，嘟囔道那一块豆腐吃了不就节省了三角钱。

《重庆晨报》每年九月初九举行重阳节敬老活动，报社登广告邀请 75 岁以上老人重阳这天去市郊游览，还管午餐，按报名先后，额满为止。听四弟说，晨报第一次搞重阳节活动时，父亲生怕报不上名，破天荒坐出租车赶去，这也是父亲唯一一次独自享受出租车。

重阳节敬老活动父亲已去过多次，有一次晨报记者采访了他，把他的照片登在报上。父亲兴奋异常，如同珍宝一样将剪报展示给我们看。更使父亲兴奋的是，还有一次晨报选中了他和母亲为"金婚佳人"，在影楼免费为他们拍了"婚纱照"，还送给他们一厚本精美影集。这本龙公龙婆的影集，自然成了父亲的珍藏，凡有人来，必喜滋滋地拿出来向大家显摆。自然，这更是我们全家人的珍藏，这才是真正的"传家宝"与"金不换"。

父亲与母亲一辈子在纺织行业做工谋生，早先在老振和染织厂，这是一家绍兴老板开的私企，里面有不少绍兴老乡。以后是重庆织布厂，这是当年重庆市最大的国营纺织厂，全盛时有三千多职工，厂里还出过"九大"工人党代表。

父母经历了重庆织布厂从 20 世纪 50 年代至 90 年代筹建、创业、发展、鼎盛、改革、兼并、破产、关门、卖光的全过程。二老大半辈子都献给了织布厂，父亲在厂里做过车间主任、计划科科长，母亲几乎做过厂里所有纺织女工的工作，因而二老对织布厂的热爱与挂念非常人能够想象。父亲退休后，还被重庆一家民营小厂聘用做了多年的生产厂长。

父亲凡事想得开，不自添烦恼。虽然当年退休工资很低，仅百余元，但总自言比厂里下岗工人好多了："比上不足，比下大大有余"。因而当后来退休金增加到 2000 多元时，就自称自己已是"中产阶层"了。

父亲与母亲从安家起，就一直被债务压得喘不过气。母亲常说，他们是借债把我们兄弟五人养大的。煮一锅咸萝卜汤下饭，这是弟弟们长久的记忆。其实，这些如同泰山压顶般的债务，加起来也就是三四百元之数，但在当时月工资仅三四十元的年代，对于一个上有老、下有小，靠"死工资"谋生的家庭来说，大抵是天文数字。这个沉重的包袱，一直要到后来四弟去西藏当兵、提干后寄钱回来，这才彻底轻松。

　　父亲常说他是"运气好"，因为只有长寿才能不断增加退休金，他说他和母亲是"活着就挣钱"，而人家打工的是"挣钱才活着"。

　　重庆织布厂与老振和染织厂是父母终生的牵挂，这既是他们养家衣食之来源，也是他们奉献社会之职场。两厂的退休老同事每月轮流做东聚会，最初父母每月有两次能与老同事相聚的机会，重温老厂的记忆与旧情，是老同事们永恒的话题。但每年春节我总会听父母说，老同事中谁谁又走了，聚会的人越来越少。以前几十人聚会，要过两年才轮到做东。后来十多人聚会，过了一年就要做东。再后来终于散伙，老同事只剩下几人，都走不动了。

　　父母在餐桌上老是念叨"花卉园"。"花卉园"位于重庆渝北区，是以前父母与老同事聚会去得最多的地方，那个公园场子大、空气好，更重要的是里面的小餐馆价廉食美。"价廉"一直是父母那一代人最关心的。想当年，二老是靠借债度日，才把我们兄弟五人养大的，勤俭节约已成为他们生命的本能与习惯。

　　春节回家，与父母围桌品茗聊天，这是一年中最幸福最安然的时光。能为父母做九十大寿，分享寿庆蛋糕，这实在是人子之福。在父母面前，我们永远是孩子；有父母大人在上，我们永远是长不大的孩子。

　　茫茫人海中，父母实在是太普通、太平凡了。但他们平凡的人生经历与生存经验，包括"买三块豆腐"的节俭本能，早已融化在我们的血液中，凝聚起我们生命向上的动力……

（2017 年 2 月 12 日）

曹娥江的回忆

一

我是喝曹娥江的水长大的。

我的故乡——浙江省上虞县（今为绍兴市上虞区）章镇位于曹娥江中游，距绍兴30公里，距县城百官20公里。蓝色的曹娥江静静地从镇前流过，儿时我和小伙伴就在江里游泳，江边钓虾，江滩上摸黄蚬（一种可食的贝壳），打沙仗。曹娥江年年要发大水，乡亲们就在江边筑起了一条高高的防洪堤埂。于是这条堤埂又成了大家好玩的去处，尤其是夏天，临江乘风凉，草丛捉蟋蟀，围坐听故事，躺在竹席上数星星，编织了多少儿时的梦……

曹娥江不但是游钓之江，思源之江，还是一条文化之江，诗词之江。

曹娥江的江名是因纪念东汉少女曹娥投江救父的孝行而得名的，东晋大书法家王羲之曾为此写过《曹娥碑》，百官附近的曹娥（地名）至今尚存浙东名胜曹娥庙。记得小时候，奶奶每年要去曹娥庙宿山，给曹娥娘娘烧香。章镇产生过东汉哲学家王充这样的文化名人，江对岸的滨笕茶山筑有王充墓。江下游10公里处的上浦东山，是指挥过

"淝水之战"的东晋名相谢安的隐居地,成语"东山再起"的出典就产生于斯(当代著名电影导演、上虞人谢晋就是谢安的后裔)。李白、杜甫等唐代大诗人,曾沿曹娥江访古探幽,留下了不少诗篇。

江上游距章镇5公里的嵊县(今改嵊州市)是越剧的发源地。越剧在浙东又称"小歌班""的笃班",上虞人更爱看绍剧绍兴戏。这两个剧种演出的内容不同,所谓"绍兴戏打天下(武戏),小歌班讨老婆(文戏)"。离镇数十里的丰惠祝家庄,相传就是《梁山伯与祝英台》中祝英台的故乡,越剧《梁祝》的第一句唱词便是:"上虞县祝家庄玉渊潭畔,有一位祝英台才貌双全。"

我的故乡章镇原来是一方"人杰地灵"的土地。但所有这一切,都是在我远离故乡很多年、读了很多书以后才知道的。而在儿时,除了曹娥江带给我梦幻和感动外,却有许多苦涩而难言的记忆。

二

还是母亲怀我的时候,父亲就远出谋生,离开了故乡,先到上海,以后又去了一座很远很远的城市。母亲在我两岁多的时候,去父亲那座城市探亲,后来找到了工作,就没有回来了。

从小,我与爷爷奶奶,还有一位病疾的叔叔生活在一起。爷爷原先在一家乡村杂货店做营业员,三年困难时期,一场大病差点夺去了爷爷的命。病好后,爷爷就退职回到镇上,帮助叔叔一起做生意。叔叔的小摊经营的是草鞋、笠帽、扫帚、扁担、竹篮等竹器制品,本小利微,依靠一分二分、一角两角赚钱,因而只有天天摆摊才能赚到一些钱。

从我懂事(会算账)起,每当星期天与寒暑假,我就去帮助叔叔管摊。小摊摆设在街边弄堂口。这条弄堂叫下沙弄,又叫文昌路,"文革"期间一度改名胜利路,我们的家就住在下沙弄。弄堂口上方有一骑马楼,叫文昌阁,里面供着一尊文昌菩萨。

夏天,弄堂口又遮阳又有穿堂凉风,避了暑热,下午生意清淡,正可以看书,所以我很乐意换叔叔管摊,好让他多休息一会。我就是

王泉根散文精选

—— 那年那月的游戏 ——

在小学五六年级暑假管摊（每天下午）时，读完《水浒传》《西游记》等古典名著的，初中管摊时还读了《红岩》《青青之歌》《暴风骤雨》《晋阳秋》《野火春风斗古城》等现代小说。

父母亲在遥远城市的一家织布厂做工，在那里我还有四个弟弟，家庭生活的拮据可想而知——我一直到20岁那年，才有机会第一次见到父母诸弟。我听弟弟说，母亲在厂里长年"三班倒"，又要操持家务，拖累了一身病，没有精力也没有更多的钱来为全家做好吃的，一家人经常熬一锅咸萝卜汤下饭。

爷爷奶奶叔叔，还有我，除了父亲每月寄来的一点汇款外，主要生活来源就是依靠叔叔摆小摊的收入。爷爷经常说，他们三人好比一只"三脚香炉"，缺一不可：叔叔摆摊，爷爷跑腿，奶奶做饭。但卖草鞋、竹篮又能有多少利润呢？更何况五六十年代市场管理十分严厉，自由买卖被视为"投机倒把"，屡遭打击。叔叔因为是病疾，所以才由镇上特许，发给营业执照，这在当时十分不易。

尽管这样，个体小贩在镇上实在是一种被人瞧不起的不光彩的行当，尤其是运动一来，更是低人三分。当我懂事后，我帮叔叔管摊最怕见到老师同学，好像自己做了什么亏心事。但不摆摊，我们又依靠什么生活呢？生活让小小年纪的我品尝到了个中的无奈与人世间的炎凉，也让我自然而然养成了勤俭节约、刻苦自励的习惯。

小镇是虞南地区的商贸中心，平时四邻八乡的农民来小镇赶集分为"闲日"与"市日"。"闲日"人不多生意清淡；"市日"客流济济，生意也好。最热闹的是一年春秋两次、有时是春夏秋三次的"物资交流大会"，这是由镇供销社举办的大型商贸交流活动，虞南各地，甚至邻县嵊县三界、绍兴等地的商家也会赶来摆摊设铺。同时，县里的越剧团、绍剧团也会来镇上演出。在我儿时的记忆中，这是除春节过年以外，小镇上最闹猛最开心的时候，自然也是叔叔竹器摊生意最好的时候。

物资交流大会的有一天，我们全家，爷爷奶奶叔叔，还有我与一位尚未出嫁的小姑母，都在为竹器摊忙碌，管摊、叫卖、送货、送饭，那天生意真是好。

记得是下午二三点，突然跑来了一位满脸汗珠与泪珠的农妇，她一到竹器摊，就慌乱地问我爷爷，有没有看到一个小布包？爷爷马上从竹摊里取出一个布包，问她是不是这个？那农妇打开布包，里面是一厚叠人民币，她数了数，扑通一下跪了下来；"谢谢救命菩萨啊！"并且抽出一张大钞，要送给爷爷。

原来，这个农妇家里刚卖掉了一头肥猪，拿着几十元的现钞，趁物资交流大会来给快过门的媳妇买布料衣服，上午还在我叔叔的摊上买了竹篮什么的，一时疏忽，将装现钞的小布包遗忘在了叔叔摊上。爷爷和叔叔无意间发现了这个布包，就将它放好，等待失主来取。

竹器摊周围一下子围满了看客，爷爷连忙把农妇扶了起来，说这东西是你遗忘的，自然要还给你，不用谢不用谢！

农妇说她赶集回去走到半路，这才猛然发现小布包不见了，一路小跑眼泪滴滴答答赶到镇上，刚才已问了几家买过货的门店，都说没见到布包，要是现在再没有，她回去怎么向家里交代？那她只有上吊喝盐卤跳曹娥江了。要知道当时的几十元可是一笔巨款啊！

爷爷叔叔坚决不要她的大钞，那农妇在千恩万谢声中这才走了。爷爷说，君子爱财，取之有道，不是自己应得的东西，金子银子、一厘一毫也不能要。这句话深深地印在了我的脑海，终生难忘。

三

儿时，我从不乱花零用钱，而实际上口袋里也没有什么可供我花的钱。每年春节以后，我总把大人们给的压岁钱，分文不差全部交了学费。从小知道自强和节约的我从来不向大人要钱，哪怕看到再喜欢的东西。

我与班上小同学一样，也喜欢收藏五颜六色的香烟盒和火柴盒，什么大红鹰、旗鼓牌、全绿牌、雄狮牌收集了一大堆。

学校的数学课经常有计算题，要用到草稿纸。一天，我在上学路上呆呆地想，有没有不花钱的解决方法呢？这时，正好走在前面的一位大人随手丢弃了抽完香烟的空烟盒，于是就随手捡起了这个烟盒。

当我拆开烟盒，望着烟盒背面洁白光滑的另一面，突然叫了一声：有了！小小的嘴角兴奋地翘了起来，灿烂的笑意溢满脸庞。

从此以后，我把地面上看到的所有干净香烟盒都捡了起来，回家后拆开，抚平，然后放在枕头下，几天以后，香烟纸就自然压得平平整整了。待积到一定厚度，就让奶奶用线把这些香烟纸盒缝起来，但这不是用于收藏，而是用来学习——一本二三十页的练习本就这样诞生了。

"香烟盒练习本"，这种别具一格的本子，这种街头捡来的练习本，我从小学五六年级一直用到初中毕业。请想想，这该捡拾多少香烟盒，又该多少次避免同学们异样的眼光和不无怪异的嘲笑呢？但我却坚持了下来。正是在这种坚持中，养成了我从小自强、自信的性格。

写出来不怕大家笑话，小时候我还捡过西瓜籽、樱桃核、桃子核，将它们洗净晒干，卖给中药铺。我还在清晨天不亮就出去，捡过多年的猪粪，积多了卖给生产队。小镇上居民与农民杂住，镇周边农民养的猪羊鸡鸭大多是散养，一大早散养猪就在外面觅食走动。每当我见到猪儿拱起后臀，就马上走过去用畚箕接住。当一泡直冒热气的猪粪落到畚箕里，心里别提有多高兴了，否则捡不到猪粪就白起早了。捡完猪粪，赶快回家，吃过早点，背起书包就往学校跑。

以后身体长高了，有力气挑担了，就与小伙伴去镇后的姜山捡柴火、砍柴。还经常走一二十里路，到远山去采摘松子、橡子。松子晒干了就是松花粉，年糕、汤圆在金黄色的松花粉里滚几下，可好吃了，有点像北京的"驴打滚"。橡子磨成粉也可以吃。暑假最开心的事是去河汊池塘摸螺蛳、捉泥鳅，自己也被太阳晒得成了黑泥鳅。

记得大概"公社化"那一年春节前，镇上的公益社生产队，将养在小镇内河的水放干捕鱼，我们一大帮孩子跟在农民伯伯后面，踩着冰冷黑污的河床，捡拾漏网的鲫鱼。那天我捡回了大大小小八九条鲫鱼，奶奶晚上又煎又烧，一家人大快朵颐，爷爷还夸奖了我一番，说我也会"赚钞票哉"。

小时候，我还学会了搓绳，甚至打草鞋，这是叔叔教会我的。

叔叔在弄堂口摆的竹器摊，所有竹制品都是从山区竹器匠人那里进的货，印象中这些师傅大多住在几十里外的嵊县里山，我们叫"里山人客"。竹器摊的"长销货"是箬壳草鞋。箬壳是笋子长成嫩竹后自动脱落下的竹叶，是用来搓绳索、做草鞋、包粽子的上佳材质。箬壳草鞋比用稻草编织的稻草草鞋韧性好耐穿耐磨，所以价格也贵。记得当时稻草草鞋一双只卖三分钱，而箬壳草鞋一双要卖七八分钱，有的做工精、品相好的甚至要卖到一角钱。

箬壳容易弄到，叔叔为了多赚钱，请人做了编织草鞋的工具，而且很快学会了自己做箬壳草鞋。晚上叔叔编草鞋，我坐在小板凳上，用箬壳丝搓绳，递给叔叔编草鞋用。奶奶在煤油灯下做针线活，爷爷在算一天摆摊的进账，或记一天开销的"家庭零用账"，晃动的灯光把人影大大地映在墙壁上。

以后我也学会了做草鞋，当我在《三国演义》连环画上看到刘备最早居然也卖过草鞋时，自然对草鞋心生好感，更何况它能帮我们多赚钱呢。我后来上山下乡到农村当"知青"，很自然地几乎天天穿着草鞋，两年下来，脚板磨成了很厚的皮，光脚踩在石碴上也没什么感觉。

由于做草鞋是个比较容易掌握的赚钱手艺活，不知从何时起，我们下沙弄一些心灵手巧的居民大妈，还有小姑娘，也做起了草鞋，到我叔叔竹器摊旁边摆着卖，争抢生意。经常有一位买草鞋的农民问价钿，就会有五六人围上去抢生意。这一幕成了小镇下沙弄口的"靓丽风景"，久而久之，大家都叫下沙弄口为"草鞋弄口"，老一代的章镇人至今记忆犹新。

四

我从小就爱书，五六十年代长大的孩子自然都十分迷恋当时流行的连环画。小镇的文具店出售少儿图书与连环画，营业员将新到的连环画放在玻璃柜里，封面朝上，封底（标有定价）在下。小小的我常常跑到文具店玻璃柜前，弯腰侧身勾下头去，透过玻璃板看连环画的定价，一毛五，二毛五……多么好的连环画，可我从来没有钱买。

一天，机会来了。按小镇的风俗，老人过世后的送葬队伍中，要有两个小孩子，擎着竹竿做的"骑龙幡"提前出发，走到半路，将竹竿折断丢在路上，就可以回来了。我和另一位小同学被找来扮演这样的角色。完事后，每人得到了五毛钱的辛苦费。

拿着这一大笔大人不知道、几乎是从天而降的巨款，我兴奋不已，立即跑到文具店去买连环画。那天，我终于有了生平第一次属于自己的书，那是新到的《西游记·通天河》和《吕梁英雄传》第一册这两本连环画。我兴奋地如获至宝，很快同学们都知道了我手上有新书可看，都来向我借，两本连环画就在小同学手上不断地传阅。

有一天，我和那位一起擎过"骑龙幡"的同学发生了争吵，那位同学扬言要向大人"揭发"我拿到五毛钱不交给大人而是自己去买了书。这下可把我吓坏了，我赶紧向那位同学和好，还承诺他可以拥有这两本连环画的共同保管权，但千万不要告诉大人。当时的那种感觉，仿佛五毛钱是自己偷来的。

三年困难时期，吃饭成了问题，爷爷奶奶叔叔总是尽量让我先吃饱。后来粮食越来越少，不得不吃糠吃野菜甚至还吃过一种叫"乌糯"的树根。可这些东西吃了不易消化，上厕所成了大问题。爷爷经常去药店买一种叫"一轻松"的药，吃了有助于消化。

我永远难忘一天早晨，我已在厕所蹲了大半天，上课时间早已过了，但就是解不出来，又痛又急直想哭。忽然进来一位食堂炊事员，他是我同学的哥哥，满面红光，只见他三下五去二，马上解决问题就走了。当时，我真是十万分地羡慕他。我想如果作文题目是"我最希望的事"，我就会写我最希望自己当一名食堂炊事员。

后来，经济慢慢复苏了，政策放宽了，镇上的居民纷纷去镇边河滩荒山挖土种菜。我也和叔叔在姜山脚下挖了一块荒地，从南瓜、丝瓜、芥菜，到番茄、绿豆、红薯，我们种的品种可真不少……

五

生活是一本无字的大书，它默默地启发着一个孩子的思悟。当我从这本大书中模模糊糊地读出了其中的内涵以后，我就加倍地珍惜学校的读书时光，如饥似渴地阅读课堂内外一切我能找到的有字的书。我把"少壮不努力，老大徒伤悲"作为座右铭，深深地铭刻在心间。

从小学三年级起，我读书已十分自觉，根本不用大人操心。老师讲的每门课我都喜欢，考试成绩总在班上名列前茅。但我最喜欢的还是语文课。我特别喜欢造句，尤其是老师在课堂上当场提问的造句方式。我觉得这种造句，既要有急智，也要有勇气，还能出点"风头"——只有这时，我才在班上"鹤立鸡群""引人注目"。

有一次，老师在黑板上写了"似乎"二字，要同学们举手造句。我一眼看到坐在前面的一位同学刚剃了个光头，精光溜滑，皮色发青，于是立刻举手回答："某某的新剃头皮似乎鸭蛋。"引起全班哄堂大笑。我还发明了一种以不变应万变的造句模式，即把要造句的词嵌在句子中间："今天老师要我们造一个△△句子，我很快就做出来了。"当然这一"发明"很快被老师识破了，老师批评说："这个句子从语法上看还是准确的，但实际上没有造句。"

因为爱好造句，自然也就喜欢作文。五年级时，我们年级分成了两个班。五（一）班是我，五（二）班是教导主任傅老师的儿子傅志刚，我们两人的作文经常被老师作为"范文"在课堂上朗读、评点。我记得我被朗读的作文有《难忘的暑假》《寒假的一天》《看电影〈革命家庭〉》《我的日记》《我们的家乡》《物资交流大会》等。这些作文本我一直保存着。但在七十年代初，因一时求职碰壁，心绪极端苦闷，有一次整理房间，将保存了多年的作文本、练习本连同中小学教科书，统统卖给了废品收购店。现在想来真是十二万分地痛惜——我再也找不到儿时读书可作纪念的东西了。

小时候常听镇上老人说，对两种人要特别尊重：一是先生（即教师），二是医生，先生教人读书向上，医生为人治病救命，都是了不起的人物。我从小就觉得老师了不起，什么都知道，因而课堂上总是专心致志听老师讲课。记得初一时，有一次班会要成绩好的同学介绍经验，我站起来只说了一句："上课专心听讲。"

还有一次开班会，兼教我们数学课的副校长主持班会，他叫全班三十多位同学，排着队，挨个参观我的书桌。当时是一人一张书桌，书桌有盖，里面空间很大，我把课本、课外书、作业本、钢笔盒等摆放得整整齐齐，每本课本都包着牛皮纸，服帖清爽没有翘角，封皮上用美术字写着书名。掀开书桌的盖板上，贴着用以自励的四个字"力求上进"……

难忘的游钓之地，难忘的童年时光，难忘的母校校园。儿时爱我疼我关心我的爷爷奶奶叔叔，如今已都不在人世了，每念及此，就黯然神伤。愿他们在曹娥江畔安息。虽然儿时的生活有着太多的苦涩，童年的梦幻残缺破碎，但正如朱自清所说："飞去的梦因为飞去的缘故，一例是甜蜜蜜的，但又酸溜溜的。"

这飞去的童年梦，已成了我心路中一个永远珍藏的忆念：无论怎样的童年，只待人到中年蓦然回首，都是一样的甜蜜而可爱，因为人生没有第二个童年。

这飞去的童年梦，更是我人生道路上的一笔永远的馈赠：它让我很早就读到了人生的内涵，永远激励着我自强不息，把握生命。

（1997 年 6 月 16 日，2007 年 5 月 17 日修改）

为母校树碑点赞

　　姜山苍苍，娥江泱泱，山清水秀，作育栋梁。章镇镇小，我的母校，童年起航，育我成长。

　　2015年11月，上虞章镇镇小方法永校长来北京师范大学开会，我们有机会在一起愉快品茗聚谈。当我获悉我的母校章镇镇小已建校一百余年，今年将出版校史时，我真是抑制不住地激动，因为我是喝曹娥江水长大的土生土长的章镇人，我是章镇镇小1962届毕业生、章镇初级中学1965届毕业生。我的父亲、母亲早年也是章镇镇小的学生，只因生计所迫，都没有读到毕业。方校长说，当他在学校档案中查阅到我是从"章小"走出去的北师大教授时，十分高兴，希望我能为母校做点事，第一件事就是为校史作序。我几乎没有犹豫，一口答应了下来。

　　在我的生命记忆中，永难磨灭的是故乡与母校。

　　我的故乡章镇，古属会稽、始宁县。章镇背山面水，这山和水都有着悠久的历史与"人文故事"。这山名"姜山"，突兀地耸起在万顷田畴之上，因形似生姜而得名。山虽不高，有仙则灵。这"仙"就是中国山水诗的诗仙鼻祖——南北朝时期的大诗人谢灵运（385—433年）。谢灵运出生虞南，在东晋都城建康（今南京）长大，成名后曾三度返归虞南始宁墅故居隐居，写下了中国文学史上著名的《山居赋》与大量诗篇。据章镇中学历史老师丁加达先生数十年考察所得出的结论，谢灵运《山居赋》中所记始宁墅中的"北山别墅"，就在我们章镇的姜山东南。章镇镇小紧挨着谢峤，现在改名灵运村，该村村民几乎全姓谢。

章镇在历史上哺育过比谢灵运更早的东汉哲学家王充（27—约97年）那样伟大的历史人物（滨笕茶山上至今还保存着"王充墓"），产生过越窑那种名扬天下的青瓷文化。镇前流过的那一条蓝色的曹娥江，更是一条文化之江、唐诗之江。流经嵊州的剡溪，到章镇分界，再下去就成了曹娥江。剡溪/曹娥江曾吸引过无数唐朝诗人，李白《梦游天姥吟留别》云："我欲因之梦吴越，一夜飞度镜湖月。湖月照我影，送我至剡溪。"杜甫更有赞誉越地一方水土养一方人的名句："越女天下白，鉴湖五月凉。剡溪蕴秀异，欲罢不能忘。"

章镇距绍兴城区不到一小时的车程。和我外公家一个台门里有一位老先生，从前当过章镇镇小校长，他曾是鲁迅先生的学生，毕业于鲁迅任校长时的绍兴师范学校。与张爱玲写过"岁月静好，现世安稳"婚书的胡兰成是章镇胡村人，胡兰成名节有亏，但他的《今生今世》则是一部研究张爱玲绕不开的散文名著，其中有不少文字写到二十世纪二三十年代章镇地区的民俗风情、岁时物产，以及《踢脚班班》等章镇童谣、小康王罗隐等民间传说。

我的故乡章镇实在是一个"人文渊薮"之地，深厚的文化积淀培植着独特的文脉传承。上虞素有"上数章镇，下数崧镇"之说，今天的章镇更是一个四季水果飘香、物产丰美的生态绿地。我十分感激上虞的父母官制定了"北工、中贸、南闲"的总体规划蓝图，将地处虞南的章镇定位为"绿色、农业、休闲"，南闲组团的核心，这使章镇远离了污染、噪音与雾霾。今日章镇已发展成为浙江省级中心镇、浙江省级生态镇和绍兴市绿色生态乡镇。深深地赞美你，我的故乡！同时，我也为自己生于斯、长于斯而庆幸。

我的父母从年轻起就立业重庆，破石扎根，我的四个弟弟均是在重庆出生长大的，唯有我这个老大是在章镇的土地上出生长大的。小时候，父母也曾有过把我接去重庆的打算，但一方面是祖父母对我这个长房长孙"舍不得"；另一方面，应是我命中注定离不开章镇的青山绿水黄砚霉干菜，命中注定只有读过章镇镇小、章镇中学，才能进入北师大。

人生浮游，即使远走天涯海角，最难忘情的依然是故土乡音、母校师长、发小同学。于我而言，最使我魂牵梦绕的意境，就是章镇老街的下沙弄（我的出生地）与姜山六亩伴月庵的章镇小学，最难忘怀的是当年教过我们课的胡晓冬、傅逸相、徐凤祥、黄之琪、张蓉华、丁乃刚等老师，徐生明校长，以及来自章镇老街下沙弄、雨花街、茅园墩与谢岙、黄家湾的同学。

据章镇镇小校史揭示，章镇镇小的办学渊源，可以追溯到清光绪十一年（1885 年）的"金氏义塾"。1913 年，姜山脚下的伴月庵被辟为"虞南高等小学"。从此，这一方林木葱郁的庵堂响彻着一代代章镇孩子朗朗的读书声与歌声笑声天籁之声。这里面，曾经留下了我的父亲母亲的书声笑语，也留下了我的书声欢歌。

书页一页页翻过，毕业的学生一批批离校，百余年来，章镇镇小曾十五次易名，一次迁址，但"尚德、求知、健美、创造"的校训与不断求索、与时俱进的精神则由一代代师生坚守承续了下来。从章镇镇小走出来的成千上万名莘莘学子，有的走向了五湖五海，更多的扎根在家乡的一方热土，无论为官经商做工务农，也无论富贵贫寒地位高低，此生只要跨进过章镇小学的大门，他（她）的血液中就流淌着母校那一份永远不变的恩与情，他（她）的基因中就永远定格下了母校赐予的智慧与光芒。

时代进入二十一世纪，章镇镇小已驶入了提档升级、跨越发展的快车道。章镇镇小在取得浙江省示范小学、浙江省标准化学校、浙江省绿色学校、绍兴市文明单位、上虞窗口学校等一系列殊荣的基础上，如今正在硬件与软件两方面下真功夫做大文章。硬件方面，一座占地40 亩的"王充小学"新校区已破土建设，不久的将来，章镇镇小将以一校两区、一校两名的崭新格局，崛起于虞南大地；软件方面，在原有少先队全国红旗大队、浙江省体育特色学校等特色办学经验与成绩的基础上，将在阅读教育、书香校园建设、传承乡贤文化等方面探索创新，打造既具有章镇地域历史文化特色又把握新世纪新教育时代精神的一流学校。作为一名章镇游子，同时也作为一名高校教师，我对故乡教育事业的发展充溢满满的信心，对母校老师的智慧和勤勉深表敬意。

教师是一个崇高而光荣的职业，捷克教育家杨·夸美纽斯说："太阳底下，没有比教师更光辉的职业了。"教育的根本目的是为了人，为了受教育者的充分发展。教育要追求对于平庸的超越，更拒绝平庸。学为人师，行为世范。新世纪的一代教师担负着更为艰巨而光荣的历史使命。

百余年来，章镇镇小的数代教师，特立虞南，辛勤耕耘，含弘光大，培育了一代代章镇子弟。前有古人，历史为章镇镇小留下了浓墨重彩的篇章；后有来者，这就是我们的学生，我们的人才，他们将为章镇，将为上虞，将为浙江，将为我们的共和国书写新的历史。

弘文励教，继往开来，斯文在焉，其学大矣。祝我的母校章镇镇小日日新、又日新，瞄准一流，强校升位，取得更大成绩。

犹记当年一灯如豆

　　人生在少年时代总会做很多梦。少年我心，同样也有很多梦：长大以后要当工程师、园艺师……但我从来不会说要当教授，连做梦也不敢这样想。原因很简单，我只读到初中毕业，十六岁，就被"上山下乡"了，和十一位同病相连的同学一起，去全县最贫困、最闭塞的覆卮山大山深处一座小山村当知青。初中文化怎敢与大学、教授联系起来？那座小山村当年的名称是：浙江省上虞县章镇区青山公社安山大队。如今区、公社、大队已成了历史，上虞县也早已改为上虞市，现在的行政村名是：浙江省上虞县岭南乡梁宅村。

　　梁宅村除个别外姓媳妇外，全村老老小小都姓梁，我们12位外地来的知青一到，立马给小山村增加了十多个姓氏。梁宅村，那真是日出而作、日落而息的"世外桃源"，尽管当时已是20世纪60年代中期了，全村既没有电灯，没有一件"现代化"设备，而且居然连计时的钟也没有——我们知青也没有。因而大家都是听鸡叫起床，看天色行事，白天看太阳出工、收工，晚上看星星月亮估摸时间，雨雪天不出工，就凭肚子饿不饿做饭。

　　年轻人总是争胜好强，我们是响应号召"晒黑皮肤炼红心"，到农村来当新农民的。小小年纪的我们，什么农活都干，什么苦都吃。到农村第三年，十八岁，我能肩挑130多斤柴担，走30多里路（有一半是陡峭的山路），和生产队的壮劳力一起，半夜起床，天亮挑到镇里去卖。卖柴是当时生产队经济收入的主要副业。

尽管农活是如此劳累，生存是如此艰难，但我却似乎天生"本性使然"，只要一有空，不管在什么地方，就会拿出书本来看，在田埂，在山中，在茅棚，在灶房（一边烧火做饭，一边看书）。如果天气不好不出工，那更是看书的黄金时光。看什么？什么都看。下乡的第二年正值"文革"，不要说在农村，连城里也找不到什么书了。但我还是挖空心思，只要是印有文字的东西，什么都拿来看。我相信：只有天天看到文字，看到书，我才不会把初中学过的知识还给老师，我的精神生命才不会枯竭，青春岁月才不会虚度。

那正是一灯如豆！我每天总是在昏暗的煤油灯下，或是烛光里，看印有文字的东西，看书。说出来或许有人不信，我下乡那年，还用当时县里发的生活补助金，自费订了《光明日报》《中国青年》《萌芽》文学杂志。但只订了半年，很快因为"文革"，杂志停刊了，又因为公社邮递员实在太不像话，经常弄丢或不送邮件，我这才结束了这一"奢侈"的精神享受。想想节衣缩食从牙缝中省下来订阅的报刊、买的书，我怎么会不爱惜？也正是从那时起，我养成了爱书的习惯，最讨厌那种乱丢乱画不爱书的行为。

十九岁，我当兵离开小山村走进了营房；二十二岁，我成了铁路机务段火车司炉，以后又当了代务副司机、机械钳工……尽管人生履历不断改写，生存潮汐四处奔波，但我始终"本性难改"，依然爱书如故，嗜书如命。终于，我遇到了1977年"文革"结束恢复高考这一千载难逢、稍纵即逝的机会，我以初中毕业后养成的天天看书打下的底子，毫无悬念地考取了大学，成了"77级"大学生。

真是做梦也不会想到，本科毕业后读研究生，再毕业后成了大学教师，六年后由讲师直接破格晋升教授；而且更是做梦也不会想到，以后居然成了与国学大师钟敬文、启功先生在同一个系任教的北京师范大学中文系教授、博士生导师。

犹记当年一灯如豆，小山村夜晚的山泉声、犬吠声伴随着我寂寞的少年人生。是什么改变了我的命运？是什么使我的精神生命永远充满向上的活力？是书本，是知识，是思想，是阅读的习惯。

书本升华人生，阅读决定高度。相信阅读，相信精神，相信书本的力量！

（2009 年 11 月 30 日）

三十年前上大学

小时候，每逢语文老师布置《暑假记趣》《难忘的寒假》一类作文，我总爱用"光阴如箭，日月如梭"作为开头。那时候，小小年纪的我，哪有什么"光阴如箭"的生命体验，只不过爱用华丽词汇点缀作文而已，正所谓"少年不识愁滋味，为赋新词强说愁"。而如今，生命岁月坎坎坷坷风风雨雨已经走过了半个多世纪，蓦然回首，这才真真切切体味到了"光阴如箭"的生命穿透感。无忧无虑的童年时代早已存封进了梦乡，而似乎还是昨天的事——"77级"上大学，竟也过去了30年！

30年前的早春——1978年3月，我成为"文革"结束恢复高考制度后的第一批大学生，有幸跨入大学之门。回首30年前上大学，实在是酸甜苦辣，百味杂陈。

我出生于浙江上虞市章镇。小镇虽小，但出过好多位历史文化名人。一位是东汉哲学家王充，距小镇十数里的滨笕茶山上至今还保存着"王充墓"。再一位是南朝山水诗人谢灵运。据我家乡一位中学历史老师数十年考察所得出的结论，谢灵运《山居赋》中所记始宁墅中的"北山别墅"，就在我们小镇的姜山东南。小镇古属始宁县，紧挨小镇有一个灵运村，该村村民几乎全姓谢。我小学时的同班同学中，就有好多位来自该村，印象最深的有谢惠菊、谢秀琴。

小镇前面的曹娥江，是以东汉孝女曹娥命名的。曹娥江下游曹娥庙里的"曹娥碑"，因东汉文学家蔡邕"黄绢幼妇，外孙齑臼"的隐语题辞而闻名天下。曹娥江中游有东晋名相谢安的隐居地东山，成语"东山再起"即源出于此。曹娥江上游的剡溪，曾吸引过无数唐朝诗人，李白《梦游天姥吟留别》云："我欲因之梦吴越，一夜飞度镜湖月。湖月照我影，送我至剡溪。"

小镇距绍兴不到两小时的车程。和我外公家一个院子有一位老先生，1949 年前当过小镇的小学校长，他曾是鲁迅先生的学生，毕业于鲁迅任校长时的绍兴师范学校。鲁迅先生晚年在上海居住时，家里雇有一位名叫"王阿花"的女佣，是海婴的第一个保姆，也是我们小镇人。有一天信手翻阅止庵作序的胡兰成《今生今世》，原来这位声名不佳的胡兰成的出生地"胡村"，就是距我们小镇一二十里的清潭乡胡村。我读初中时有一位叫胡长林的同学，来自该村，至于与胡兰成是不是亲戚，就不得而知了。

拉拉杂杂写了这么多，无非是要说明我的故乡应该是一个"人文渊薮"之地。但说来惭愧，故乡所有这一切与"人文"有关的事儿，都是我上了大学以后才弄清楚的。故乡所有的"人文"故事，似乎与我以前的岁月毫无意义。

我的父母连小学都没有读完，在我所知的亲戚中没有人读过中学，二姨娘文化最高，但也只是县里的"简易师范"（小学毕业后上学）毕业。后来我的堂姑母结婚，堂姑夫是绍兴师范学校毕业的，这才打破了二姨娘简师的最高学历。我的父母以及我所认识的亲戚，都是社会最底层的小小老百姓，一辈子都在为衣食为生存为子女而奔波而辛苦而犯愁，因而他们自然对王充、谢灵运、鲁迅毫无兴趣。

我小时候的最高理想，是进我们县里白马湖畔的春晖中学，那是一所夏丏尊、丰子恺、朱自清等现代文学名家任过教的完中，校园里还有弘一法师李叔同的"晚晴山房"。但命运总是如此无奈，我只在家乡的章镇初级中学读到初中毕业，就被命运告知：我必须自谋生路。春晖中学成了终生难圆的梦！那一年我 16 岁，去了全县最高的覆卮山，插队落户当知青。以后上了大学，才从史书中查知，当年谢灵运与友人登过此山，在山顶七丈岩下棋饮酒，饮后将酒卮倒置，并作诗曰："山高似杯，有肴无酒。"故得名覆卮山。再以后是当兵、当铁路工人。

我在铁路机务段做过多年蒸汽机车司炉与代务副司机，那可是难以想象的苦活儿！如今铁路线上奔驰的全是电力机车、内燃机车，蒸汽机车已进了博物馆。但20世纪70年代，我在上海铁路局杭州机务段与重庆铁路分局机务段工作时，蒸汽机车还是主力牵引机车。

开火车，一辆机车三个班连轴转，一个班三个人：司机、副司机、司炉。司炉与副司机干的是一样的活：行车途中互相轮流为蒸汽机车铲煤烧水（热能转化为汽能，汽能转化为动能），再是协助司机瞭望线路、信号，以及保养机车。但这铲煤烧锅不是在平地，而是在高速行驶的列车上，是高温高速半高空作业；蒸汽机车的锅炉不是立式而是卧式，炉膛内空间很大，因而要在高速状态下烧好锅炉不是一件易事，需要根据机车牵引的吨位多少、线路是平直还是坡道、天气状况等加以调整。刚当火车司炉时，不要说铲煤，连站都站不稳。

俗话说："世上有三苦，撑船、打铁、磨豆腐。"而干火车司炉这一行，可谓集三苦于一身。撑船苦，苦在露天工作，风里来雨里去。开火车也一样，调度室一派班，无论天寒地冻、电闪雷鸣都得出去。由于蒸汽机车的工作台面是两侧开门，前面是卧式锅炉，后面是装煤装水的煤水柜，基本上是半露天的，因而行车途中自然处于风吹雨打、日晒雨淋的状态，有时途中遇到暴雨，汗水、雨水全身湿透。高温之下打铁苦，火车司炉更苦，胸前炉膛烈火烤，背后烈日晒，或是寒风吹。一趟火车跑下来，少说也要烧一二千斤的煤。冬天半夜上班，滴水成冰，而一干活就脱得只剩单衣；夏天炎暑流火，炉膛前大汗淋漓，厚厚的工作服湿了又干，干了又湿，久而久之出现了汗水凝成的白色盐花。

但好在当时年轻，这些苦都能克服，一个月45斤定粮还不够吃。当时最怕的是跑夜车。磨豆腐之苦，无非苦在天不亮就要起来，而干开火车这一行，起早贪黑、通宵跑车是常事。如果机车交路紧张，特别是遇到"春运"，夜车更是连轴转，经常白天当晚上，晚上当白天。

有一次，我们已连续跑了三趟夜车，实在太困太累，我和师傅在车库做好机车加煤加水加油的准备后，机车驶向车站去挂车。星空下，我站在平台，用手去扶铁杆，想透口气。谁知双手扶了个空，一下掉了下去，又不巧掉进了车站的窨井，半身卡在井上，造成右部肋骨骨折，当晚送往铁路医院。幸好机车还未出发，如果是在风驰电掣的途中，那可就惨了……

尽管生存是如此艰难，命运是如此多舛，我在生活的最底层随人生潮汐四处漂泊，但无论是当知青，当士兵，还是当工人，只要一有空闲我就会找书去看，心头萦绕着久久挥之不去的儿时"春晖中学"梦……

做梦也不会想到有这一天！1977年国家恢复高考，我抓住这一转瞬即逝的机会，赶上末班车，成为当时参加1977年、1978年高考的1160多万名考生中的一员，而且十分侥幸地胜出。我永远不会忘记1977年12月8日、9日，我以重庆铁路分局九龙坡机务段设备车间工人的身份，参加在重庆杨家坪市八十中的高考。永远不会忘记1978年3月14日（星期二）上午，去西南师范学院（今西南大学）报到的那一天。

那天，办理完新生报到手续，我将被褥、生活用品搬进杏园学生宿舍。因我去迟了，八人一间的宿舍，四张上下铺木床的好位置早已被前来的同学占领了，只剩进门一张木床的上铺，而且是晃动的破床。我整理好一切，躺在上面，突然大喊了一声："太舒服了！"同宿舍的其他同学都很惊奇："这么拥挤的宿舍，有什么舒服的？"

我躺在床上，想到儿时的"春晖中学"梦，想到当知青时挑100多斤重担爬山路的情景，想到连续三班夜车从机车上摔下来的骨折，我的泪水忍不住流了出来。如今，我成了大学生！世界上居然还有这么好的事情，可以不用跑夜车，不用上班，天天有书读，而且还是带薪读书（按照当时规定，职工读书原单位工资照发）。

1977年的高考彻底改变了我的命运、我的人生。我们这一代"77级"大学生是恢复高考制度的直接受益者，人人都珍惜这一来之不易的读书机会。"为中华之崛起而读书！"这就是30年前我们这一代大学生的响亮口号。

（2008年3月11日）

进京十年

一转眼，我从事高等教学已有二十四个年头了，当教授也有十八年之久矣。

去年教育部在部属高校率先进行"教育部直属高等学校岗位设置管理"的改革，将正高级教授岗位分为4个等级，即一至四级教授，并相应调整薪酬。我任教的北京师范大学根据教育部文件精神，施行了教授岗位设置和聘用实施方案，因一级教授由教育部直接聘任（两院院士、文科资深教授），故学校只聘任二至四级教授。其中二级教授的任职资格条件是："任教授职务15年以上或聘用教授三级岗位10年以上。履行重要的学科建设与管理职责，作为学科首席教授，在学科建设中发挥关键作用；承担主要的教学科研和人才培养等任务，为学校的发展做出重大贡献；在本学科领域有较高学术造诣和较大的学术影响，取得突出的学术成就；近5年年度考核合格。"对任教授未满15年申报二级教授职务者，学校则制定了相当严格的条件。

评审结果，我所在的北师大文学院共有7位教授被学校聘任为二级教授，是全校各院系中聘任二级最多的。这7位二级教授是：童庆炳、王宁、王富仁、王泉根、王一川、郭英德、刘铁梁。

名单公布后，我备受鼓舞，感慨系之，夜不能寐。我深知，北师大聘任我为二级教授，这不仅是对我个人的肯定与激励，同时也是对儿童文学学科的肯定与支持。由于多种原因，儿童文学学科在国内多数高校还没有取得应有的学科地位与发展空间，甚至连最应开设这一课程的不少师范院校，至今还是空白。但北京师范大学则是例外。

早在20世纪50年代初，北师大中文系就在全国高校率先成立了儿童文学教研室，由著名文艺理论家、作家穆木天教授（1900—1971年）担任首任主任，并聘请时在人民教育出版社工作的著名儿童文学家陈伯吹先生（1906—1997年）为兼职教授。十年"文革"结束后，在时任北师大中文系系主任、著名民俗学家钟敬文教授（1903—2002年）的坚定拍板下，北师大中文系在全国高校最早恢复了儿童文学教学，并将其作为本科生的必修课程。

90年代中期，由于多位教师接连退休，北师大一度停招了儿童文学硕士研究生。为了确保儿童文学学科的可持续发展，1995年北师大启动人才引进计划，决定把我作为"特殊人才"引进。经过北师大与我原先任教的西南师范大学（今西南大学）多次协商，我于1998年10月正式调入北师大中文系（2003年中文系改为文学院）。1999年，北师大研究生院把我增列为博士生导师，并从2000年起招收"中国现当代文学专业儿童文学方向"博士研究生，我也由此被媒体称为"中国第一位儿童文学博士生导师"。

从2000年迄今，我已先后招收了九届23名博士生，已毕业17人，其中有4人来自日本、新加坡、中国台湾与香港地区。来北师大后，由我指导的硕士生则有36人，已毕业30人（此前在西南师范大学指导过4人）。经过我的努力，北师大中文系于2002年聘任吴岩副教授为科幻文学硕士生导师，由此填补了我国高校科幻文学研究生培养的空白，现已有三届6位科幻硕士生毕业，在读也有三届6位。

2004年，在我的竭力争取与努力下，经过严格考核与论证，北师大学位委员会与研究生院决定将儿童文学设置为与文艺学、中国古代文学、中国现当代文学等并列的二级学科，并上报国务院学位委员会办公室获准。从2006年起，北师大独立招收儿童文学专业硕士研究生，下设儿童文学、科幻文学两个研究方向。这在国内高校是第一家，目前也是唯一的一家。现在，我们正在为儿童文学成为独立的博士点而努力。

一转眼，我调任北师大已整整十年了。三生有幸，十年之前我这个与北师大毫无学缘背景的"闯入者"，居然与钟敬文、启功、郭预衡、许嘉璐等名师大家成了同一个系的教师。从踏入北师大校园那一天起，我用"我的生肖恰好属牛"严格要求自己，用启功先生为北师大题写的校训"学为人师，行为世范"鼓舞自己。

我在一篇文章中这样写道："发端于 30 年前的改革开放，不但彻底改写了当代中国的历史，同时也改变了小小老百姓——我个人的命运。作为改革开放的直接受益者，我这一个连做梦也不会想过要读大学的初中生，居然成了'77 级'大学生，还成了大学教授，而且是北京师范大学这一具有百年历史的名校教授。命运将我安排在教授的职位，并主要锁定在振兴中国儿童文学理论研究与教育教学的位置上，可以说，自从接受这一使命以来，我是兢兢业业，如牛力耕，不敢有丝毫的懈怠和懒惰——我要对得起自己的职业，对得起'北师大教授'这一职位。扪心自问，我是敬业尽职的，凡是有利于中国儿童文学发展的事，我都会竭尽全力去做：从基础理论研究到文学现象批评，从作家作品评论到青年作者扶植，从学科建设到对外交流，从研究生培养到各类评奖，从接受媒体采访到图书策划选编。"

拙著《王泉根论儿童文学》中的大部分文章，正是我来北师大后所思所写的结晶。本书是我从事儿童文学教学研究以来的代表性论文结集，集中体现了我的文学观——儿童文学观，我对儿童文学理论的一些关键问题如儿童文学的美学特征、学科地位、理论建设等的思考，我对中国儿童文学发展历程与当下现状的透视和批评，我对推进新世纪儿童文学的建言与愿景。

光阴如箭催人老，日月如梭趱少年。蓦然回首，"77 级"上大学竟已是三十年前的事了，第一次发表儿童文学论文《论安徒生童话的艺术》（1981 年）已过去了二十七年，第一次出版儿童文学专著《现代儿童文学的先驱》（1987 年）已过去了二十一年。深深感谢接力出版社，在我调任北师大十年之际，出版这一于我极有意义的著作。同时，深深感谢北师大为我提供的良好学术平台和学科支持，使我有如鱼得水之感。感谢新世纪的阳光惠风！

（2008 年 10 月 25 日）

谁是中国最博雅的教授

　　有学者四五人，品茗清谈，坐而论道，谓中国大学教授中谁最博雅会通？玄议结果，一致认为西南师范大学（今西南大学）吴宓教授可以候选。

　　吴宓者，陕西泾阳人也。生于 1894 年，卒于 1978 年，在世八十有四。早岁负籍清华，留学哈佛，与陈寅恪、汤用彤并称为"哈佛三杰"。学成归国，先后服务于东南大学、清华大学、西南联大、武汉大学诸校，其间曾赴英国牛津大学及西欧多国游学。1949 年后隐居于重庆北碚缙云山下之西南师范大学，直至 1977 年回陕终老。吴宓主编《学衡》杂志，坚执"昌明国粹，融化新知"的文化担当；主持清华国学研究院，聘请梁王陈赵四大家；主事清华与西南联大外文系，力倡培养"博雅之士"的现代大学办学理念，这些都为学界所熟知而乐道。

　　但吴宓 1949 年后在西南师大的教书生涯似乎鲜为人知。笔者曾在西南师大中文系任教十余年，据笔者所知，吴宓在西南师大先后担任过三个系的教授：先在外语系执教英国文学与世界文学，继转历史系讲授世界古代史，再到中文系主讲文言文导读及中国古代文学。此三系所教课程差别之大，非古今中外皆通、文史言语俱精者不能当。但吴宓胜任了，而且绰绰有余。因为从根本上说，吴宓是一个坚守"中国传统通人通儒之学"（钱穆语）的会通型教授与学者。

吴宓曾在英美留学多年，精通英、法、德语及西方文学，在中国最早提出"比较文学"概念，执教外语系实在是其本行；吴宓早在20年代就研究古希腊罗马历史文化，著有《希腊文学史》等，因而讲授世界古代史自然游刃有余；吴宓还是一位红学家，最早将《红楼梦》介绍到海外，同时他在本质上是一位怀抱"雪莱情志少陵心"的诗人，30年代就已出版过《吴宓诗集》，有着如此文学根底，在中文系讲授古代文学更是他的拿手好戏。据说他上课从来不带讲义、教参，完全靠记忆背诵原典或板书诗文，其记忆力之强，使听课的年轻学子无不惊叹。像吴宓这样能在中文、历史、外语三系任教，古今中西俱通且又擅长吟诗填词的人文学科教授，在当今中国大学又有几人？因而大家推举吴宓为中国最博雅会通的教授人选之一，应是合适的。

清心泡壶盖碗茶。在座的四五学者由吴宓的博雅又议及今昔学术之区别，或问为何今之大学人文学科再也产生不了像吴宓那样的会通型教授？综而析之，四五学者意见大致有三，兹按顺序阐释如下。

其一，会通与专业的区别。

会通是中国学术的特点，而细分专业则是西方学术的特点。钱穆在《现代中国学术论衡》（三联书店2001年版）中认为："文化异，斯学术亦异。中国重和合，西方重分别。民国以来，中国学术界分门别类，务为专家，与中国传统通人通儒之学大相违异。循至返读古籍，格不相入。此其影响将来学术之发展实大，不可不加以讨论。"学科专业分工越来越细，越来越专，这是中国学术接受西方影响之后的必然趋势。

演变及今，按照国务院学位委员会1997年颁布实施的《授予博士、硕士学位和培养研究生的学科、专业目录》的规定，我国高校现在执行的学科门类计分为哲学、经济学、法学、教育学、文学、历史学、理学、工学、农学、医学、军事学、管理学12大类；12大类下面再分为88个一级学科；88个一级学科下面再细分为381个二级学科。试以"文学"门类而言：文学门类下面分为中国语言文学、外国语言文学、新闻传播学、艺术系4个一级学科，此4个学科所授学位均以"文学"称，即文学学士、文学硕士、文学博士。中国语言文学为一级学科，下面又具体细分为文艺学、语言学及应用语言学、汉语言文字学、中国古典文献学、中国古代文学、中国现当代文学、中国少数民族语言文学、比较文学与世界文学 8 个二级学科。

为何学科专业越分越细？据说原因是现代社会知识爆炸，信息密集，人的精力只能应付其中一点。有关资料显示，在农耕经济时代，人们只要 7—14 岁接受教育，就足可应付以后 40 年的谋生之需；进入工业经济时代，求学时间延伸为 5—22 岁；而在今天信息技术高度发达的知识经济时代，人们必须把 12 年制的学校义务教育延长为 80 年制的终身学习，也即每个人在其一生的工作生涯中，必须坚持终身学习，方能获得成功。同时，有关资料还显示：人类最近 30 年产生的知识总量，等于过去 2000 年所产生的知识量的总和；而到 2020 年，知识总量将是现在的 3—4 倍；到 2050 年，目前的人类知识只占届时知识的 1%（《光明日报》2003 年 2 月 12 日文）。在如此急剧增长的知识面前，现代学者只能守在某一学科专业里面，不断追踪，不断补充，方能讨碗饭吃。因而学科与学科之间，同一学科的不同专业之间，也就自然隔行如隔山，大家各耕一块田，"鸡犬之声相闻，民至老死不相往来"了。据说，这就是为什么现在大学中文系里面，搞古代文学的不辨现当代文学，搞中国文学的不问外国文学，搞文学专业的不知《说文》《广韵》为何物的原因。

专业分工精细的好处是可以产生"专家"，但其弊端也正在此。因为事实上，所谓的知识经济时代急剧增长的知识量，极大部分属于自然科学与应用技术，而人文、社会科学知识量的增长毕竟还是有限的，根本原因是人类社会数千年的文明史早已验证：人文、社会科学归根结底所要研究的还是自古及今的关于人、关于人与人、人与社会、人与自然的关系等这些问题。一切人文、社会科学，永远离不开"人"这个轴心与终极。但现实却是：人文、社会科学受自然科学的影响与浸染似乎越来越大，不但分科越来越细，借助自然科学的研究成果或手段的兴趣越来越浓（例如文艺学就出现过模糊数学、热力学、量子力学、场论、生态学等研究方法），而且最要命的是运用管理自然科学与应用技术的那一套方法来管理人文、社会科学，用发表论文的篇数、字数、刊物级别、转载引用率等所谓的"量化"硬指标来要求、考评人文、社会科学工作者。专业分科太专太细，同时要求研究成果"量化""细化"（学术论文居然可以切割为属千方面进行打分），其结果必然导致学人只见树木，不见森林，视阈的局限无形消减了作为人文社会科学必需的人文关怀。

一个不争的事实是：由于文科专业分得太细，已使一般文史哲出身的学者无法议政，而社会大众也不再以政事请教人文学者，致使人文学者对社会政治不再有发言权；而另一方面，专治政经法及管理的学者又多与历史文化和学术隔阂太深，其发言议政习惯于在其本专业的操作层面讨论，不能自本自根，有体有用，因而往往缺失人文精神，脱离历史文化的命脉。人文学者不问政，而问政者受专业分科细密的影响缺失人文关怀，更遑论问政者多为技术官僚，这不能不说是现代社会的隐忧与盲点。

这一隐忧与盲点从根本上说正是学科分工过细所致，而社会时代的发展又迫切需要具有跨越学科专业局限的会通型学者，也即如钱穆所说的"通人通儒"。对此，美国芝加哥大学社会思想委员会创建者乃孚教授曾做过精辟阐释："任何一个时代者需要少数具有原创能力的思想家提出新的观念来界定与指引这个时代的学术与文化。这种新的思想往往是源自新的问题的提出，而这种新的问题又往往需要跨越几个学科的知识与训练才能得到完善的解答。"（转引自林毓生《中国传统的创造性转化》）

卓识方大器，浩博乃兼容。真正的学者是不能按专业归类的。在只耕一块田的"专家"堆里，能够出现钱穆所肯定的"通人通儒"与乃孚所期待的"具有原创能力的思想家"吗？

其二，志业与职业的区别。

这是吴宓提出来的。吴宓在 20 世纪 30 年代发表的《我之人生观》一文中，对学人面对的志业与职业的两难选择做过如下剖析："职业者，在社会中为他人或机关而作事，藉得薪俸或佣资，以为谋生糊口之计，仰事俯畜之需，其事不必为吾之所愿为，亦非即用吾之所长。然为之者，则缘境遇之推移，机会之偶然。志业者，为自己而做事，毫无报酬，其事必为吾之所极乐为，能尽用吾之所长，他人为之未必及我。而所以为此者，则由一己坚决之志愿，百折不挠之热诚毅力，纵牺牲极巨，阻难至多，仍必为之无懈……职业与志业合，乃人生最幸之事。"

吴宓心目中的"志业"，对学者而言正是一己生命之所系的学术工作，韦伯在《作为职业的学术》一文中则将学术工作这一职业（Beruf）视为这是一项以神召（Calling）为使命的"天职"。学术研究是人类对未知领域的探索，是超越自身的当下性而在精神层面掌握世界的方式，是一种对于真理和人格独立性的追求。因之，作为人类最高层次的思维活动和最高智慧表征的学术研究，要求从业者必须具有高度的敬业态度、踏实的工作作风及从事具有长远意义的科学创造精神，不媚俗、不丢格，不为劳形累心的名利位势所困蔽，而是有如同老庄所言心存"葆光"、胸同"天府"、专气致柔、营魄抱一、涤除玄览、高超透脱的姿态，在"无竟"的境界中，永葆精神生命的自由飞扬。具有此种"志业"素质者，方能真正胜任学术工作，并能确保其科学创造精神。

中国学术本质上是一种生命之学，讲究"道德文章"并存，使学术内化为人格，人格外化为学术。生命之学的重要特征在于重行（实践、体验、证悟）而非重知（分析、建构、运作），因而有关于中国文化的一些根本性问题，如儒家的本质、道家的品格、儒道的异同等，都不能只通过框架的建构、概念的分析、话语的厘定就可获得明晰的答案，而必须通过每一具体生命主体的真诚自觉、体验、实践方能融会贯通，以致最后证悟。由于每一生命主体的存在情境（包括气质、环境、时代、际遇等）具有各自的特殊性，因而每一生命所体证融会之道自然也就各不相同，这就是为什么一时代有一时代的儒道，一时代又有一时代之新的儒道。但万变不离其宗，这"宗"就是学者个体生命的重行与投入。他们是以整个主体生命投浸于整体历史文化关怀之中，对历史文化问题做总体的掌握与探索，而非以学问为客观的材料，不以学科、专业来限制自己，更不问学术市场上的风向与交易价格。

大学者必有大精神，这大精神来源于他的生命气象。这是上下亿万年、纵横宇宙间，乘天地之正、御六气以游的"逍遥游"精神；自本自根、神鬼神帝、天人合一、死生一如，在大化流行中以求生命安顿的"大宗师"精神；穿破功名利禄位势权尊的束缚，天地与我并生、万物与我为一的高超脱透的"大荒原"精神；俗人昭昭我独昏昏、俗人察察我独闷闷，我独异于人而贵得道的特立独行的"人间世"精神。正是此种精神，造就着人类文明史上绵绵不尽的思想智慧，守护着"地球上最高的花朵——思维着的精神"。具有此种精神追求的学者，其所从事的学术工作，自然是他心向往之的"志业"，也自然是如严复所说的"为己"之学，而非为求谋生糊口、功名利禄的"职业"及"为人"之学。学者与非学者或伪学者的区别正在于此。

为什么今之学界会出现那么多的无价值无意义的泡沫"成果"，甚至于还有大量剽窃、偷盗来的"成果"？其根本原因正在于学术的功利化、市场化，将学术工作当成了谋取功名利禄位势权尊的手段，获得薪俸佣资住房待遇以为谋生糊口之计、仰事俯蓄之需的职业。钱穆一再强调："士是中国社会的中心，应该有最高的人生理想，应该负起民族国家最大的责任；更重要的，是在他的内心修养上，应能有一副宗教精神。"但在今天，钱穆所力倡的"士"的这种"忧道不忧贫""谋道不谋食"的宗教精神与君子志节却在恶俗的功利主义、实用主义、市侩主义的滚滚红尘裹挟下无奈地失落了。诚如钱穆所言，今天中国的知识分子只接受了西方的权利观念，没有接受他们的宗教精神，只讲个人权利，不讲义务与牺牲，"于是，四民中少了一民——士，社会骤然失去了中心！"没有重心、没有灵魂的社会，根本是行尸走肉的社会。

当一般学者与读书人多以职业性的私人自居，社会自然也以职业人待之，"公人"之所以为公人的"义"没有了，社会之所待公认的"礼"自然也没有了（参见中国台湾《钱穆先生纪念馆馆刊》1993年创刊号高大鹏文）。而当"士"居然也干起制造假冒伪劣、鼠窃狗盗的勾当，以致学术界出现一片打假之声，要为维护中国学术的纯洁性而战时，"学者"——这一曾经是那么文质彬彬知书达理守护着社会良知的正派形象，在社会公众眼里已与那些制造假烟假酒假药假钞的骗子如出一辙，学术的真正悲剧也就被注定无疑了，吴宓标榜的"志业"、韦伯礼赞的"天职"、钱穆力倡的"宗教精神"，统统都已成了西天的云彩、梦中的镜像。

其三，有我与无我的区别。

"有我"是中国学术的传统与良规。将一己之生命、之性气、之才情、之体悟、之爱憎、之悲喜，充分投注于学术研究的对象之中，这就是"有我"。钱穆曾一再肯定并高度评价这种"有我"的学术传统。钱穆是从中国文化精神的大背景立论的，他认为："中国文化精神，端在其人文主义，而中国传统之人文主义，乃主由每一个人之真修实践中而表达出人生之全部最高真理。故曰：'人能宏道，非道宏我。'"（钱穆《中国文化与中国文学》）因而"在中国，则读其书贵能知其人，如《论语》《孟子》是矣。读庄子书，虽不能详见庄周之为人，但亦可从其书约略推想……读中国文学亦然。如读屈原《离骚》，可知屈原其人。读司马相如诸赋，则作者其人不在内，故扬雄讥之为雕虫小技……即如读《史记》，亦可备见司马迁之为人，读《汉书》，则班固为人较少见。而史汉两书高下，亦于此判矣。此亦中国学术传统精神所在。"（钱穆《略论中国哲学》）

唐代诗人陈子昂的名篇《登幽州台歌》："前不见古人，后不见来者，念天地之悠悠，独怆然而涕下。"历来为人们所称道，但子昂此诗所悲者到底是什么？对此却说法不一。一般认为这是诗人缅怀往昔，古贤难追，感慨当今，才志未展，遥望前景，不见来者，因而百感丛生，愁肠郁结，潸然泪下。但钱穆别有见识。钱穆认为子昂所悲的是中国人文古之"有我"传统的挫折与缺失："建安以来，曹氏父子倡为新文体，除陶渊明等极少数几个人外，文中可不见有作者其人，亦无道可传。陈子昂所深悲，非谓不见有诗，不见有辞赋之文，则其人则非矣。子昂之怆然涕下者在此。李白、杜甫继起，乃有唐代之诗。韩柳继之，乃有唐代之文。乃求于诗文中再见有其人。"（钱穆《略论中国教育学》）

在这里，钱穆是将诗文中"有其人"即"有我"，作为中国人文精神的道统与命脉来看待的，有我与无我实是判别诗文高下、著述优劣的价值尺度。中国人文精神的这种传统对于中国学术思想的影响至深至巨，在 20 世纪初叶的那一代学者身上依然表现得十分明显，儒风道骨佛理惮意，即使在今天阅读他们的著述文章，依然一一可闻可亲。例如，梁启超的激越慷慨，章太炎的直道显世，王国维的沉郁苍劲，胡适之的酣畅峻切，周树人的愤激瘦硬，陈寅恪的古朴谐和，真所谓刊落声华，掷地有声，馨欬音容，跃然纸上。

杨周翰在评吴宓的著述时，其中有一段话十分精到地道出了这种"有我"的中国学术传统在吴宓身上的体现："读吴宓的文章，给人最深的印象是他对中西文学有一种热爱，有一种感情。吴宓的批评文章有情有理，与作品的人物水乳交融，有理不稀奇，有情却是极可贵的，他把自己写进了文章里，读其文如对其人。"行文至此，杨周翰笔锋一转，深有感慨地说："研究文学仅仅采取一种所谓'科学''客观'的态度，也许能找出一些'规律'，但那是冷冰冰的。文学批评也应如同文学创作一样，应当是有感染力的，能打动读者感情的。"（见《回忆吴宓先生》，陕西人民教育出版社 1990 年版）杨周翰在这里毫不客气地加以否定的文学批评中的那种"客观""冷冰冰"，正是今日学术不同于往昔学术的重要区别之所在，即：无我。

无我是一种"缺席"与"失语"。无我者的笔下满篇都是对他者（尤其是对洋人）的引述、疏证、转注、整理，在密不透风的字里行间，唯独没有无我者自己的姿态与话语，仿佛一位拄着双拐的瘫者，一旦失去他者的扶撑，就会立扑倒地。

无我是一种自卑与失落。由于缺乏自信，对自己的言说不敢负责，因而无我者的笔下往往貌似惊人，实质满纸虚空：或堆砌术语，新名词新概念轰炸，借以张目（其实连他自己也没搞懂）；或拉出几位洋人，罗列若干伪注，借以唬人；或变换花样，玩弄包装，打出莫名惊诧的旗号，借以夸示。在学术研究这个激情与思维的先锋领域，人们看不到无我者理智的拓荒与探险，更遑论独创性的作为，因而无我者的"科研成果"总是缺乏血色的"冷冰冰"，没有阳气的"干巴巴"。

无我是一种壮夫不为的雕虫小技，智者不屑的精神泡沫。由于无我者的文章缺乏生命原色，自然没有个性，彼此相仿，千篇一律，因而替换一下作者姓名，断然难辨原作属谁。人们不妨做一个试验：将发表在南方大学学报的论文，删去原名，更换他名，寄往北方大学的学报，北方大学学报绝对看不出原文应出自何人之手。反之亦然。具有讽刺意味的是，大凡此类"无我"之文，最易成为剽窃对象。为什么现在学术界会出现这么多的剽窃现象？除了别的原因，我认为论著的无我性不能不说是其中的重要原因。我们可以试想一下，那些视学术为生命，甚至不惜为学术献出生命的学者，其论著无不充满生命气象与有我品格，例如梁启超、王国维、陈寅恪、钱穆、吴宓，以及顾准等等，他们的文章能被他人假冒剽窃吗？即使真有胆大妄为者剽窃了，也能为世人所辨识。这就是"有我"与"无的"的区别！

严格地说，学术工作是一种纯粹的精神生命活动，是学者用其独特的富于个性化的理性探险和感性表述来展示其对人生和世界真理的生命证悟与探索，是学者作为社会的人、历史的人、文化的人、生命的人所选择的自身生命活动的一种特殊形式。学者这个行当不是谁想做就能做的。因而真正的学者所从事的创造性工作，必然是激情燃烧的，充满生命人格的，有我的，是一种标准的个人化行为。虽然学术工作"寂兮寥兮"，但他们依然"独立不改，周行而不殆"，心善渊，动善时，在大化流行中呈现出人性的生趣与光辉。

有我，永远是真正的学者必具的品格。

[2003 年 6 月 30 日于韩国汉城（今韩国首尔）]

到『纸帐铜瓶室』拜访郑逸梅

在 20 世纪 90 年代中国作家协会会员中，高寿且笔耕不缀者当为上海文史掌故作家郑逸梅先生。郑逸梅先生生于 1895 年，比我先祖父还要大十岁。这位出生于苏州的寿星作家，从 1912 年 17 岁为《民权报》撰稿开始，已经在文坛整整耕耘了 70 多年。他一生写了 700 万字左右的作品，已出版的单行本约 50 种。

80 年代，郑老写作的劲头益发旺盛，年年有新著付梓，出版有《艺林散叶》《逸梅随笔》《艺坛百影》《清末民初文坛轶事》等 15 种，我是见一本买一本。但郑老毕竟是耄耋老人了，他的手腕运用已不太灵便，碍于握笔。1989 年初，我收到信末署为"逸梅病腕"的郑老亲笔来信，问及拙著《华夏姓名面面观》出版事，文字不长，照录如下：

"泉根先生多时不通音问想兴居迪吉为颂尊著华夏姓名面面观未知已出版否倘已问世能否设法代购一册邮寄下当按定价汇奉书费不误万万不能赠送因近年来书价甚昂作者难以负担也匆此敬颂撰祺"（注：原信无标点）

此时，我也恰好收到《华夏姓名面面观》样书，立即挂号寄奉郑老，并写明"万万不要寄书费来"。不久，我收到郑老寄赠的新著《郑逸梅小品》《掌故小札》，另有郑老的公子郑汝德先生的附信，信中说："家父因年迈，有时信件由我代复，我亦花甲老人矣！"

事出偶然，1990年10月，我去上海开会。15日与16日两天，会议主办方组织中外来宾去杭州西湖游览，我未去杭州，特意留在上海访问与逛书店。16日这天，专程拜访了郑逸梅先生。那时通讯不便，郑宅也未有电话，我是冒冒失失前去叩门的。

那天上午8：30，我在徐汇区上海教育国际交流中心（桂林宾馆）搭乘出版社的车子，到延安西路下，转71路公交到静安寺下，先找商场去买了一瓶"参龙长寿酒"（东北产，价19.80元），作为送给郑老的礼物。又在静安寺坐76路公交，到澳门路下，11：15终于寻到郑老住处：长寿路160弄。

这是一条短短的弄堂（胡同），位于长寿路/江宁路口附近，弄口有复康商店、时新鞋帽商店等，附近还有长寿大酒家、上海纺织工业设计院等。著名的郑逸梅"纸帐铜瓶室"就处于这车水马龙"熙熙攘攘皆为利忙"的商圈包围之中。弄堂内有六幢二层高的石库门老宅，左右各三幢，闹中有静，路边摆放着花钵，十分整洁。

长寿路160弄1号是石库门老宅，前门关着，经打听，郑老住在1号后门。后门的木栅栏上挂着一张纸板启事："郑逸梅老先生因高龄体衰，来访请于下午二时至四时（上午不会客），谈话请勿超过半小时，谢谢！郑宅。"

已近午餐，我自然不能现在造访，我是先来"侦察"一下，以便下午再来。于是去寻饭店，解决了肚子问题，又去玉佛寺参观。下午2：00，我终于叩开了敬仰已久的郑宅。开门的是郑老之子郑汝德先生，他问明来意，热情地把我引到楼上（后楼）的"纸帐铜瓶室"。

过了一会，逸梅老人从卧室进来了。95岁的郑老精神还不错，步履缓慢，他在藤椅上坐下来，慢悠悠地与我交谈，思路十分清爽。

他说，今年4月因中风住院半个月，"住院如同吃官司"，稍有好转，他就坚持回家了。现在每天上午仍在写作，写1000-2000字（以前每天写2000-3000字），下午休息、会客、看书，晚上7：30就睡了。极少出门，也不下楼。一家计有五人，四世同堂：郑老、子汝德、媳、孙女有慧、曾外孙。现在主要在给香港《大成杂志》月刊的"人物专栏"写文章，每篇7000-8000字，已连续写了7年。

郑老告诉我：今年黑龙江人民出版社将出版《郑逸梅选集》，从已出版的 20 多种书中，选出 10 种，合为三大本，200 余万字。郑汝德先生在一旁说：郑老患有白内障，需开刀，但国内技术不过关，钱君匋、吴青崖是去美国开的刀，十分成功。但郑老已九十五了，显然不会去美国做手术。白内障是老年病，只能走一步看一步。

郑老因右手腕有关节炎，写字颤抖，加之现在又患白内障，写作较困难，只能摸索着写出文字的笔画，故所写文字，要由人誊抄清楚方可投寄报刊。但郑老说，香港印刷厂的排字工人技术好，他写的原文居然可以不必重抄就能排版。因"文革"期间郑老被罚扫地，可谓"斯文扫地"，他特请人刻了一方"扫叶老残"的印章；又将室名取为"秋芷室"，谐音"臭知识"之意。书房面北，夏有骄阳，冬有北风，有关部门曾给郑老家分了一处新房，因在五楼，郑老行动不便故未搬迁。

我坐在心仪已久的"纸帐铜瓶室"，心意暖暖。这是一间靠北的小楼，大概只有五六平方米，墙上贴有"纸帐铜瓶室"的斋室横幅，为郑老亲笔手书。室内仅一床（行军床一样的小床）、一书桌、一平柜（刻有"逸梅著述"四字）、一藤椅，再加三两个书架，只有一个玻璃书柜比较像样一点。床下、架上，到处是一包包捆扎起来的图书资料，有客来，室内就周转不开，来客只能坐在行军床上。

郑老之所以把他的这间小北楼书斋命名为"纸帐铜瓶室"，实在是因爱梅之故。郑老本名鞠愿宗，父早殁，依苏州外祖父为生，改姓郑，谱名际云，因为本性酷爱梅花而启用"逸梅"之名。古人的咏梅诗中，多有纸帐、铜瓶之类的描述，若是直接在室名中嵌个"梅"字，则显浅俗，而用"纸帐铜瓶室"，自然雅韵深涵，且藏"暗香浮动"之意，真可谓匠心独具了。

郑老在《纸帐铜瓶室记》一文中曾如此描述这间小楼："余吴趋人也，旅食沪壖，遂以传舍为定居，垂五十寒暑矣。且榜其居曰纸帐铜瓶室……顾纸帐铜瓶之为室，小楼一角，仅堪容膝，客至五六人，则并匡床扩尔为之座，局促似辕下驹矣。余偃蹇于斯，啸傲于斯，掉翰操觚于斯，一箪一瓢亦于斯。春之花，秋之月，囿而未克尽领其消息与精神也……然萧晨寥夜，兀坐室中，不觉驰情兴象，断编零缣，

王泉根散文精选

—— 北大曹文轩 ——

俄而卷轴纵横矣……"

郑老出版的书，我是见一本买一本，每每读到精彩心动之处，必摘抄笔录，并想象郑老如此丰富广博的文史掌故，必有"纸帐铜瓶室"丰富的藏书作支撑。我想象中的"纸帐铜瓶室"应是四面书墙、架插卷轴并有古玩古董的陈设，我真不愿相信"纸帐铜瓶室"会是"小楼一角"。

今亲临郑老笔下之"纸帐铜瓶室"，果然是局促一角之小楼，而且是朝北"喝西北风"。但郑老却在此安居五六十年，更逢"熙洽盛世，退老有禄，寝馈无虞，乐我余年，忘其炳烛。""随遇而安，深为矜喜，有不知其手之舞之足之蹈之者。"今见郑老陋室，始信"山不在高，有仙则名。水不在深，有龙则灵。斯是陋室，惟吾德馨"矣。

正是在这间小小的书房兼会客室里，郑老写出了《艺林散叶》《逸梅随笔》《艺苑琐闻》《掌故小札》《书报话旧》《近代名人丛话》《郑逸梅小品》等使吾辈爱不释手、获益良多的文史随笔散文。

郑老之作早岁多用文言，晚年文白间杂，笔墨卷舒之中，人情练达之处，炉火纯青，简练含蓄，饶有风致，融知识性、史料性与艺术性于一炉。郑老以别具一格的小品文体和文白间杂的语言风格深得我心，我有时私下摹仿，并自许为郑门"私淑"。

我望着堆放在床下、架上那一包包捆扎起来的图书，既感慨郑老书房之局促竟容不下这些书籍亮相，又深深敬佩老人家博学广闻惊人的记忆力与超强敏捷的才思，晚清民国以来的多少文史掌故、名流轶闻、人间百态，早已在他的脑海中定格融化为一篇篇一幅幅精妙的文章与画图，因而用不着再去翻书检册查资料了。

与郑老交谈了约半小时，忽进来一位中年人，应是郑老家的常客，他说是南社费公直的外孙，在铁路部门工作，找郑老有事。怕影响来客与郑老的交谈，我便起身告辞，将那瓶"参龙长寿酒"送给郑老，祝他老人家健康长寿。我从书包里取出傻瓜相机，请费公直的外孙摄影。在向往已久的"纸帐铜瓶室"，我站在郑老的藤椅后，定格下与郑老的珍贵留真……

（2017 年 4 月 14 日）

谢晋：我们亲爱的上虞老乡

1923 年 11 月 21 日，谢晋出生于浙江省上虞市谢塘镇。2008 年 10 月 18 日，谢晋在上虞市府所在地百官镇逝世。一代电影大师，魂归故里，故乡的山山水水，永远牵挂着他，呵护着他，顾佑着他。

谢晋，字灵运，号肥水。他的名字是祖父取的。谢晋的名、字、号深植于上虞的历史文化。位于浙东宁（波）绍（兴）平原的上虞，自秦朝置县，一直未改其名，迄今已有 2200 多年历史。上虞在历史上长期为绍兴府所辖，现在也属绍兴市管，因而出门在外的上虞人，通常自称"绍兴人"。

谢姓与王姓历来是绍兴上虞的大姓望族，这两姓的历史与晋室南渡的"王谢"密切相关。谢晋的老家谢塘镇，是由东晋名相谢安后裔迁此定居而成规模，旧称"谢家"。后因谢家为御水患，集资自夏盖山至小越横山修筑湖塘（堤）一条，名谢家塘，遂以塘名镇。民国时期，谢塘镇一度改为"灵惠镇"，用以纪念谢安后裔南朝宋山水诗人谢灵运与文学家谢惠连。成语"东山再起"的出典就在上虞曹娥江畔的东山。隐居东山的东晋名流谢安，屡次谢绝征召，年逾四十才出仕，从上虞出发，经世致用。后坐镇建康，运筹帷幄，决胜"淝水之战"，打败前秦苻坚 80 万大军，彻底扭转乾坤，奠定了东晋江山基业。

谢晋生前说过："据族谱记载，我是谢安的 53 世孙。上虞东山就是成语'东山再起'中的东山。"先贤谢安临危受命、东山再起，以退求进、以少胜多、以弱胜强的大无畏精神，深化为一种文化基因，深深植根于上虞，也内化为谢晋的精神资源。谢晋的名、字、号，充分体现了以"东山精神"为核心的上虞古文化对一代电影大师谢晋的深刻影响。

谢晋的名字已与20世纪的中国文化记忆密切联系在一起。在20世纪"百年百部优秀电影评选"中，谢晋导演的电影就独占8部。20世纪下半叶的中国人，如果没有《红色娘子军》《舞台姐妹》《春苗》《鸦片战争》等电影可看，他们的精神生活又将会如何？谢晋的电影元素，既有着掷地振玉、气吐虹霓的中国文化博大气象，又有着灿若披锦、炳如绘素的江南山水诗心流脉，可谓文中鸣凤，影业骐骥。谢晋用电影符号，引领人们一起解读中国的过去、现在，用电影为20世纪的中国文化，也为他自己和他的家乡上虞筑起了一座不朽的纪念碑。电影是谢晋的生命，是其心血铸就的智慧结晶，也是他用以安身立命的资产。

谢晋从选择电影那一天起，就把电影作为了终生相依相偎的精神伴侣。尽管在晚年，他常常为筹措资金拍摄新片而烦恼、焦虑，但离开了电影，他又能干什么呢？他为电影而幸福，也为电影而痛苦。他的儿子谢衍说："他有很幸福的一面，也有很痛苦的一面——现在商业社会整个都变了，他不拍那些武打的东西，不会迎合；他一直想拍电影，现在找资金不是很容易，拍片机会比较少，我想这方面他很痛苦。"应该承认，作为电影大师谢晋的晚年，痛苦的成分似乎多了一些。

2003年2月8日，谢晋80岁那年，他的家乡上虞市为他举行了隆重的"庆贺乡贤谢晋先生八十寿诞"活动。地方官员、文化人士、外地赶来的乡贤名流，一百余人，济济一堂。谢晋在寿诞上激情致辞，他留给乡亲最动人的声音是："我是上虞的儿子，谢塘的儿子。"他把家乡誉他为"乡贤"视为最佳头衔。谢晋每次回上虞，都要去东山。东山虽只有200多米高，但名气实在太大，李白、杜甫、陆游都去过东山，还留下了大量诗篇。东山有着谢晋老祖宗的踪迹，而且从前东山还是谢家的产业。

谢晋生前曾多次对乡人表达过自己的遗憾："我一生拍过36部片子，应该也算功成名就，有人说我衣锦还乡。我是个很传统的人，我以前为什么很少回到故乡，即使来拍《春苗》那个时候也不敢惊动父老乡亲，因为我没有东西。现在我来了，因为我有东西向父老乡亲汇报了，可以有一个交代了。但是我有一个遗憾，我到现在为止没有真正意义上为我自己的故乡拍过一部片子，我觉得愧对父老乡亲。每一次到家乡来，都有很多人问我，什么时候为我们自己的家乡拍一部片子？"拍电影要有剧本，谢晋希望这个剧本由上虞作家来写，"一部真正的力作"。谢晋希望写100年的历史，100个人物，全景式的，从章镇写到松镇。上虞当地有句顺口溜，叫"上有章镇，下有松镇"。"这两个是经济文化最发达的地区，希望把这两个镇合起来写，包括上虞很有名气的青瓷都融合到这样一部作品中，我来执导，这样我对家乡就有交代了。"

青少年时的谢晋，曾求学于上虞白马湖畔的春晖中学。那是一所以"与时俱进"为校训，曾经汇聚了夏丏尊、丰子恺、朱自清、朱光潜等现代文化名流任教的江南名校，校园里至今还保留着李叔同的"晚晴山房"。今年10月19日，是春晖中学建校100周年庆典，谢晋特地从上海赶去上虞参加。谁知这一去，谢晋就永远留在了故土。谢晋希望为家乡拍摄一部"从章镇到松镇"的大片愿景，也永远成了遗憾。

我与谢晋先生同是上虞人，他是我心目中的大师、故乡的骄傲。2001年12月22日晚上，我在人民大会堂参加"中国文联第七次全代会、中国作协第六次全代会"的联欢晚会上，万分高兴地见到了谢晋先生。我们用一口纯粹的上虞方言交谈着家乡上虞的变化。当他知道我是上虞章镇人时，马上脱口而出："'上数章镇，下数松镇'。章镇是曹娥江边的好地方，那里的茶叶很有名。"

此刻，当我从书柜影集中取出那天晚上与谢晋先生的合影，先生的爽朗笑声与豪迈举止历历在目，仿佛还是昨天的事。谢晋先生，你怎么就这样走了呢？你还没有为你深爱的家乡拍过一部电影呢！

遥望南方，心绪涌动，我在心里默默地说：谢晋先生，我们亲爱的上虞老乡，您永远留在我们心中，永远留在中国电影、中国文化的记忆中！

（2008 年 10 月 26 日）

北
大
曹
文
轩

一、他的干净与自信

北大教授曹文轩是我的朋友，我们住在同一城市同一个区：北京市海淀区。从新街口外大街北师大打的到颐和园路北大，不堵车二十分钟也就到了。但实际上，平时我们见面很少，见面大多是在会议时，各种各样大大小小的会议，有的在京城，有的是在赴外地开会时的机场。但有两种时候，我们必然都会在一起。

每年5月的博士生学位论文答辩，只要是我有邀请，文轩再忙也一定赶来北师大文学院，担任我所指导的博士生学位论文答辩委员会的主席。文轩对北师大的支持，对我的支持，我与我的学生都心存感激。这是一种惺惺相惜，为了共同的学术理想与愿景的携手相助，可谓同声相应，同气相求。我也曾去北大中文系，参加过文轩指导的博士生的论文答辩与博士后出站报告的审查。

再一种见面最多的场合，是与儿童文学有关的会议。我与文轩多年担任中国作家协会儿童文学委员会的副主任，因而凡是作协召开的儿童文学会议，包括作协儿委会年会、工作会、儿童文学作家作品研讨会等，我们总能聚在一起。但有一例外，即作协举办的"全国优秀儿童文学奖"等的评奖，文轩从不参加。这时候，他是以作家的身份有作品参评，他是运动员，而我赶鸭子上架被充任为裁判员。

认识文轩至少已有三十年了，如果要挑两个"关键词"谈谈我对他的印象，那我就会选"干净"与"自信"。

文轩在任何时候，穿的都很干净，而且配置十分讲究得体，如果是深色衬衣，必配以浅色外套，反之则外深内浅。秋冬季节围一条绛色条幅围巾，皮鞋永远是亮色的。他的视力很好，从来不戴眼镜。北京夏季阳光炙人，泛着白光，我出门必戴墨镜，以防紫外线伤眼。但我从未见过文轩在夏天戴防护眼镜，也不戴遮阳帽，因而永远是干净清爽的样子。

文轩一米七几的个子，略偏瘦，走路腰板挺直，目不旁视。与人对话，总是耐心地静静倾听，眼里闪着诚恳的光。这样一位风姿卓越、干净倜傥的北大教授，无论出现在哪里，自然都会圈粉无数，女学生与女作家女编辑对他投以特殊的目光，那是最自然不过的了。

文轩的谈吐举止，都会使人想到他是江浙一带的人。文轩确实也是江苏人，但他不是出生在"人家皆枕河"的苏州无锡，而是出生在苏北盐城。虽然他的家乡也是"人家皆枕河"，但那不是桨声灯影里的秦淮河，而是白茫茫的一片芦苇荡。

有一年，文轩邀我去盐城参加他的文学启蒙老师李有干的小说研讨会，当我驱车穿行在苏北的芦苇荡，第一次惊讶于如此辽阔的水乡与望不见尽头且高过人头的青碧色芦苇，水道两边居然是芦苇带一样嵌在湖荡的细长的街道与公路。

文轩就是在这样的环境中长大的，可以说他是被水泡大的，因而文轩之爱干净，包括他的文章之干净优美，完全是地气所赐。文以气为主，气由地脉生。为什么文轩的《草房子》《蜻蜓眼》等小说，总是浸润着氤氲的水气与绵长曼妙的美，你只有到过他的被浩瀚的湖荡包围着的故土，才能产生心灵的颤动。

但孕育文轩长大的水乡，不是温婉的江南水乡，而是更偏于北的苏北水乡，于是这就有了不一样的粗粝的风与忧郁的斑驳色彩。为什么文轩的《草房子》《青铜葵花》等小说，总有一种挥之不去的忧郁情调与悲悯风格？你也只有到过他的被浩瀚的湖荡包围着的故土，才能感受审美的律动。

1974年，二十岁的文轩三生有幸，被推荐进入北京大学中文系读书，三年后毕业留校任教。如果以文凭学历而言，文轩只是一个本科生，这在博士成堆、名师成群的北大，需要有多大的勇气与自信才能立定脚跟。

文轩对自己的人生设计与目标确实充满自信。不错，他就是凭着本科学历，一步步地由助教而讲师、而副教授、而教授、而博士生导师，同时又成为名作家。

他曾获得40余种海内外重要奖项，他的作品被译为英、法、德、日、韩、俄、瑞典等文字出版发行，其代表作《草房子》已经印刷300余次，累计印数上千万册。

文轩的自信显然来自于自强不息的精神。唐人李咸用的《送人》一诗说得好："眼前多少难甘事，自古男儿当自强。"孟子则从反面强调："自弃者，不可与有为也。"无论是个人还是民族，有自信才能自强，自强才能自立，自立才能赢得尊重与荣誉，对于事业如此，对于文学创作也是如此。

2016年4月，文轩在意大利博洛尼亚荣获被誉为"小诺贝尔奖"的国际安徒生奖，这是中国作家首次获此殊荣。文轩在获奖感言中，充分表达了对中国儿童文学的自信：

"获得这个奖项的意义不仅在于对我个人的文学创作生涯的鼓励，更重要的意义是让我们得出一个结论，中国的儿童文学就是具有国际水准的儿童文学。它不是颁给我个人，而是颁给中国儿童文学，我更愿意从这个层面去理解获得这个奖项的意义。它将会改变我们对于中国儿童文学的很多看法，譬如长久以来对我们作品的不自信，认为中国的儿童文学跟世界还有巨大的差距……或许可以说，这个奖项的获得终于验证了我多年前的看法是正确的，那就是中国儿童文学的水准就是世界水准。"

文轩以他的自信与坚定不移的追求，将中国儿童文学推向了一个让全世界仰视的高度。

二、他与经典的意义

多年前，当文轩的作品还没有进入国际安徒生奖评委的视野时，我于凤凰出版集团在北京举行的"感动今生，追随永恒——曹文轩纯美小说系列庆典"会上，发表过如下一段发言，表达了我对文轩小说必将走向世界、改写文学史的坚定看法：

"文学随时代而发展。时代造就了文学，文学影响着时代，所以一时代有一时代的文学，一时代也有一时代的儿童文学。每一时代的文学都有自己的文学经典、文学典型、文学代表。

"百年中国儿童文学是中国文学的重要组成部分，也是世界儿童文学的重要板块。百年中国儿童文学涌现了一批代表性作家，曹文轩即是其中的杰出代表。曹文轩的小说，如《草房子》《青铜葵花》《山羊不吃天堂草》等，不但将中国的儿童小说，也将当代中国小说的艺术创造推进到了一个新的高度。这个高度就是小说艺术的高度、审美情感的高度、文学责任的高度、文化担当的高度、语言力量的高度。

"儿童文学是没有国界的，是真正的世界性文学。曹文轩的小说不但是中国儿童，也是世界儿童的精美精神食粮。我坚定地相信，曹文轩的名字和他的作品，必将写在中国文学史上，也必将写在世界儿童文学史上。

"传世的文学是那些打败了时间的文学，曹文轩的文学必将是打败时间的文学，特别是他的《草房子》。

"祝贺文轩小说的代表作《草房子》突破 100 次印刷。祝贺文轩的新作——触摸灵魂的图画书即将问世。祝贺文轩的家乡——江苏凤凰出版集团在打造纯美文学精品图书方面所取得的业绩。"

三、他的小说

打开曹文轩的小说作品，一股清新而芳醇的文学女神美的气味扑面而来，如赴深山奇岫幽壑，有美不可胜收者。

文轩对文学的"审美"十分在意，他曾多次重复："美的力量绝不亚于思想的力量。再深刻的思想都会成常识，只有美是永具魅力的。"由此出发，他明确表示文学不能转向"审丑"，并对文学总被定位在平民化上持疑惑态度。他认为："对一个国家而言，不强调贵族文化的魅力，而始终在低俗的地方徘徊，是很要命的。就文化而言，'贵族'与'平民'并不是一个阶级的概念，而是一种精神价值的概念，一种美学范畴的概念。"（《曹文轩：文学不能转向审丑》）因而曹文轩对"中国当代作家的队伍乃至作品中时刻都能感受到的一种土匪气、农民气、行帮气、流氓气、痞子气"（《一根燃烧尽的绳子》）表示出决然的拒斥。

曹文轩的小说有长篇、中篇、短篇，其内容大多定格于田园乡野与青少年生命世界，近年又力倡"成长小说"。阅读曹文轩小说的最大好处是会把我们的读书口味弄精致，从而产生一种对平庸、丑陋作品的本能排斥。曹文轩小说的这种审美格调与艺术魅力，大致体现在以下几个方面：

一是忧郁情调。曹文轩认为忧郁是一种高度文化教养的体现，忧郁是美的。"忧郁不是无节制的悲苦，更不是绝望哀号，这是一种很有分寸的情感。"曹文轩最初喜爱忧郁情调，恐怕与他早年贫寒艰辛的童年以及乡村意识与城市意识的冲突有关，但长年的学者生活，使他"加深了这种情调并对这种情调有了一种理论上的认识"，因而对于忧郁情调的营造也就自然成了其小说的一种刻意为之的追求。他承认，他是在"玩味着一种高贵的美学享受——忧郁的甜美或甜美的忧郁"，其目的是想使读者"在气质方面能有些质量"，当代文学需要"这种具有美感的忧郁"。

二是执着美感。曹文轩认为"美的力量常常要比政治的、伦理的力量深刻和长久"，他对文学的美"非常在意，并且有一种近乎于偏执的向往和追求"。在具体的文学实践中，他将美放到了很高的位置，努力"将自己的东西写得漂亮一些，再漂亮一些"。这种追求使其小说有浓郁的美感效应。一是作品有画面感，努力用最优美、最纯洁的文字去描绘大自然，在创造安恬的美感之中获得一种无上的精神快感，因而他愿将自己比作一个画家。再是借助象征创造意境，使作品得到升华，并有耐人寻味的底蕴。如长篇《山羊不吃天堂草》中的一章，用了两万字的篇幅去营造这种意境。

三是田园生活。曹文轩对田园生活的价值有自己的思考和判断：面对现代社会人的生活现代化但情感却趋向简单和生硬这一存在，他深感"文学应承担起调节的职能，当田园生活将要逐步变成历史时，它应当用温馨的、恬静的笔调去描绘田园生活"；面对那些充满生硬的钢铁形象、光电形象而画面上绝无一点山水和田园的卡通片以及不能湿润心灵的"时尚"文字，小说更应当往培养读者的"优雅情趣和宁静性格方面多做一点文章"，"使它们不至于全部丢失从前的纯朴的伦理观念"。描写田园生活与流淌在田园山水间的温馨人生，成了曹文轩小说的一个重要特色。

四是语言实验。作家的职业规定了他是用语言进行特别的创造，文学是语言的艺术品。曹文轩认为一个作家必须深刻地感受到自己民族语言的特别长处和能力，小说作家尤应有强烈的语言实验意识，尽可能地发挥语言的功能，在读者能接受的前提下，努力使自己民族的语言显示出万般潇洒，大出风头。

四、他的儿童文学观

"儿童文学的使命在于为人类提供良好的人性基础"，这是曹文轩在《文学应给孩子什么?》（《文艺报》2005 年 6 月 2 日）一文中提出的。拥有小说名家与北大教授双重身份的曹文轩，在潜心创作的同时也在不断思考着中国儿童文学的美学品质与理论话语。

20 世纪 80 年代，他提出了"儿童文学作家是未来民族性格的塑造者"，有力而有效地激活了儿童文学的创作与理论批评。进入新世纪，他认为有必要修正以前的这一话语，提出了新的看法："儿童文学的使命在于为人类提供良好的人性基础。我现在更喜欢这一说法，因为它更广阔，也更能切合儿童文学的精神世界。"曹文轩从道义感、情调、悲悯情怀三方面立论，认为儿童文学的目的"是为人打'精神的底子'"。

他认为，儿童文学不仅仅是给孩子带来快乐的文学，也是给孩子带来快感的文学，这里的快感包括喜剧快感和悲剧快感。世界儿童文学史上80%的作品都是悲剧性的，安徒生童话的主体也是悲剧的。文轩曾说："我的写作永远建立在三大基石之上：道义、审美、悲悯。这是我全部文字大厦的基石。"

显然，这是曹文轩站在更高的精神视野来看待儿童文学。这是超越了狭隘的民族语境，以一种人类文化大视野也即"全球意识"来重新解读儿童文学的价值意义。新世纪儿童文学需要的正是这样一种精神高度。人类在当今世界所遭遇的种种深层次困境和挑战——战争与恐怖、全球性气候变化与生态环境恶化、有限的地球资源争夺与可持续发展、伦理道德的重创与青少年犯罪激增、现代人的生存困境与拯救等，需要借助全人类的共同智慧和力量，包括通过文化与文学这种特殊的精神性力量来修复与拯救人类自身。

童心是相通的，儿童文学是最能沟通人类共同的文化理想与利益诉求的，正如文轩所说："如果今天有人觉得用神圣的目光看待文学是可笑的话，我想是不会有人去嘲笑用神圣的目光看待儿童文学的……如果他是人父人母。"

五、他的文集

2003年，不到50岁的文轩，出版了9卷本的《曹文轩文集》。2003年是羊年，三羊开泰春来早。那天在北大东门成府路上的万圣书园举行的"《曹文轩文集》新书发布会"上，京城的学界与文坛来了一大批教授、作家。这样的盛况只有文轩才有资格享有，因为他既是学者，也是作家。我被会议的气场所感染，写了一篇文章，发表在《中国图书评论》。

我以为，《曹文轩文集》的出版，首先验证了一个事实：作家可以学者化，学者也可以作家化；同时还原了中国文脉的一个传统：文质彬彬，然后君子。

古之学者，治学著撰，必讲文采，所谓"言之无文，行而不远"。因而无论文史哲政经法，总是讲究文藻辞采，斐然成章。司马迁的《史记》是严格意义上的历史学著作，鲁迅的评价是："史家之绝唱，无韵之离骚。"史家著述，自然注重学术功夫，而离骚文采，则是诗人本色了。《徐霞客游记》是一部杰出的地理学专著，但同时也是一部蕴含着深厚人文精神与风雅才情的优美散文集。所以古之学者，一身二任焉，不存在学者作家化或作家学者化的问题。即使在20世纪上半叶的中国学界文坛，学者与作家也往往是一身二任的，不少大学文科教授，不但学问做得好，而且文章也写得妙。后来这一传统几乎遭到中断，王蒙深感学者、作家两相脱节的危机，因而才有"作家学者化"的热切呼唤。

《曹文轩文集》正是对这一召唤的生动而圆融的回答。9卷本文集，学术专著占其四，小说创作占其四，散文与随笔式的学术论文占其一。理性思辨与形象思维水乳交融，学术智慧与艺术创造天人合一，大雅与大俗浑然一体。不容易，不简单，不含糊。

曹文轩，这位来自江苏盐城的书生，这位久居大学深院的文学教授，终于将一个几乎断裂的中国文化传统优雅地接续了起来。作为中国最高学府的北京大学的一位教员，文轩以其学术成就与教学水平晋升为教授、博导；作为一名终日乾乾、不事张扬的作家，文轩则以其小说创作的艺术才情和实质性影响，当选为中国作家协会全国委员会委员。

像曹文轩这样自由出入于"学问与创作"之间的教授型作家或作家型教授，在今日中国又有几人？多者乎，不多也。但是，当代世界文学的一个普遍现象是，不少名动天下的作品大多出自大学院墙；21世纪中国文学复兴强盛的希望之火，正需要有越来越多的"曹文轩"来加以"煽风点火"，进而引成燎原之势，熊熊之火。若如此，则中国文脉接续有望，中国文学胜出有望矣。

六、他的学术文论

曹文轩的学术性文论，给人最深的印象是：学术原创，问题意识，中国话语。这既是学术研究的基本原则，也是学术著作的价值所在。

今日中国学界，学术著作的生产量不可谓不丰。曾有人统计，以现代文学研究为例，30 年，6 个人（鲁郭茅、巴老曹），少说也有 3 千研究大军，现代文学论文年产量少说也在 2 万篇以上（当然未必都能发表）。这里面固然有不少精彩之论，但也无可否认充斥着重复堆垛而毫无创新之学术泡沫。一个知识分子的心灵必须有独立精神和原创能力，一个教授，尤其是人文学科的教授，学术原创能力自然是其起码的必需必具的"谋生手段"。

曹文轩学术文论的可贵之处，正在于大面积地辐射出学术原创的智慧火花与思想芒锋。《中国八十年代文学现象研究》《二十世纪末中国文学现象研究》，对当代中国最具灵性与活力的种种文学现象，做出了一种诗性的、独立的、有空间的理性解析，以话语自身的潜在资质，历史地、辩证地、锐利地坦陈了作者作为"学者与作家"双栖主体身份的深远的审美观念与艺术眼光。

"现象研究"所设置和解读的问题，如：悲剧精神、回归故事、感觉崇尚、激情淡出、重说历史、语言至上、终极追问等等，都在于文学自身，在于文学内部环境和在此内部环境下文学合规律性和合目的性的生态伸展状况，质言之，即在于一时代之文学能否满足该时代之精神需求、提升该时代人类之生命质量。文学是一种灵性的艺术创造，艺术创造是一种自发性和独创性的精神活动。虽然学界研究当代文学的论著可谓不少，但真有真知灼见的并不多，曹文轩的这两部"现象研究"属于不可多得的确有真知灼见的论著范畴。除了作者的学问素养以外，作者对文学的艺术悟性与灵性着实起了不少的作用。

曹文轩对文学的这种切肤感觉，还多重地体现在他的《小说门》《第二世界》以及那本随笔式的论著《一根燃烧尽了的绳子》中。这些论著同样是凸现个性，渗透理趣，融通美感，体现了作者对文学是什么、文学为什么需要和需要什么这一类文学根本性问题的思考。例如关于文学的想象与思维问题、文学作为提高人类生命质量和精神灯火的存在意义、作家的经验与经历的关系等，都给人以新鲜的启悟和深刻印象。尤其是那一部《小说门》——"门"，"门类"之门、"门道"之门、"门径"之门、"入门"之门，作者从小说创作的经验、虚构、时空一直谈到悬置、摇摆、风景、结构，可谓道尽了小说艺术创作的种种玄机（自然也是作者自身创作实践的经验甘苦）。

这是中国学者以现代思维系统化地卓有成效地建构小说艺术理论的良好开局，这一开局无论对于丰富中国特色的小说艺术美学，还是促进新世纪小说创作，都具有积极的建设性意义。

尤为难得的是，在中国学界过分夸大西方文化并在文学领域过分钟情于大文化批评的格局中，曹文轩的思想暨文字却背离时尚亮出了坚守"中国话语"的独特立场。他的理论著作所探讨的都是文学自身特有的现象与问题，所有现象与问题的解析都是以阅读文本为前提，而所有的文本阅读又都是放在中国的特定时空之中，其目的与作用都是为了使文学更加文学，使小说更加小说，使作家更像作家，使文学批评真正返回到文学自身。当人们忧心忡忡地哀叹文学的"边缘化""失语症"之时，曹文轩从来没有"边缘"也没有"失语"，对他来说，任何时候自我都是世界，他永远是他的话语中心。

作为一个有着自己明确的审美理想与学理判断的学者，曹文轩的学术著作似乎并没有按照时下的学术规范放弃个人的心性与经验，恰恰相反，而是将学术研究所必需的理性思辨与对文学进行学术研究所必要的艺术悟性也即其作为作家自身的经验与个体心性紧密地结合了起来，因而曹文轩的理论著作与时下习见的学术操作方式明显地有了区别。这是曹文轩学术研究的特点，我认为，这一特点也正是"文学"研究所需要的，毕竟文学是最讲究灵性与悟性的。

七、我对他的评说

北京大学中文系孔庆东教授有一次对我这样说："我在北大开设

各体文学课程，其中的儿童文学部分，我是直接'照抄'了你的不少理论观点。在当今中国，儿童文学创作，我们北大文轩教授是第一人，而理论第一人，则是北师大王教授您。"对于孔教授的如此评说，我只能同意他曹文轩是创作第一人的观点。

数年前，我写过一篇《中国儿童文学十作家论》的文章，对每位作家给出不超出300字的评说，我对文轩的评说是这样写的，现在把它抄录下来，用以结束这篇散说：

"刻骨铭心的苏北水乡少年记忆与悲天悯人的北大教授人文情怀，使曹文轩永远跋涉在'追求永恒'的精神大漠。他的作品崇尚人的感情、格调、欲望，关注人的精神、灵魂、境界，以富于个性的鲜活艺术形象，有力而有效地表现出现代中国儿童的生存体验及其根本的历史缘由，并把所经历的苦难艺术地转化为精神资源。他的作品一方面深深地扎根于现实土壤，同时又拓展出广阔的想象空间，富于理想主义与浪漫色彩。他对中国式'成长小说'与'幻想文学'的艺术探索，对小说的形象、结构、场景特别是语言的探索，充盈着理想智慧的光芒，有力地增强了中国当代文学与儿童文学的美学品质、文体秩序与世界影响。"

（2017 年 5 月 25 日）

彩云之南的学者型记者

官晋东是我大学时的同窗，但我更喜欢称他"小官"。一是他比我年纪小，名副其实的小师弟；二是叫起来亲切，这一份亲切中包含着我们"新三届"的深深记忆。

新三届——"文革"结束后恢复高考制度入学的 77 级、78 级、79 级三届大学生。"新三届"对应着"老三届"。老三届——"文革"中荒废学业四处串联造反后来又上山下乡的 66 级、67 级、68 级三届初、高中学生。从年龄推算，如果以 7 岁上学计算，老三届应该出生于 1946 年至 1953 年，现在正好是 49 岁至 56 岁之间。新三届的大学生绝大多数都来自于老三届，当时他们正当 25 岁至 32 岁（需要说明的是：77 级与 78 级均是在 1978 年进校的，77 级 3 月进校，78 级 9 月进校，相隔仅半年）。

1978 年 3 月，我和小官同时考入位于重庆北碚的西南师范大学（今西南大学）中文系，全年级将近 200 多位同学，系里将我们按年龄大小分成三个班：一、二两班是小班，年龄均在 25 岁以下，25 岁以上编为大班（三班）。我当时分在大班，小官年龄小，在小班。我们班的同学自然都是清一色的老三届，而小班在我们眼里皆是不谙世事的小同学——"文革"时还在读小学或幼儿园，充其量只是"红小兵"，他们的人生经历与磨难怎能与我们老三届相比？

因而当时我们虽都同为新三届的 77 级同学，但大班与小班之间似乎有一道明显的"代沟"。同学们来往甚少，各忙各的，只是上大课时或全年级会议时，大家都一起坐在阶梯教室而已。因此直到毕业，77级好像没有发生过大小班男女生之间谈恋爱或"第三者"的故事——当然这与大多数大班同学都已结婚生子有关。而小班同学之间就完全不同了，一二年级还表面平静，到了三四年级可以说恋爱成风，毕业时有许多同学兼情侣都是成双成对分配到同一地方去的。这里面就有小官与他当年的同学、现在的妻子董剑，他们一起选择了一个充满神秘浪漫色彩的地方——彩云之南的云南。

虽说中文系77级大小班之间来往较少，但我与小官却是例外，我们不但来往多，而且进校不久就认识了。个中原委，要从王绵厚老师说起。

记得开学不久后的一天，我去中文系办公室取挂号信，正当我签名取信时，有一位老师上下打量着我，问："你就是王泉根？"我说是的。那位老师高兴地说："我早就知道你了，还有官晋东，你们二人都是我特别录取的。"

原来，这位老师就是王绵厚教授。西南师大77级新生招生时，他与牟宗福老师（后来成为我们77级的政治辅导员）负责中文系的新生录取工作，牟老师管政审，王老师管业务，他们二人首肯签字就原则上决定了录取，可见权力之大——直接决定着我们77级的命运。

身处连年"扩招"、录取率高达3/4的今天这一代大学生怎能知道，1977年冬季首届高考，全国报考人数竟高达570万人！这是被"文革"积压了十几年的几千万中学生，以及大批已届而立之年的老三届们终于盼到的机遇，而最后被录取的只有区区27.8万人，录取率仅为4.8%。这是真真正正的"千军万马过独木桥"。请想一想，在如此严峻、残酷的竞争中，我们这一批考生竟能"脱颖而出"，这是何等的三生有幸！因而，当面对直接改变我命运的王绵厚老师，我怎能不感激万分？

那天，王老师这样对我说："你，还有小班的官晋东，是我特别看好的。你们二人成绩都不错，而且在报考中文系的考生中，只有你们二人发表过文章。你发表过小说、诗歌，而官晋东发表过数十篇新闻报道。所以我把你们二人的材料单独放在一边。"因为这一层原因，我与官晋东很快就结识了，而且这种结识一直深深地脉动在我们未来的人生道路上。

难忘的重庆北碚，难忘的西南师范大学，我们曾在那里读完 4 年大学，我以后还在那里教了 14 年的书。

重庆素为西部重镇与中心。禹分九州，即有巴蜀。在 20 世纪 40 年代，重庆曾作为抗战时期的陪都。中华人民共和国成立之初，重庆是中央直辖市和西南行政区的中心，1997 年又重新成为中央直辖市。

位于重庆北郊的北碚，是一座文学"故事多"的美丽小城，抗战时期一大批文化名人与作家都与北碚结下了深深的文缘。梁漱溟创办的勉仁学院，陶行知的育才学校，晏阳初的乡村建设学院，梁实秋的"雅舍"，林语堂的故居以后又成了老舍的故居，还有胡风和"七月派"诗人的北碚诗踪，复旦大学的夏坝旧址，都在诉说着北碚昨天的故事。20 世纪的一些名著，如《中国文化要义》（梁漱溟）、《四世同堂》（老舍）、《雅舍小品》（梁实秋）等，都是从北碚走向全国的。西南师范大学还是现代文化名人吴宓任教时间最长并终老于斯的地方。

在这样一座现代文化与现代文学底蕴丰厚的小城读书，可想而知，我们这一批中文系学生，自然会对现代文学产生浓厚的兴趣。更何况，特别录取我与小官的王绵厚老师本身就是执教中国现代文学的。可惜的是，王绵厚老师很快调往位于成都的四川大学中文系，没有给我们上过课。为我们开设现当代文学课程的先后有耿振华（木将）、刘扬烈、苏光文、李维品等老师。

77 级同学，一直执着现代文学的要数小官。还在读大学时，他就开始与著名作家沙汀（时任中国社会科学院文学所所长）通信，并在《西南师范大学学报》发表了研究沙汀的论文。这在我们 77 级同学中是不多见的。小官是一个有心人。当多数同学还在为考试成绩、班干部竞选、评三好生等事情淘神费心的时候，他已将兴趣锁定在了"中国现当代文学研究"上面，他已在为图书资料的积累、作家学者的联系甚至于研究专题的形成而悄悄地忙乎了。

1982 年元月，我们毕业分手，小官去了昆明，在云南民族学院中文系任教，自然更将中国现当代文学作了自己的主攻目标。他不但很快担任了现当代文学教研室主任，写出了《"寻根"还是"西化"：关于我国文学发展方向问题的辩难》《民族文化与当代意识交相融汇》等有影响的论文，还出版了 21 万字的专著《跋涉与寻觅：沙汀评传》。按照这样的势头发展下去，小官自然而然将会成为一名文学教授、现当代文学研究专家、西南地区的现当代文学学科带头人。因而每当我在报刊上读到小官的文章，收到他寄来的赠书，都会为这位志存高远、勤奋睿智的小师弟高兴，甚至有时，他的成绩会默默地成为激励我"永不放弃"的一种动力——我们都是 77 级，都在同一条起跑线上。

1991 年 5 月，我去昆明参加"滇西儿童文学笔会"，第一次到昆明，也是第一次与分手将近十年的老同学官晋东、董剑夫妇会面。在云南民族学院的教工宿舍楼里，我们把酒夜话，情澜不歇。第二天，小官带着他未满十岁的儿子，陪我一起去游滇池、大观楼、金殿……

万万没有想到，大概是 1992 年五六月间，小官突然写信给我，说他将调到人民法院系统工作，任务是筹组新创办的《人民法院报》云南记者站。我既为小官离开大学而惋惜，但也理解他的选择——小官是一个智者，他的选择自然有他合乎逻辑的必然因素，就像 1977 年选择高考、1982 年选择去云南执教一样。从此小官走上了一条崭新而又充满神秘色彩的人生之途。以后，我从小官断断续续寄来的《人民法院报》《法制日报》《审判与法治》等报刊上，读到了他的另一种文章——学者眼中的人与法，还收到过一本厚达数百页的纪实文学与法制通讯结集《天平的回声》。

2001 年 8 月，我因参加一个文学会议，第二次到昆明，与小官第二次在昆明见面。小官陪我游了民俗文化园，看了纳西族、白族的民族歌舞。我们坐在湖边品茗，谈着过去、现在与将来。这时，我才知道，小官已在法院系统干出了一番虽不轰轰烈烈但也卓然可观的事业：他不但白手起家，创建了《人民法院报》云南记者站，深入禁毒抗震走私的第一线，撰写了大量精彩的法制通讯与纪实文学，成为《人民法院报》的一名响当当的大牌记者，而且他的职务，也由记者站站长、《审判与法治》杂志主编，升任为云南省高级人民法院宣传处处长、政治部副主任。

知识分子图的是文章报国，经世致用，忧乐天下，与时俱进。小官虽然离开了高校，中国现当代文学研究领域虽然少了一位学者，但他却在法院系统实现了自己的人生价值，而且，他写的这些将近百万字的法制文章所产生的社会影响与价值，显然要大大地超过以前那些现当代文学研究论文——这难道不也是学问吗？

《大学》云："大学之道，在明明德，在亲民，在止于至善。"大学者，大学问也。中国传统文化的一个重要观念是：所谓大学问，就是要引导人们修明天赋的光明德性，帮助人们革除旧有的缺点，并努力达到至善至美的境界。小官从事的法制宣传工作，直接关系着"明德"与"亲民"，关系着人世间的"至善"，愿意一心一意献身于这种具体的实质性的学问的学者，我们不是太多，而是太少了。我想，倘若我们有更多的像小官这样具有真才实学、素质优秀的学者来从事法制工作、行政管理工作、政府领导工作，可以想见，我们的"国家与社会管理者阶层"的形象与素质自然会更优更强。

今年11月，小官来北京出差，同时也来看望他刚刚考取北京交通大学的儿子。那天，我们在北师大兰蕙公寓餐厅愉快聚谈。小官告诉我，他的工作可能又会发生变化，但仍在法院系统，仍在云南。他希望能到基层去，接触更广阔更实际的社会，中国社会太需要我们深入下去了。

屈指算来，从1982年到1992年，小官在云南高校从教十年，1992年到2002年，又在云南政法系统宣教十年，小官把青春与智慧都献给了云南。在他即将走上新的工作岗位之时，我又读到了他即将出版的30万字的法制新闻与纪实文学结集《记者眼中的人与法》，又一本厚重的文集将要推向社会，我真为小官感到高兴。小官的这本新著书名是《记者眼中的人与法》，但我更愿把它看成是"学者眼中的人与法"。小官虽然担任过十年记者，他是以《人民法院报》记者的身份下去采访的，但同时，这是一位有着十年大学教龄、出版过《沙汀评传》这样厚重的学术专著的学者。像这样有着学者背景的一线记者又有几人？因而小官笔下的"人与法"——无论是法制新闻作品还是法制纪实文学作品，就有了一种厚重感与穿透力：这是一位当代学者对人性的剖析、法制的解读与公平正义的追求，他将对正义与生命的体验渗透到了作品的字里行间，使我们从敏锐、灵动、鲜活的话语中获得了公平正义的精髓与人性深邃表达的快意。

年轻的时候，人生有着无数种选择，无数种梦想，无数种可能，等到走完一段曲折漫长的生命之途，蓦然回首，过去的种种只是一条命定的必由之路，实际上只有一种选择：选择已经走过的那一条生命不归之途。我的"新三届"同学如今都已是四五十岁了，他们正当生命的盛年，在各自选择的生命之途上镌刻着自己的人生价值。1982年，小官大学毕业时风华正茂，他选择了高校；1992年，小官在即将升任教授的时刻，他选择了政法。但他都把自己的坐标选定在云南这一片彩云之南的神奇土地上。生命的价值在于最有意义的燃烧。小官的选择无疑是充满意义的。祝愿小官在未来道路上骞翮远翥，快哉千里。请接受我——一位"新三届"77 级老同学的真挚祝贺。

【补记】以上文字写于 2002 年 12 月 25 日，曾作为序言，刊于官晋东所著《记者眼中的人与法》（人民法院出版社 2003 年版）一书。2003 年 2 月，小官去了云南省丽江中级人民法院工作，担任院党组书记和院长。5 年之后的 2008 年 2 月，小官奉调最高人民法院工作。我们两个西南师大中文系 77 级的老同学，又相聚在京城。长相忆，难忘当年缙云山下嘉陵江边美丽西师的那些人那些事……

第二辑　往来成古今（阅读）

读书与习惯

　　某日与研究生谈读书。有研究生问我读书有什么经验、心得？我说了一句话十个字："养成好习惯，受益一辈子。"我这里说的"好习惯"不是指要养成爱读书、喜欢书的习惯。作为读书人，爱书、爱读书这是他（她）的本性使然，习惯成自然，因而用不着再说；我所说的"好习惯"，是指在读书过程中需要养成的一些习惯，这些习惯有益于提高读书质量，因而是"好的"习惯。积数十年读书之心得，我觉得有下列三方面的习惯是有益于读书的，应当养成的，故而乐于说出来与大家共勉。

　　第一，不动钢笔不看书。

　　我虽然出生在素有文化渊薮之称的浙江绍兴曹娥江畔，但我的父母亲远在外地做工，我从小所接触的亲戚，不是做小生意的，打工糊口的，就是两脚泥杆一脸黑的农民，只有一个姨娘是公办小学教师，另有一个堂姑母是民办小学教师。这样的背景，注定我从小不可能拥有一个良好的读书氛围。我16岁初中毕业，先是当了将近三年的下乡知青，以后又当了三年兵，再以后当了7年铁路工人，青少年时代的这种坎坷生活经历，自然也注定我不可能成为一个读书种子。一直到"文革"结束恢复高考制度，我才有幸成为一名77级本科生，自此成了以书为谋生手段（读书——教书——写书）的读书人。

　　尽管我的出生背景与早年生活经历远离书本与书斋，但我从小却酷爱读书，只是苦于无钱买书，所以一直到我上大学，全部藏书也不过数十册，而且大多是普通读物。但我有一个习惯，不论看什么书，都爱动笔。"不动钢笔不看书"，从初中开始养成的这一习惯一直到现在依然"本性难移"。

我信奉这样的观点：好记性不如烂笔头，知识在于积累。以前无钱买书，所读之书都是借来的，不能在他人或公家的书上随便划写，所以我就一边读书一边摘记。凡是阅读过程中感觉有教益的、有启示的、发人深省的、令我眼睛发亮的，我都把它们摘录下来，有词汇，有警句，有语录，有梗概，兴之所至，随读随记。记得多了，我又按内容不同，分类摘抄。

这样的读书笔记从未间断过，到1977年参加高考时，大约记了二三十本。正因为有了这些积累，高考前一天我还在车间上班（当时根本不准请假复习），第二天进考场一点不感觉恐慌，从容答题，顺利交卷。以后，经济状况有了改善，自己买的书越来越多，读书时除了摘录，更可以随心所欲在自己的书上又画又写，眉批、心得、重点、疑问什么都有。不论我走到哪里，我的口袋里永远揣着一支笔，为的就是读书时所用。虽说现在有了电脑上了网，从网上可以方便查阅资料，轻松下载文件，但我认为网上的东西还是不能算是自己的，只有自己用心读过了，用笔记过了（摘抄、批注、画线），这才算真正读过了书。

"不动钢笔不看书"的最大好处是：看书时高度专注，不分心，记得牢，印象深。因而有的书看过多年以后，我也能从书中翻出某一页，找到某一段某一句。

第二，老老实实读原典。

作为一个中国的读书人，有一些中国经典是一辈子必须要读的。十年前，我在西南师范大学（今西南大学）任教时，曾应中文系学生之请，开过一个最低限度的必读书目：

一、中国文化元典

《论语》《孟子》——儒

《老子》《庄子》——道

二、中国文学经典

《诗经》《楚辞》——中国文学两大流派之元典

《唐诗三百首》——古典诗歌高峰期之精选

《古文观止》——古代散文历代名篇之精选

《红楼梦》——古代小说压卷之作

三、现代文学精粹

鲁迅小说《阿Q正传》等

沈从文小说《边城》等

钱锺书长篇小说《围城》

我开的书目不多，仅12种而已。我要求同学们能老老实实读完它们，而且要读原典。但使我伤心的是，我在数届毕业生中做过调查，真正读完以上12种原典的寥寥无几。更使我悲哀的是（后来在多所大学中文系请人做过调查），这12种书有不少中文系的中青年教师也都没有读完过。这使我十分伤感，作为一个中文系师生，竟连代表中国文化与中国文学精粹的这12种图书都没读过，这怎么说得过去呢？

当然话又说回来，不少学生其实都了解这些图书，有的还颇"精通"。但我一细问，原来他们大多是通过导读、快读、速读、缩写、节选、白话译本等名著"教辅读物"来了解这些著书的。这种不读原典走捷径的读法可以说已成了今日读书界的一个普遍现象。你不妨到书店去看看，各种形式的名著"教辅读物"真可谓琳琅满目。出版社大多打着"现代社会快节奏、没时间读大部头"的幌子，引导读者去看他们制作的导读、缩写之类的快餐读物。这些快餐读物自然也有其一定价值，也可以看看。但如果一味依赖快餐读物，不读原典原著，那就会得不偿失，不但感受不到原典原汁原味的精华、获取原典纯正纯粹的品质，而且会被快餐读物牵着鼻子走，它错你也错，它懒你也懒。更要命的是，不知不觉间会养成一种不读原典、投机取巧的不良习惯。

当今学界有一种十分浮躁、极不负责的现象：有的人撰写评论作家作品或学术著作的文章，速度惊人，根本不读原著，而是翻翻前言后记内容简介，或再从他人已发表的评说中截取相关内容，如此这般，就大功告成。应当说，这种风气与不读原典的不良读书习惯有着直接关系。我想奉劝我的学生与年轻朋友，既然读书，就要老老实实读原典。老老实实读原典，实在是认认真真做学问的根本保证与前提。

第三，读书要杂，著述要专。

作为从事人文学科研究的学生，切忌读书单一，光抱着自己本专业的书籍，对其他专业的书籍"鸡犬之声相闻，老死不相往来"。我经常接到联系考研考博的学生电话，问："除了招生简章上开列的参考书，还要不要再看其他书？"我每次接到这种电话，心里就想：这个考生没有希望了，攻研读博，光看几本专业参考书就够了吗？当然也会有这样的考生，他（她）把与专业考试相关的书背得滚瓜烂熟，别的书一概不看，所谓"只攻一门，三年必成"，果然以高分考取了。但这样的考生即使录取了，如果不改变读书单一的习惯，以后必然不会有什么出息。

读书单一势必造成视阈短浅，知识结构单一。从事文学研究，一定要有历史的眼光，哲学的根底，美学的鉴赏能力，自然更要有卓越的文字表达能力，斐然成章，文笔优美。孔子说："言而无文，行之不远。"搞文学的，无论是做研究还是创作，文字功夫是第一等重要的。为达此目的，这就要求我们读的书一定要广，要杂，除了文学专业，常凡哲学、历史，社会科学如人类学、民俗学、文化学、语言学等方面的，以及现代科技、科普、科幻之类的图书，都应广泛涉猎。

读书虽应广、杂，但我以为，做研究工作，动笔撰著，则应收缩渔网，目标要专，要挖深井，不要挖池塘，认准一个目标，围绕一个方向，扎扎实实，深钻下去，深研下去，成为某一方面的专家，在学界找准自己的立足之地，站稳脚跟。

总而言之，无论读书做学问，养成好习惯都是十分必要的，有益的，甚至会受益终生。从某种意义上说，一切教育实际上都是为了使受教育者养成习惯——有益于人心、人生、人世、人类社会健康向上的好习惯。养成好习惯，受益一辈子，做人如此，读书亦然。

（本文系与研究生的一次谈话整理而成，2003 年 10 月 5 日）

忧

书

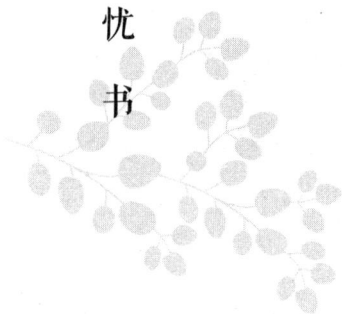

因为职业与心性的关系，近二十年来余一直与书打交道：买书、读书、教书、写书、出书，如此周而复始，打发时光。看室内图书壁立，闻校园书声琅琅，来往无官商，变笑皆书生，虽无大笔存款，金银秘藏，但有千册图书，若干线装，其间还有几本拙著；更喜独生女儿也考上大学，成为新一轮读书人，子承父业，今后几千册图书传承有望。所以优游书巢，南面称王，颇为自得。

不料，忽一日从报纸上看到如此一篇文章：《图书：将被灭绝的物种》，着实使余吓了一跳。初以为老眼昏花，再定睛果然如此，于是赶紧往下读。据此宏文的说法，人类文字的载体可分为三个历史阶段：一曰手工图书时代，如中国上古的甲骨、青铜、简帛是也，孔子"韦编三绝"是其时典型的读书方式；二曰工业图书时代，即用印刷机在纸上印制图书的时代，此即吾辈目下所见所藏之图书；三曰后图书时代，这便是日益展现在人们面前的多媒体时代，这是集文字、图像、声音于一体的电子读物。此文断言，今日架上林立的图书必将被电子读物所取代，图书走向灭绝的命运已经注定，书生钟爱之书籍必将呜呼哀哉！

读完此文，不禁一屁股跌坐在板凳上，只觉天旋地转，全身散架，头皮发麻，手脚发凉，恍恍兮如大厦将倾，惚惚乎若夜临深渊，难道世纪末果真已经来临？那些终日爱我护我亲我的大 32 开小 32 开精装本简装本线装本书店买的书摊淘的朋友送的自己写的图书，果真就会随风飘去，走向灭绝的命运？没有了图书，类似书房书斋书店节摊书库书局书屋书院书架书柜书桌书箱书包书夹书本书目书眉书脊书缘书香书生气书呆子之类的词汇，还有什么存在的价值？没有了图书，一介书生又将如何存活？

遥想吾辈当年，先为"老三届"后成"77级"的同龄人，长身体时适逢三年困难时期，长知识时又遇"文化大革命"，先天不足，身心两亏，读书不易，藏书更难。好不容易盼来恢复高考制度赶上末班火车跨入大学校门，那时节，图书出版业刚刚复苏，图书一时成为全社会争购的紧俏商品，需排长队批条子拉关系开后门才能买到。77级同学中，余虽系"带薪读书"，但已有家室之累，仍需节衣缩食想方设法，这才买到了全套《三国演义》《水浒传》《西游记》《红楼梦》《莎士比亚》《悲惨世界》《安娜·卡列尼娜》《约翰·克利斯朵夫》……这些梦寐以求的中外名著终于为余所有，当时那种志得意满欣喜若狂之态，非今日大学生（如吾女）所能想象。

再以后，余也居然出版了自己写的书，出版社涉及京沪浙川湘鄂桂，以及海峡对岸的中国台湾与一衣带水的日本。记得1987年第一次得到拙著样书时，抚摩翻看，顺阅倒读，闻着那沁人心脾的油墨书香，真有人生无憾飘飘欲仙之感。今日之余，倘若一日不见书二日不摸书三日不读书，就会寝食不安茶饭无味，惶惶然如丧家的书店老板的乏走狗。

书啊书，你怎么可能将会灭绝？大千世界荡荡乾坤怎么可以没有书呢？

自以读了那篇文章，竟有数日无名忧伤，妻也搞不懂余为何不明不白消瘦了许多。忽一日遇一智者，问余心病，启余心扉，侃侃而谈，以解余忧。

智者曰：人类对特别重大之科技成果，一开始都会惊喜交加，所喜毋庸言，所惊则担心其始料未及之后果。比如，发明原子弹担心会不会自毁人类，发明电脑担心是否会取代人脑，发明"克隆羊"担心今后人是否也会被复制，如今发明了电子读物，自然又会担心灭绝图书，此乃人类思维必经之阶段。但人是理性动物，黑格尔云：人之所以为人，乃在于人能脱离直接性与本能性。人既能发明原子弹、电脑、克隆羊、电子读物，也必能有效阻止此等高科技走向反面。汝不必忧也不必悲也。

余闻此言，稍有所安，默然而退。但仍心存疑惑：电子读物真的不会将图书"吃干抹尽"么？余还是有所不安，故特借报端示此隐忧，以祈高人明以指教，不胜感激之至。

【又记】以上文字写于 1997 年 4 月，同年先后被刊登或转载于《中华读书报》《重庆日报》《东方晨报》《作家文汇》等，当时产生了一定影响，因而自鸣得意，满以为图书（如今的时尚名为"纸媒"）的命运会如我所愿而"苟延残喘"。

没想到时代进入 21 世纪，肇始于 20 世纪末的互联网进入超常规的发展，现如今，以互联网为突破口，数字媒介已横扫天下，图书的命运出现了前所未有的危机。已有论者计算出了纸质书刊边缘化的时间表：到 2020 年数字出版将占到出版业销售额的 50%，2030 年时 90% 的图书都将是 E-BOOK，也即再过 20 年，我们大量阅读的媒介将不再是纸质图书报刊，而是电子书等手持智能终端设备了（见郝振省主编《中国阅读：全民阅读蓝皮书第二卷》329 页，中国书籍出版社 2011 年版）。

以上断言，对于酷爱书籍的吾辈而言，实在是一件可怕的事。而事实上，纸媒书刊被快速边缘化的现实已越来越"兵临城下"，请看网络中出现的事实播报：

"在教室里，越来越多的学生用笔记本电脑或平板电脑记笔记，传统的纸质笔记本和钢笔被逐渐取代了。学生们不再像他们的父辈祖辈那样用笔写信，而是通过各种社交网站、电子邮件和即时通信工具。这不能怪学生，连现在的老师们也越来越少使用板书，幻灯片早已成为课堂标配。教师带着学生一个个字写出来句子，一行行推导出来公式也几乎成为历史。

"而手机等移动设备使得年轻一代越来越缺乏思考，更易于在生活中的方方面面犯错。只要输入几个关键字母，整个单词就会出现，这样的智能输入法使得学生们在其他事情的处理上也更加快速，却失去了准确性。

"人类从兽骨笔芦苇笔时代来到鹅毛笔钢笔时代，再来到水笔和圆珠笔时代，现如今到了键盘和触摸屏年代。以后借助语音技术，是不是连手指都不再需要了，到那时，消逝的恐怕就不仅仅是笔尖了！"

呜呼，图书的命运将是越来越可悲，嗜书如我者，能不长太息而掩涕乎！

（2014 年 7 月 11 日晚补写毕）

我与《中华读书报》

　　《中华读书报》（以下简称《中华》）创刊已经20年了，这20年正是国人读书读报之风气与习惯大变的20年。二十年前，甚至十年前，在北京坐地铁，最平常不过的一道风景线是几乎人人手里都拿着报刊，在那里埋头翻阅。那时的地铁站设有书报摊，进地铁买份报纸那是寻常不过的事。不知从何时起，地铁站不见了书报摊，却增设了安检口，坐地铁成了挤地铁，有幸坐着的乘客，再也不见有人看报了，而是人人握着手机，在那里低头点击。有一次坐地铁，我拿出《中华》阅读，周围投来一片怪异的目光，我简直成了"余孽"。

　　这年头不知怎么了，人与人之间变得越来越不可信，否则地铁站要设安检口干吗？读书读报的人则是越来越少，因而那些还在抱着书报不放的"志士仁人"，不断呼吁设立阅读节、读书日。试想一下，如果国民读书的风气很盛，还用得着呼吁、推广吗？

　　于是，我就想到了《中华》。我常常想：要是没有《中华》，读书人将会怎样？对于我来说，那是一件简直不可思议的事，因为阅读《中华》，已成了我的生活习惯。

　　周三下午，不用上课（我与院系教务办公室多年约定：周三下午绝对不能安排我上课，其他任何时间都行），宅在寓所，午休起来，泡杯绿茶，然后东摸摸、西翻翻，魂不守舍似的，从书房到客厅，从客厅到阳台……时钟指向三点，立马下楼，急匆匆打开小区的信箱，

王泉根散文精选

"潜耕堂"书缘札记

里面必然已经放好了当天"新鲜出炉"的《中华》。我像捧着和田羊脂美玉那般喜滋滋地捧着《中华》上楼，然后安逸地或坐或躺在阳台的竹塌椅上，慢悠悠地啜上几口绿茶，慢悠悠地打开《中华》。好东西要慢慢享受——这是我一周中最悠闲放松安逸幸福温暖的时光。啊，真是"面朝大海，春暖花开"！

先是浏览各版标题，接下来是一篇篇一行行品读要看的文章。有时有自己的拙文见刊，自然心气更高，连标点也不放过：被编辑改动过没有？当此时也，借用一句广告词："感觉正是好极了！"一个个或熟悉或陌生的作者姓名跃入眼帘，有的是我敬仰的前贤，有的是学林熟人，有时也会忽然跳出多年未曾谋面的老同学、老朋友，于是赶紧读其大作，当然更多的是陌生面孔……真是群贤毕至，少长咸集，一起奔来眼底，与我"雅会"。而那些署名《中华》编辑记者姓名的文章，一见便生亲切感。以前常见有王小琪、祝晓风、呼延华、红娟，现在多见的是舒晋瑜、陈香、王洪涛、吴荷、韩晓东……因为近水楼台的关系，我时不时能在京城的学术研讨会、书市书展上与《中华》的编辑记者聚首，见面最多的是陈香与舒晋瑜。陈香专跑出版口，而且负责与童书密切相关的"成长"版，因而凡是京城与儿童文学、少儿图书有关的会议与活动，准有陈香到场。舒晋瑜被喻为当代文坛的"战地记者"，京城的重要文学活动包括人文社科方面的学术会议，自然少不了她。

北京因为堵车的原因，研讨会一般放在上午9点开始，媒体记者通常坐在外围，但开到大半，记者就走得差不多了，他们已拿了车马费与新闻通稿，有的还要赶下一场。坚持开到散会的不多见，如果有，那准是《中华》的记者。陈香如果到场，她必定坚持到最后，还会往会场中间挤，她爱提问，有时还直接拿起话筒发表观点。像这样敬业的媒体人写出来的文章自然好读耐看有嚼头。至于舒晋瑜，她的作家深度访谈结集《说吧，从头说起》，得到了文学界的广泛好评，体现了一名职业编辑优秀的专业素养。

真是时光荏苒，《中华》创刊已经20年了，我也居然在不知不觉中跟它相识相守了20年。我是《中华》的老订户，以后荣幸地成了赠送户。我既是忠实读者（我不想用"粉丝"，感觉上不对味），也是投稿作者。

第一次在《中华》发表文章是 1996 年 9 月 26 日，即《不妨聊备一册》。当年作家刘心武记忆有误，错将宋代黄庭坚的诗句"桃李春风一杯酒，江湖夜雨十年灯"，写成自己梦中得句，因而遭到围观嘲讽。我的文章是为刘心武解围，我认为作为一个整天脑子里旋转着形象思维、语言符号的作家，记忆有误情有可原，如果要打板子，应打在签发刘心武文章的报纸责编身上。因为第一，这说明编辑读书不多，把关不严；第二，如果编辑明知这是古人诗句而又发表刘文，这就是存心让刘心武出洋相，做人不厚道。最后我建议，书海无涯而记忆有限，凡是舞文弄墨者包括编辑，最好能在案头"聊备一册"《中国古代名句辞典》之类的工具书，以便撰文时检索查证。这篇小文在当时产生了一些影响，曾有读者来信点赞。

自此以后，我给《中华》投稿的心气自然高了起来。为撰写此文，我翻出了历年投稿记录的笔记本，据统计所得，我至今共在《中华》发表了大大小小 88 篇文章，其中有两次同一天发表两文；2003 年 8 月 27 日竟在同一天的《中华》不同版面上，发表了 3 篇文章：《该把科幻文学的苗种在哪里？》《岂能"以官衔定名人故居的命运"》《人生的况味》，创下我在同天同一报纸刊文最多的纪录。

在我眼里《中华》是一份跨越学术界、出版界、教育界、读书界、思想界的高品位人文类报纸，凡是读书人都应读一读、翻一翻。因而我常常会在不同场合推介该报。我的三弟，在西南大学担任植物学教授，受我影响，长年订阅该报，他的一位同事则受其影响，也订了该报。2001 年，我的女儿在四川大学中文系研究生毕业前夕，需来京找单位实习，我毫不犹豫地帮她进了《中华》。我告诉她：你进去后就会知道老爸为什么要你进《中华》。

《中华》在读书人圈里口耳相传、声光远播，因而只要在《中华》发过文章，就易被人记住。我在外地开会时，曾多次有人当面对我说在《中华》读过我的文章。2007 年 8 月 22 日《中华》"家园"版刊发了我的《冯友兰的得意之作与学术散文》，29 日上午接到舒晋瑜的电话，告冯友兰先生的女公子、北大冯宗璞教授见文后问晋瑜我的电话，要与我联系。很快我就接到了冯先生的来电，她说在《中华》读到我的文章很是感激，家父的散文确实写得好，最近三联书店新出了家父的书，一定要送我一套。第二天上午，我去办公室，就收到了冯先生快递寄来的三联版"冯友兰作品精选"《贞元六书》六种与《南渡集》，还有冯友兰先生的《祭母文》《先妣吴太夫人行状》之影印件。我十分珍视，受之有愧，如此珍贵的赠书、文献全是因为《中华》"家园"与晋瑜的缘故。

打开《中华》，里面的文章我当然不是篇篇想看，也不会篇篇去读，但她却是我书房中20多种报刊（多为赠阅）阅读量最多的一种。我喜欢她的是那种"独一份"的格调与品位，就如同有人说过的这样一句话："好书就像好情人，你一字未说，她已全然懂得。"平日里上网浏览时政思潮，左右网站都会看看，见之大有剑拔弩张、互掐打斗之势。偶尔在《中华》见到网上左右对阵人物的文章，似乎一个个都换了面貌，心气平和，一派谦然，这就是《中华》的气场与定力。我常想，国内倘能多几份《中华》这样的报纸，那中国文化就多了几脉清流。

《中华》栏目丰富，精光内涵，特别是其中的"家园""瞭望""文化周刊"等已成响当当的品牌。有时读到使我服帖的妙文或有用的文献，我会顺手剪下来，但马上又责备自己将《中华》弄得"面目全非"是何居心。于是就在这矛盾纠结中，书房里的《中华》，还有其他报刊日积月累，越堆越高。每隔几年，总有使我痛苦万分的事情发生：我不得不将它们送出门去。当它们离我而去，进入回收商的收购摊，秤斤计价时，我的心仿佛滴着血：这无价的《中华》在资本配置的眼里，竟是如此一文不值！

唉，这就是读书人之苦，人生之苦，用佛陀的苦谛解释，叫作"求不得"之苦：谁能求来能安置《中华》等吾辈所喜所爱之书籍报刊的豪宅书房？看来此生只能望《中华》而兴叹了。

《中华》属于光明日报报业系统，光明日报有自己的出版社，出版社与《中华》是兄弟单位。我常常想，《中华》在学术界、读书界有这么多的作者资源、选题资源，而且编辑力量强盛，如果光明日报出版社能与《中华》联手做书，那将会是一幅怎样绚丽的风景啊。因为从我私心说，我多么希望《中华》"家园""瞭望""文化周刊"还有"出版史""书评"等栏目中的文章，能逐年选编出版，那可是一笔可观的精神财富。但在资本起决定作用的无奈现实面前，我的这一"献策"无疑是一厢情愿的白日梦而已。

据说当今世界已进入了读图时代、网络时代、数字化时代，又据说碎片化、快餐化、数字化阅读已是大势所趋，那些预言家更是斩钉截铁地宣称：纸媒将亡，报纸将被电子媒介取代。呜呼，如果这真被"不幸而言中"，那么十年之后、二十年之后，我可亲可爱的《中华》还会存在吗？每周三下午那"消得浮生半日闲"的幸福时光还会继续吗？在庆贺《中华》创刊二十周年之际，我只有默默地祈祷上苍：愿《中华》这一"读书人的精神家园"，在十年、二十年……之后，还能继续存在，继续举办中华办刊 N 周年纪念的"我与中华读书报"征文活动。诚如此，则吾辈有幸，读书人有福矣！末了，书联一副，以志庆贺，以寄心迹：

　　创刊二十年中华读书报不愧为吾辈读书人精神家园声光远播上善若水；

　　逍遥几万里京城珠市口果真是尔曹文章家砚耕福田精气内涵下笔有神。

横批：

纸媒不亡

（2014 年 3 月 30 日）

忙碌了快半年，学校放暑假了。先去河北白洋淀、云南昆明、京郊红螺寺开了几个会，日子终于变得悠闲起来，于是可以关起门来随意翻阅书刊。随意翻阅实在是一种难得的精神享受，没有负担，不必为赶写"命题"文章（如约写书评、作序什么的）硬着头皮去啃书，完全是信马由缰，随心所欲，抓到什么就读什么，翻开什么就看什么。这天随意翻阅的是书桌上的一大堆报刊图书。

首先是《新华文摘》，这是我长年自费订阅的报刊之一。浏览刚刚收到的 2007 年第 13 期目录，周有光先生的《中国语文的时代演进》一文立刻吸引了我，一口气将它读毕。《中国语文的时代演进》论及日、韩、朝、越等东亚儒学文化圈或汉字文化圈诸国在近现代对待汉字态度的演变过程："在'汉字文化圈'中，日本首先努力于语文现代化的建设，明治维新（1868 年）之后，普及国语，进行假名规范化，实行全面的汉字注音，发起罗马字运动。战后进行公文改革，规定常用汉字 1945 个，法律和公文用字以此为限，公布法定的日语罗马字（训令式）。日文已经从汉字中间夹用少数假名，变成假名中间夹用少数汉字。朝鲜改用表音的谚文字母，废除汉字。韩国沿用汉字和谚文字母的混合体，一般出版物用 1800 个汉字，小学不教汉字。越南独立后采用拉丁化拼音文字，废除汉字。"

周有光先生此文告诉我们：原来在中国周边的这些国家，都曾在历史上崇奉中华文明，连文字也是古中国的汉字，只是到了近现代，才改弦更张，不太怎么看重汉字了。汉字之运道，实在与中华文明的昌盛紧密联系在一起。据报载，现在世界各地已有 53 个国家创办了 155 所专门学习汉字与中国文化的孔子学院。当此背景下，日、朝、韩、越等国是否也会对汉字产生新的想象呢？

新世界出版社祝晓风君前不久来谈事，送我三本新世界新出版的书，我都喜爱，尤其是马来西亚萧遥天著的《中国人名研究》。该书早在 20 年前的 1987 年已由国际文化出版公司出版。1987 年 10 月至 11 月，我从重庆来北京，参加中国作家协会的一个评奖，住在八里庄的鲁迅文学院。11 月 1 日在沙滩五四书店购得《中国人名研究》，当时在扉页题记了这么一段文字："今日北京雨雪后转晴，与吴其南去首都图书馆查阅资料，特驱车沙滩，在沙滩五四书店识是书。"记得当时的沙滩一带有不少书店、书摊，五四书店的店面很大，书的品种也很多（而现在却是小了许多）。

我为什么特别要说萧遥天的这本书呢？因我当年不知天高地厚，居然研究起中国的姓名学来，写了一本 37 万字的《华夏姓名面面观》（该书由广西人民出版社 1988 年 5 月出版，1992 年重印）。我在鲁院的那些日子，正好收到责任编辑寄来《华夏姓名面面观》的封面设计样稿。一本 37 万字的著书即将出版，而且是研究中国姓名学的"拓荒之作"，自然免不了有点得意。但当我购得萧遥天的《中国人名研究》，方知"莫道君行早，更有早行人"，一口气读毕全书，实在益我良多。对照我写的那本拙著，可以补充不少中国姓名学的学问，但我那书已经下厂付梓，无法吸收萧氏的精华，实在有点遗憾。

姓名学研究涉及历史学、文化学、符号学、语言学、民俗学、社会学等诸多学科，需要多方面的知识修养。也正是在撰写《华夏姓名面面观》的过程中，我的知识结构与学术训练得到了一次严格的提升，逼着我读了不少书，思考了不少问题。而当我读毕萧遥天的《中国人名研究》后，方才明白姓名学专著还可以这么写，学问还可以这么做。香港名儒饶宗颐先生在序言中评价道："萧兄此书，既有系统的安排，又极尽分析的能事，特别以诙谐的姿态，生动的笔调写出，娓娓动听，处处引人入胜，绝无考据枯燥的毛病，这是他最成功的地方。"我把萧遥天此书奉为研究姓名学的至宝，经常翻阅，以至于书中内容烂熟于心。有一次我在西北某大学的学报上读到一篇研究上古人物名号的"论文"，一眼就看出是抄袭萧遥天的，立即写信给该学报"举报"此事。

《中国人名研究》如同老朋友一般与我相处了整整二十年，因而当祝晓风君送我此书的新版时，怎能不欣喜有加，大有故友重聚之感。新世界版的《中国人名研究》增加了萧遥天的公子萧思齐先生写的一篇回忆文章《艰难闯学海，彩笔著华章——忆父亲萧遥天先生》，开本增大了，定价也从20年前的2.10元调高为29.80元。

时下姓氏寻根、取名方式类的书可谓比比皆是，成为出版界的一个热门选题。但恕我直言，这类书绝大多数是你抄我我抄你，甚至张冠李戴，鱼鲁亥豕，错漏百出。而像萧遥天《中国人名研究》这样真正专精、确有见识的书实在少之又少。行文至此，我忍不住要为新世界版的这本书做一次宣传：这是研究中国姓名文化的最好的一本书，借用书中张大千的话："萧遥天的笔墨很深刻，是融诗、书、画于一图的文人画中的佼佼者。我常随身携带其散文集，暇时品读，深感可醒倦眼，诱发奇思。我在千千万万人面前推荐，这便是信物。"

《李德生在动乱岁月：从军长到党中央副主席》（中央文献出版社2007年版）是我前不久去昆明时在首都机场候机时买来的，定价55元。一介书生书柜所藏的人物传记均是清一色的学界、文坛中人，怎么会对军界产生兴趣呢？原来，李德生是我年轻时当兵的军长。

1967年7月，正值全国"文化大革命"武斗高潮时期，安徽两派为夺权闹得不可开交，一派说1月26日夺省委、省政府的权"好极了"，被称为"G派"；另一派说夺权"好个屁"，被称为"P派"。两派争吵不休，江淮大地武斗不断升级，毛泽东主席当机立断，急调十二军进皖，周恩来总理亲自召见十二军军长李德生交代任务。这年8月，李德生率领驻扎在苏北地区的十二军通过公路、铁路开赴安徽，当时十二军的代号是6408部队。

就在6408部队进驻安徽"三支两军"不到半年，1968年3月，

18岁的我以"知青"身份从浙江上虞应征入伍。4月20日，安徽省革命委员会在合肥宣告成立，李德生军长出任省革委会主任。巧的是，我从新兵连受训结束后被分到的连队，正好是安徽省革委会警卫连。连队驻在合肥市长江路的省革委会（现安徽省政府）大院里，我们经常能见到李德生等首长进出省委革会办公大楼的忙碌身影。

"一年新，二年老，三年打背包。"在部队我是普通一兵，什么进步也没有，三年后就退伍了。我所在的连队曾调防过多次，离开部队不久，听说连队调防去了蚌埠，自此失去联系，再也没有见到过当年的连队首长与同班战友。但我们的李德生军长，则经常能在报纸、电视上见面，李军长后来成为中央政治局委员、党中央副主席、总政治部主任、北京军区、沈阳军区司令员。

在部队，四个口袋的连长、营长都是大官了，对军长自有仰视泰山之感。但李德生军长非常平易近人，每逢春节、建军节，他总会到警卫连看望战士。他用那双又大又厚的手，与列队接见的战士们一一相握，嘘寒问暖，至今我还能感受到那双大手的力度与热度。

《李德生在动乱岁月》一书，由曾经担任过李德生秘书的原解放军报社社长祝庭勋少将撰著。这部32万字的传记，让我这个当年的小兵在相隔三十多年后，有机会了解到当年十二军最高首长的传奇经历与起伏人生。很多当年的未解之谜以及安徽"文革"故事，在这本书里得到了生动详尽的解析与破译。这是我在暑假"随意翻阅"的一本难忘的书。

需要附记一事的是：我自1971年退伍后，再也没有见到过以前的战友、首长，但使我做梦也不会想到的是，就在我任教的北师大，竟会遇到一位十二军的战友。这位战友就是著名俄罗斯文学研究专家、翻译家，北师大外语学院郑海凌教授。

我们是在一个极其偶然的场合相识的，聊起过去的经历，原来大家都曾当过兵，而且都在6408部队十二军，但当时不在一个连队，互不相识。郑教授在部队的进步很大，从战士到推荐上大学，到空军联络部干部，再到北师大教授，可谓直线上升。而我退伍后，则经历了铁路火车司炉、考大学（1977级）、考研、高校任教的坎坷经历。

那天，当我们一起聊起6408部队与曾经见过面的李德生军长（李军长今年应是91岁高寿了），真是感慨万千，人生如梦而又比梦更富传奇色彩。当年十二军里的两个小兵，无论如何也不会想到以后会成为北师大的教授。因而当我兴致勃勃地看完《李德生在动乱岁月》后，立即打电话给海凌教授，向他推荐这本书：这本书让我们能够完整清晰地了解李德生军长——尽管当年李军长根本不会认识我们这两个小兵，也不会知道他的军中会有这样两个名叫郑海凌与王泉根的战士。

（2007年8月5日）

　　中国文学史上有两位作家的祖籍一再激起人们的研究兴趣，一是写《金瓶梅》的兰陵笑笑生，一是写《红楼梦》的曹雪芹。兰陵笑笑生只是一个笔名，作者究若何人？祖籍何处？至今尚无从破译，成了中国文学史上的第一悬案。至于曹雪芹的祖籍，经众多学者穷半个世纪之研究，已考证出河北丰润与东北辽阳两说，但至今仍无定论。据1996年8月7日《中华读书报》报道，最近又有人写了一本《曹雪芹祖籍考论》的专著，肯定曹的祖籍为丰润，但持异疑者马上又会出来反驳。

　　看来，做学问要出名也容易。今之学界，谁能考证出兰氏或曹氏的确切祖籍，管保他声名大炒，不但可博得"金学家""红学家"的头衔，还肯定能得到有关县市的重奖——那些热衷于"文化搭台，经济唱戏"的地区正苦于找不出本地出生的名人而犯愁呢。你能考证出兰或曹的祖籍就在他们县里，那不等于送去了一大笔无形财富么？

　　但行文至此，转而一想，又似觉不妥。假若真有学者考证出了兰陵笑笑生与曹雪芹的确切祖籍，且得到学界一致首肯，那岂不会使许多"金学家""红学家"无事可做？原本热热闹闹熙熙攘攘你方唱罢我登台的金学界、红学界岂不会一下子冷清下来？还有，有关的研究会、联谊会、协会、沙龙岂不会因此而断了活计？那些本指望通过兰、曹研究而出书扬名评职称赚稿费的学人岂不会立马下岗待业？

所以，为以上考虑计，学问还是不能做绝，最好做得如同浮出海面之冰山一角，若隐若现，月迷津渡，雾失楼台，山在虚无缥缈间。似乎做成了，但似乎还未做成，这样，才能有商榷有质疑有辩难，学界才能不寂寞，大家才有事可做——不用说，这是笔者戏言。倘若真有高人考证出了兰、曹两位的确切祖籍，学识超群，独树一帜，当然很好。

　　闲坐小窗翻杂书，由此又想到了读书。积余数十年读书之心得，窃以为读似懂非懂、浮出海面的冰山之书，最有味道。世上的书，按懂与不懂可分三类：第一类，一看就懂，一览无余，读了一遍不想再读；第二类，久看不懂，头皮发麻，只好束之高阁；第三类，看得似懂非懂，似通非通，于是兴味盎然，越看越想看，越看越有味。

　　十多年前，笔者偶然读南宋郑樵著的《通志·氏族略》，此书讲的是中国人的姓氏寻根，但所述过于简略，看了不过瘾，同时又有许多涉及上古史的内容看不懂，于是又去图书馆借阅同类读物。自此生发起对姓氏文化的阅读兴趣和研究兴趣，似通非通，似懂非懂，乐此不疲，持续至今，看来这一兴趣还将保持终生。

　　为何看似懂非懂之书最有味道呢？这里的妙处在于引人思考，启人钻研，步步深入，渐入佳境。北京大学谢冕教授对此有这样一段说法："阅读更深层的意义，特别是对于专业人员而言，恐怕还在于了解'为何说'以及'如何说'。就是说，通过阅读前人或他人的著作获得提炼、归纳、表达观点和见解的能力和经验。"（《中华读书报》）读似懂非懂之书，正可得此个中三昧。

　　著名学者南怀瑾劝他的学生有两类书必须要读——佛学与《周易》。其原因在于"这两门学问，穷一辈子之力，并不易学通，也不需学通。不学通，永远追求不到，似通非通的那个样子，其味无穷，一辈子有事消遣——老了也不寂寞，越研究越有趣。""若是学通了的人，把人生看得一清二楚，透透彻彻，这个人生还有什么味道？还有什么美感？隐隐约约蛮好。拉开人生的内幕，一望无遗，那就一点都不艺术了。"（南怀瑾：《历史人生纵横谈》）

　　清人张潮《幽梦影》曰："少年读书如隙中窥月，中年读书如庭中望月，老年读书如台上玩月，皆以阅历之浅深为所得之浅深耳。"
人生苦短，谁也无以在有涯之年读懂一切。作为生命曾经存在的实证，
读书的妙处正在于我曾经如此阅读过、思考过、求索过。我读故我在，
我思故我在。

（1996 年 8 月 18 日）

京城逛书市的幸福感觉

　　身居北京，作为读书人最大的"沾光"与乐惠就是与书接触的机会实在太多太方便了。且不说西单图书大厦、王府井新华书店、三联书店、琉璃厂书店等众多大型书店随时可以光顾，也不说国家图书馆、国图古籍馆、首都图书馆珍藏的使人眼球发亮的图书随时可以借阅，光是北京一年一度的全国图书订货会、国际图书博览会就足以让我这个读书人乐不可支了。书店、书市、图书馆各地都有，只是规模大小不同而已，但全国图书订货会与国际图书博览会绝对只是北京的"独一份"，外地读书人想要光顾就得火车飞机专程赴京，即使有条件也不可能年年都来。但作为一名北京的读书人，这就容易多了，只需出门打的即可前往，而且可以在第一时间看到全国各地"新鲜出炉"的全部新书。

　　书业界的朋友告诉我，全国图书订货会、国际图书博览会、全国书市，是国家新闻出版总署确定的全国书业界三大盛会，其中订货会与书市已发展成为世界最大规模的华文图书交易大会。全国书市自1989年在北京举办首届以后，移师京外，由各地省会城市与直辖市轮流做庄接龙，但订货会与博览会则固定在北京举行。近水楼台先得月，因而这就使北京的读书人大大地沾了光。

　　首届图书订货会于1987年5月在劳动人民文化宫举行，当时的名称叫"首都第3届社科书市暨第1届首都社科图书交易会"。虽然初次

交易会类似集贸市场，但却打破了书店"隔山买牛"的传统做法，将
从前拍脑袋看书目的订货方式改为看得见摸得着的图书实物订货方式，
因而大受出版方与书店方的欢迎。从此一发而不可收，规模越办越大，
展台越来越多，成交码洋越做越喜人，由首届的 600 多万元，增加到
2005 年的 30 个亿。订货要赶早，因而全国图书订货会一般都在新年
伊始的 1 月上中旬举行，举办的地点先后有劳动人民文化宫、玉泉饭
店、工人体育馆、亚运村、中央党校、全国农业展览馆。自 2000 年第
14 届起，固定在北三环东路静安里的国际展览中心（国展）。订货会
以卖书为目标，参展的主体自然是买卖双方——全国数百家大大小小
的出版社与各地成千上万家国营民营书店。一年的码洋主要就看这一
茬买卖，各地出版社往往是老总亲自坐镇，手下一大批发行、编辑忙
里忙外。订货会除大量的书业界从业人员外，还有各路媒体记者，以
及类似像我这样"混迹其中"趁机猛过一下书瘾的读书人。

订货会的业绩主要体现在成交码洋，为获取经济与社会效益的双
赢，各家出版社使尽浑身解数推销自己的产品，广告招贴花样翻新，
新书发布会、联谊会此落彼起，铆劲推出畅销书、常销书、时尚书，
自然也有受众虽小但足以显示做书品质的学术精品书。作为挑剔的读
书人，我的兴趣自然集中在后者。

这次在 2006 年第 19 届订货会上，就有不少使我手心发痒立马想
买的学术新书，如《季羡林回忆文集》《剑桥年度主题讲座》《历史学
家的三堂小说课》《20 世纪看得见的历史》《李广田传》《基督教世界
科学与神学的论争史》《西藏之水救中国》《民国学案》《成吉思汗与
现代世界的形成》《古罗马的儿童》《药物简史》等。铁凝的长篇新作
《笨花》、刘庆邦的长篇《红煤》、21 世纪年度最佳外国小说《美国
佬》《你忠实的舒里克》《巴拉圭消息》，中国台湾散文名家林良（子
敏）的《小太阳》等，也都着实使我心动。

《小太阳》是中国台湾家喻户晓的散文集，其知名度仿佛冰心的
《寄小读者》，作者从父亲的视角，描写一群像小燕子一样的儿女以及
日常家居生活。林良的气质与文笔颇似丰子恺，温情、真切、幽默、
又满蕴着童心与诗心。该书由林海音夫妇创办的纯文学出版社 1972 年

出版，迄今已连续印刷了 100 多次，以至于在台湾出现了数代"小太阳迷"，有的小读者写信给林良，要求亲爸爸下岗，换他做爸爸。我在 1995 年访问台湾时，曾得到过林良先生的签名赠书，我当时就惊叹台湾除三毛、琼瑶外，还有林良、林海音这一路"纯文学"作家。但遗憾的是《小太阳》一直没有内地版，这次终于由湖北少年儿童出版社将其列入"百年百部中国儿童文学经典书系"出版。我在湖北展区前，久久徘徊，心存感动。当天下午，我的一位热心做图书推广的博士，知道已有此书后，立刻与出版社联系，要求购买 120 本《小太阳》。看来，好书不愁找不到买家。

穿行在熙熙攘攘的人流之间，望着琳琅满目的各色图书展台，最大的遗憾就是只能看不能买。而事实上，这么多的新书即使想买也没有哪一个读书人能买得起，能在第一时间零距离"亲密接触"这些新书，过一把逛书瘾，就已足够幸福了。

人民文学出版社的最新修订版《鲁迅全集》18 卷，我一本本将它们打开，再读一读那些熟悉的篇名与段落。修订版增收了鲁迅佚文 23 篇、佚信 20 封等，共约 10 万字，同时新增注释 1000 余条，是迄今最完整权威可靠的鲁迅版本。

《中华读书报》曾在 2004 年以整版篇幅介绍过的民国第一奇书《尘世奇谈》10 卷本，这次终于在山东文艺出版社展台上一睹真容，这部 360 多万字 800 回的长篇白话章回小说，记录了一代中国人与家国命运的风云变迁，可以弥补中国现代小说史的某种或缺。庆幸的是，这部奇书散落民间尘封 60 年，依然完璧无损。

来到浙江展区，我感到特别亲切，听着家乡方言，翻阅由《西湖通史》《西湖全书》《西湖文献集成》三个系列所组成的"西湖丛书"，眼前不禁浮现出 70 年代初期我在杭州度过的那段生活。当时所有的西湖景区包括灵隐寺、孤山、六和塔，任由游客出入，不需购买门票。我还曾与一位初中同学，在黄龙洞一边泡茶，一边复习功课，后来那位同学考取了南京工学院。品赏着装帧精美的由 3000 万字组成的"书中西湖"，不由脱口而出白居易的词句："江南忆，最忆是杭州。山寺月中寻桂子，郡亭枕上看潮头。何日更重游？"

因为追忆第一故乡，脚步不由自主地来到了第二故乡——我曾生活过二十余年的重庆展区，迎面大幅广告煞是动人："听巴山夜雨，品渝州书香。热烈庆祝重庆出版社成立 55 周年。"渝版图书之所以能走出巴山渝水，靠的就是巴人那一种敢为天下先的精神。2005 年重庆出版社作为中国唯一出版单位，参加了全球 30 多个国家出版社参与的环球出版行动——"重述神话"系列丛书，在推出著名作家苏童重述的孟姜女神话的同时，还推出了《重述神话·中国卷》，在业界产生了"神话重庆"的轰动效应。

说来也巧，我在订货会上遇到一位《出版参考》的编辑，在她送我的新刊里恰好就有一篇重庆出版集团总编辑陈兴芜雄心勃勃的文章："'十一五'期间，在主业发展方面，重庆出版集团力争在图书规模和经营业绩上，在 2005 年基础上翻一番，2010 年达到出书 1200 种，销售码洋突破 8 亿元，销售收入达到 5 亿元。"我衷心祝愿重庆出版集团心想事成，也祝愿全国大大小小所有出版社的"十一五"规划早日实现，你们所做的一切，还不都是为了我辈读书人吗？

漫步在国际展览中心书的海洋，望着眼前"熙熙攘攘，皆为书忙"的书业界从业人员——做书的出版社老总、编辑，贩书的书店经理、店员，为书吆喝的媒体记者，真正是"谈笑皆书人，往来无白丁"。我的内心除了感动还是感动。一介书生向你们说声谢谢了：正因为有你们的辛劳，方使我的案头拥有看不完的新书、好书。

（2006 年 1 月 12 日）

刻它一部稿

古之书生，十年寒窗，青灯黄卷，一旦科场高中，踌躇满志之时，免不了有四件雅事要办。哪四件？一曰起它一个号，二曰刻它一部稿，三曰坐它一乘轿，四曰讨它一个小（清·徐述《八洞天》）。

沧海桑田，世道变迁，此四件"雅事"如今有的已不合时宜，为世不允，如"讨它一个小"。有的已变换形式，更新内容，如"坐它一乘轿"，已由八人抬的轿子改为四个轮子跑的轿车（花钱"打的"就行）；而"起它一个号"大多已改为笔名。独有"刻它一部稿"，依然形质俱存，令文人向往至今。可见著书立说，刊刻印行，向为文人之最大夙愿。

但是，刻稿（今日出书）谈何容易。昔年司马迁受腐刑发愤著《史记》，担心在世之日不易出书，遂有"藏之名山，传之其人"之语。随着现代造纸业印刷业出版业传播业的发达，而今出书已容易多了。尤其是当图书出版与市场经济接轨以后，刻它一部稿就更不在话下。

还记得前些年深圳书稿拍卖会上的新奇事么？某位大牌影星的一个书名就被卖到一百多万。八字还没写一撇，刻稿早已成定局。而今的出版圈子，协作出书、自费出书、包销出书、搭配出书，形式可谓多样。圈内人心照不宣，只要你能筹措到一大笔现款，管保你能潇洒走一回，刻它一部稿，过一过出书瘾。所以，所谓的"出书难"从这个角度说也就不难。过去出书还有一审二审三审，现在只要书稿不出问题，经过赵公元帅这一审就行了。难怪每年出了那么多书，而洛阳纸贵的精品总不多见。

笔者有一位同学，文章写了不少，但未出过一书，引为生平憾事。好在他"学得攻关艺，贷与企业家"，经过数年奔走游说，终于搞到数万元赞助，于是将其平生所著的100多万字（包括来往信函、生平年表），合为一辑，出版了一部厚达1000多页的皇皇巨典。真是不出则已，一出惊人，美美地过了一回出书瘾。

像这样的出书，实在是为了满足出书瘾，纯属书呆子脾气，虽说书稿质量难免要打折扣，但依然不失文人本色。这正是：为书消得人憔悴，四出攻关终不悔，一旦攻下赵元帅，潇洒出书抖一回。

也有另一种方式的出书，姑且名曰"权钱书交易"。据1996年7月8日上海《报刊文摘》载：原新疆农六师师长为其妻自费出书，向下属单位索取费用，共拉得"赞助"10万元，扣除成本费3万余元，还净赚6.9万元，不单轻轻松松地刻了一部稿，还乐乐呵呵地捞了一把票，鱼与熊掌兼得，好不快活煞哉！

噫吁唏，如此出书，又有何难?! 据余观察，真正"出书难"的是那些书稿本身赚不了钱（多系学术著作）而作者本人又搞不到钱的人（多为苦守书斋的学者）。笔者单位有一位民间文学老教授，倾注十余年心血，精心编著了一部100多万字的《20世纪中国民间文艺研究资料目录索引》。学界同行得此信息无不交口称道，企盼早日出书。但尽管老教授求爹爹告奶奶，还是没有说服出版部门，自然也没有感动赵公元帅，于是这部书稿只好一直冷冻在角落。老教授每语此事，免不了长吁短叹，乃至老泪纵横。眼看已近世纪之末，难道这部极有价值的书稿真要"藏之名山"不成？

乱曰：世人只晓神仙好，只有出书忘不了！出书好，好出书，出好书。但愿好书本本出，但愿出书本本好。

（1996年7月20日）

读不厌的丰子恺

周末下午，照例伏案读书，这天读了两种：一是《读者》杂志1997年第12期，二是《丰子恺散文全编》。

《读者》杂志载有一文题《人生三层楼》，系据丰子恺文章剪裁连缀而成。言抗战时期（1942年），丰子恺在贵州遵义旅寓，接到弘一法师在泉州圆寂的消息，沉痛良久，回忆法师的人生历程，总结出人生的真谛——即"人生三层楼"。哪三层？一曰物质生活，二曰精神生活，三曰灵魂生活。

按丰子恺的说法，物质生活就是衣食，精神生活就是学术文艺，灵魂生活就是宗教，"人生"就是这样的一个三层楼。懒得（或无力）走楼梯的，就住在第一层，即把物质生活弄得很好，锦衣玉食，尊荣富贵，孝子慈孙，这样就满足了。这也是一种人生观，在世间占大多数。其次，高兴（或有力）走楼梯的，就爬上二层楼去玩玩，或者久居在里头。这就是专心学术文艺的人。他们把全力贡献于学问的研究，把全心寄托于创作和欣赏。这样的人，在世间也很多，即所谓知识分子、学者、艺术家。还有一种人，"人生欲"很强，脚力很大，对二层楼还不满足，就再走楼梯，爬上三层楼去。这就是宗教徒了。他们做人很认真，满足了"物质欲"还不够，满足了"精神欲"还不够，必须探求人生的究竟。他们不肯做本能的奴隶，必须追究灵魂的来源，宇宙的根本，这才能满足他们的"人生欲"。依据丰子恺的说法，余最多只能算安居在二层楼中人，而楼中的风景与况味则是"学问"二字。

因为读到此文，就不再翻下去细读《读者》的其他文章了，于是从书架上抽出《丰子恺散文全编》。丰子恺的散文，余一直喜读，甚至有"爱不释手"的意思。丰散文的好处（或特点）是：平和，亲切，叙亲见亲历亲闻之人生事相，率性而为，不卖弄，不做作，且深具童心、佛心、诗心、慧心。

余最早读丰子恺的散文是在 1972 年，至今已是四分之一的世纪了。1994 年 4 月 28 日，余在重庆解放碑新华书店购得浙江文艺版《丰子恺散文全编》上、下两厚册，次日在上册扉页写下如此一段文字："一九七二年，余在杭州铁路局工作时，苦于无书可读，常找杭州大学历史系工农兵学员、章镇牛埠老乡郑竹林，借其'借书证'，从杭大图书馆借阅社会上难以见到之'文革'前图书。某次借得丰子恺《缘缘堂随笔》，捧读再三，爱不释手。集中有一篇《蜀道奇遇记》，印象尤深。此是余第一次读丰散文，敬仰佩至。以后留心购置丰散文集。年前购得浙江文艺版《缘缘堂随笔》，竟无《蜀》文，十分失望。昨购是书，终见完璧。大有老友重逢之感，喜不自胜。"

下午的读书就是重过丰子恺散文瘾了。先重读了《蜀道奇遇记》，后又读了《桂林的山》《湖畔夜饮》《宴会之苦》《毛厕救命》《银窖》等文。丰子恺抗战期间曾避难入蜀，在重庆旅居多年，于是就有一批写重庆的散文，如《沙坪小屋的鹅》《谢谢重庆》《沙坪的酒》《重庆觅屋记》等。因余也已有近二十年旅居重庆的体验，故读这些文章倍觉有味。

丰子恺的散文，虽平和冲淡，但个中蕴含的对人生、艺术的体味与妙谛，则时时可见，思之悟之，颇可玩味。且录一则如下，作为下午读书的札记，系丰子恺谈诗与诗人："我觉得，别的事，可有专家，而诗不可有专家。因为作诗就是做人。人做得好的，诗也作得好。倘说作诗有专家，非专家不能作诗，就好比说做人有专家，非专家不能做人，岂不可笑？因此，有些'专家'的诗，我不爱读。因为他们往往爱用古典，蹈袭传统；咬文嚼字，卖弄玄虚；扭扭捏捏，装腔作势；

甚至神经过敏，见神见鬼。而非专家的诗，倒是直直落落，明明白白，天真自然，纯正朴茂，可爱得很。"

（1997 年 12 月 3 日）

家大舍小令他人

数年前，我因撰写吴宓研究的文章，去北师大马路对面的一处深宅大院拜访吴宓先生的女公子吴学昭先生。那次访谈的内容现在已记不全了，但有一事至今难忘。吴学昭先生说，京城有一家著名出版社的老总写信给她，商议吴宓著作的出版事宜，信的内容虽然写得很客气也很具体，但里面却说"家父吴宓先生"如何如何。吴学昭先生一看就来气了：我的父亲怎么成了你的父亲？身为大牌出版社的老总怎么连称谓都搞不清呢。

说来好笑，这样的事最近也落到了我的头上。寒假回南方过年，返校后遇到一位同事，交谈中他知我过年返乡，于是客气地问："家父身体可好？"我真是哭笑不得，回答道："我的家父身体很好，你的家父身体如何？"这两位误称他人父亲为"家父"的先生，都是知书达理的文化人，本意是要表达对他人的尊敬，同时也表明自身的修养，殊不料适得其反，不但惹人生气，又暴露出自己知识的"浅"来。身居出版社、高校的文化人尚且如此，社会上误称乱叫他人称谓也就不足为奇了。看来掌握一点有关自称、他称的称谓文化还是十分必要的——当然这里的必要显然是指希望自身有品位有修养的人，至于开口闭口"老子""老子"的粗口人，自然对此不感兴趣。

五千年文明中华素称礼仪之邦，这礼仪在古人的称谓用语中表现得最为明显。古人称己、称人，自称、他称，都有一套文明用语。这方面的用语需要用一厚本专书才能表述清楚，这里仅就与"家父"相关的称谓作点介绍。有关中国人这方面的文明用语只要记住一句话："家大舍小令他人。"笼统地说，凡是对别人称呼自己家里的人要用"家"或"舍"；凡是称呼他人家里的人要用"令"。具体情况是：

一、面对他人称呼自己家里的长辈或亲戚中的长辈，在称谓前加一"家"字。

如：家父——自己的父亲，家母——自己的母亲，又如家祖父、家祖母、家兄、家嫂、家姐、家叔、家姑等。世人心目中，"严父慈母"乃是通则，因而也就称自己的父亲为"家严""严君""严亲"，称自己的母亲为"家慈"。又，"家君"是父亲的专用称谓，唐朝诗人王勃的名篇《滕王阁序》有"家君作宰，路出名区"之句，这里的"家君"即是指他的父亲。

二、面对他人称呼自己家里的小辈或亲戚中的小辈，在称谓前加一"舍"字。

如：舍弟、舍妹、舍侄、舍外甥。但不能称自己的子女为舍儿、舍女，应称（儿子）小儿、小犬、犬子，（女儿）小女、弱息。也不能称自己的配偶为舍夫、舍妻，可称（丈夫）外子、我先生，（妻子）内子、内人、我太太。不过现在少有人这样称呼了，更多的是影视上常见的"我老公""我老婆"。影视是时尚、大路货，但如果在正式场合（如公务、政务、商务），"我老公""我老婆"地一片叫嚷，总使人感觉别扭，还不如"我先生""我太太"得体。

三、面对他人称呼别人家的亲属或亲戚，无论长幼均应在称谓前加一"令"或"尊"字。

如：称他人的父亲——令尊、令翁（令者善也），尊君、尊翁、尊公、尊甫等，但如称他人已故之父则称令先君、令先尊；称他人的母亲——令堂、令慈、令萱、尊堂等，如称他人已故之母则称令先母、令先慈。称他人的妻子——嫂夫人、仁嫂、尊夫人、令正。称他人的子女——（儿子）令郎、令子、令嗣，（女儿）令爱、令媛。称对方其他——如令兄、令弟、令妹、令侄、令外甥等。

以上拉杂所谈是关于文明称谓的一些基本常识。明乎此，我们就能明白为什么吴学昭先生对那位出版社老总称她的父亲为"家父吴宓先生"要生气了。吴学昭先生之父怎么会成了这位老总的父亲呢？由于吴宓先生（1894—1978 年）已驾返蓬莱，这位老总在给吴学昭先生的信中应称吴宓先生为"令先君"或"令先尊"，这才得体。

（2008 年 3 月 4 日）

笔名、网名及其他

数年前，我曾在《中华读书报》刊发过一篇小文《现代作家的笔名艺术》，引起一些同好的兴趣，还被收入了岳麓书社出版的《我的笔名》一书。我在那篇小文中所谈使用笔名的作家，大都是20世纪的人物，有读者希望知道当今作家使用笔名的情况，这就触发了我写这篇小文的兴致。当今文坛的笔名实在没有多少风景，但三言两语似也说不清楚，个中委实有着使人"感慨系之"的语境。

笔名是作家诗人、文人墨客摇笔杆时题署的别名、化名。现代文坛曾大兴笔名之风，几乎每位作家都有笔名，有的多达十几个、上百个（如鲁迅），因而研究现代作家的笔名，已成为现代文学史料学的重要内容。但是，随着现代作家的逐渐远行，笔名的破译也越来越难。诚如现代文学研究专家陈子善所言："发掘笔名的最佳时机已经丧失，笔名已成为中国现代文学研究进一步深入的一个制约。因为许许多多笔名已随着作家的缄口或离世而成为永久之谜，换言之，不少作家的一部分极有价值的作品很可能由于其笔名无法考定而散佚，这实在是无可挽回的损失"。（董宁文编《我的笔名》第14页，岳麓书社2007年版）

幸亏20世纪有一些有心人爬梳钩稽、通信调研，发掘了大量现代文坛的笔名资料，得以使我们还能从中获悉珍贵的笔名信息。其中最重要的研究成果当数徐乃翔、钦鸿合编的《中国现代文学作者笔名录》（湖南文艺出版社 1988 年版），此书我有一本，一直珍藏在书柜。另据悉广西师范大学出版社 2002 年也出有一本朱宝梁编著的《二十世纪中文著作者笔名录》，惜未购得。徐乃遒、钦鸿是现代文学史料学专家，20 世纪 80 年代，他俩先后发出 4000 多封信函，直接向健在作家或已故作家家属调查笔名，并记录了数千张笔名资料卡片，最后终于编写出皇皇 113 万字、共收现代文坛 6000 余人、笔名（包括字、号等）3 万余个的《中国现代文学作者笔名录》。

笔名数量之多、笔名艺术之丰富多彩，已成为镶嵌在现代文坛的一道亮丽风景。比较而言，当代文坛的笔名风景却要单调得多。当代作家一般很少使用笔名，即使使用笔名的作家其笔名数量也不多。笔者近因兴趣所至，在编写当代文坛笔名与原名对照表的过程中，深感笔名艺术似乎已离当代文坛而去。

如果说二十世纪五六十年代的作家，还爱使用笔名的话（如柳青、杨沫、魏巍、流沙河），那么进入改革开放的八九十年代以来，使用笔名的作家却是越来越少，现在如果要编写一本类似徐乃遒、钦鸿那样的笔名录（《中国当今文学作者笔名录》），我想大概有 5 万字就不错了。当然，当今文坛也有一些响当当的笔名，如莫言（原名管谟业）、苏童（童忠贵）、贾平凹（贾平娃）、刘恒（刘冠军）、二月河（凌解放）、方方（汪芳）、残雪（邓小华）、北岛（赵振开）、海子（查海生）、梁晓声（梁绍生）等，但数来数去也就是那么数十个笔名大家比较熟悉而已。当今文坛的绝大多数作家都是以原名刊文行世，而不再以笔名引人眼球，如王蒙、铁凝、陈建功、陈忠实、王安忆、叶辛、李存葆、蒋子龙、何建明、张平、王朔、韩少功、周梅森、曹文轩、秦文君、张之路、杨红樱、叶永烈等等，至于 70 后、80 后的韩寒、郭敬明、张悦然、饶雪漫等，更是不再以笔名行世了。为何当代文坛的笔名越来越少？究其原因，拙以为主要是与当今社会奉行的"实名制"有关。

所谓实名制，即每位公民只能拥有一个登录在户口簿、身份证上的姓名，无论是银行存取款、邮局取汇款、购房按揭办房贷房产证、乘飞机办机票以及工作证、驾驶证、工资卡、公证书、医疗证等，都只认身份证上的那个姓名，其他一律免谈。这就是现代化社会的"一名主义"。一名主义实际上已否定了笔名的存在价值，因为笔名不仅不方便，还会带来诸多麻烦事儿。

中国社会科学院文学研究所原所长许觉民从抗战时期开始一直使用笔名"洁泯"，以前觉得很好，但在实行实名制的当下，却带来了不少麻烦。他在《我的笔名由来》一文中不无感慨地说："这多年来，邮局实行真实姓名汇款之规定，写作的人总有稿费寄来，寄发的报刊单位总用发表者的笔名的名字作收款人。这样，领款证件上的真名与收款人的笔名对不上，就领不到钱。我多次因收款人用笔名问题，出示了身份证和作家协会发给的会员证，会员证上有我的笔名。回答说不相干，只认定身份证为准。我于是将汇款单寄还报刊社，请求改正真名后寄来，有的拖延几个月后重新办理，有的不予理睬。至此，我省悟到笔名已不可用，原想要文雅一些，但已雅不起来，只好以粗俗的本名署名写文，从此还俗了。"（董宁文编《我的笔名》第 205 页，岳麓书社 2007 年版）

类似许觉民因使用笔名致使日常生活造成麻烦的现象，在当今作家中时有发生。我曾听评论家雷达（原名雷达学）、诗人金波（原名王金波）、儿童文学专家韦苇（原名韦光洪）说过，他们因常用的这一笔名与身份证上的原名对不上号，而给乘飞机、取汇款、办证件带来诸多烦心事，甚至还要单位开具证明。正因使用笔名有此种种不便，因而现在很多作家已经放弃了笔名。虽然也有人仍在使用笔名，但笔名的雅兴已经大打折扣。这就不免使人发问：现如今笔名还有存在意义吗？为何从前文化人的种种雅兴如今越来越少了呢？

其实字、号、笔名、斋名之类，都是农业社会的文化产物与符号。农业社会的文化人可以慢悠悠地拂拭古简古笺，写三两行字，啜一碗清茶。理想的风景是像苏东坡、欧阳修那样的瓦屋纸窗，灯檠茗碗，窗外有松有竹，一边听着秋风，一边随意翻书，天黑了更有"红袖添香夜读书"的快意。或者如同周作人在《雨天的书》中所记："在江边小屋里，靠玻璃窗，烘着白炭火钵，喝清茶，同友人谈闲话"。当此时也，彼此互通字、号，唱和诗词，聊聊近作题署的笔名，扯扯文坛掌故，那实在是最好的话题。只可惜，这种好风景在"现代化"的现在已是月朦胧鸟朦胧了。

现代化讲快，讲效率，讲速度，所谓时间就是金钱、效率就是财富，自然容不得你在那里慢悠悠地显摆什么笔名、斋名、字、号了。现代化社会讲的是高铁、动车、手机、电脑，什么都要快，越快越好，越简单越好。因而不但字、号早已弃之不用，笔名斋名也久已生疏，而且眼看连姓名符号也要被一连串数字代码"数字化"了。什么身份证号、工作证号、驾驶证号、银行卡号、牡丹卡号、信用卡号……什么都是代码，什么都是数字。在快节奏的数字化时代，"一名主义"无疑是最适合时代需要的姓名制度了。

笔者曾与友人谈及，与农业社会的文化人相比，今天的文化人丢失了什么？拙以为至少有三件东西已经丢失了：一是表明个性的字、号，二是用来寻根的家谱，三是交流性情的诗词唱和。

过去的文化人对于名、字、号十分重视，十分讲究，不但人人既有名又有字还有号，而且如何使用名、字、号直接关联着一个人的素质与品性。具体的做法是：自称用名，以表谦卑；嫡亲尊长对晚辈，师长对弟子，位高者对位低者，也可直呼其名。晚辈对长辈，弟子对师长，位低者对位高者，平辈之间称对方尊长，均须尊称其字，以示敬重；平辈之间亦可彼此称字，以示礼貌（当然亦可互称名）。由于对人尊称常用"字"，因而过去"字"的使用率大大超过"名"。至于号，其作用与笔名相似，用以体现文化人的自由意志与志趣，因而自称、他称均可称号。20世纪前半叶出生的那一代文化人，还保留着浓重的字号传统，称人、自称亦必依礼而行。

国学大师、北师大中文系教授启功先生（1912—2005年）晚年曾遇到过一件使他十分不快的事：安徽某出版社筹划出版《陈垣全集》，有编辑找到北师大，诚请启功先生题写书名。启功先生十分为难，因为陈垣先生（字援庵，斋名励耘）是他的恩师，哪有弟子可以直呼师名的道理？启功先生推辞再三，而那位编辑不懂个中原委，则是坚执再三。启功先生最后只好提出，《陈垣全集》的书名他无论如何不能写，如果一定要写，他就在扉页另书："陈援庵先生全集　受业启功敬署。"

这就是那一代文化人的素养与作风，只可惜这些文化传统已经渐行渐远模糊不清不为世人道了。在快节奏的浮华年代，如果现在还有人在使用字、号，讲究笔名、斋号，那简直就成"出土文物"了。

但是，世上的事总是扑朔迷离，就在当今作家几乎都要放弃笔名之时，网络上的"网名"却一片红火。君不见，几乎所有网络发帖、跟帖的作者，都不具实名，而是"网名"。随便点击一下，就可搜到一大堆，什么东海浪人、五岳散人、中原龙、我行我素、小迷糊、伊美妹、白开水、北行剑客、世纪宝贝、大头儿……这些"网名"千姿百态、千奇百怪、千红万紫、千变万化、千差万别，煞是好看。

如果说笔名的作用是为了隐身、灵活、多变化、便于发表文章，那么网络上的化名也可视为"笔名"。但如果我们深究笔名与原名之关联，则似乎"网名"又很难界定为笔名。因为现当代作家的笔名无论怎么变化，最终都能找到一帘幽梦后面的那位真人，而且绝大多数作家也愿意披露自己的原名与笔名，也即作家并不想最终隐瞒自然的身份，因而笔名专家才可以编写出《中国现代文学作者笔名录》《二十世纪中文著作者笔名录》那样的专书。但网络则是彻底的虚拟世界，使用"网名"者总是希望完全隐匿自己的身份，除了网络管理机构利用网络技术能够查到原名外，广大网民是无法搞清的。如果现在有好事者要想编写一本《当今中国中文著作者网名录》，那必将是一项永远无法确准、永无头绪的工作！

正因"网名"具有虚拟性、隐匿性、广泛性的特点，因而很难将"网名"界定为笔名。笔者的这一拙见不知是否合理，欢迎读者、方家有以教正。

（2010 年 5 月）

『潜耕堂』书缘札记

　　▲今读陈子谦著《钱学论》第一、二章，论及读书与读书人。钱锺书言："读书人如叫驴推磨，苦了累了，抬起头来嘶叫两三声，然后又老老实实低下头去，依然踏着陈迹。"傅雷言："没有肉体的静止，不可能有思想的深刻。"孟子言："无恒产有恒心者，惟士为能。"——此皆言为学须守恒，读书须真正专心致志。余有时耐不住坐冷板凳，"书册埋头了无日，不如抛却去寻春。"（朱熹）捐书不读，非读书人也。谁让余这辈子选择了与书打交道（读书——教书——写书）这个职业呢。（1995 年 1 月 28 日）

　　▲余所订阅的报刊中，有 4 种类似大 32 开本图书的刊物。一是北京的《读书》，此刊作者多为学术精英，文章具思辨性、先锋性，也常有海外学人的言论揭载。二是广州的《随笔》，作者多为文学界人士，自然"文学"色彩要浓一些，也具思想。三是成都的《龙门阵》，此刊标明为"文史民俗双月刊""传九州风情，摆古今人事"，与民间、社会最相贴近，文笔具《世说新语》之风格。作者多为深谙世道之辈，也有乡野学究。四是北京的《文史知识》，此刊文章大多未看，但又必备，通常在需要把握某一问题时，"实用性"极强地翻出来参考。但每期头条的"治学之道"则是必读，以从他人的学思历程中，习得治学的方法与门径。方法学与文献功夫甚是做学问最重要的基础（1995 年 2 月 8 日）

120

▲下午阅台湾诗人林焕彰寄来的《钱穆先生纪念馆馆刊》创刊号（1993年）及第2期（1994年，此刊为年刊）：余英时文《一生为故国招魂》，李霖灿文《怀念素书楼主人》，龚鹏程文《重新倾听他的声音》等。李文记：抗战时钱穆在西南联大，初到昆明时，每周两天上课，五天则住在深山中的一座古寺撰写《国史大纲》。两天上课不断地讲话，五天古寺作史五天不再说一句话（原因是寺中的住持很俗气，钱穆归寺后便不想再说一句话），如此数月下来，写成名著《国史大纲》。钱穆自谓生平再也没有遇到过这种整整五天不出一言的奇怪遭遇。有非常之时，有非常之事，有非常之人，才有了非常之书。有深沉的静默才有渊博的内涵。

又阅上月在市体育馆全国首届特价图书交易会所购《"窄门"前的石门坎：基督教文化与川滇黔边苗族社会》一书，此也是叙非常之时、非常之事、非常之人——20世纪初英国传教士柏格理在贵州西部乌蒙山区的威宁县石门坎一带苗族村寨传教，竟使一个屙屎不长蛆的化外蛮荒之地成为"香港第二""海外天国""西南苗族最高文化区"！真是闻所未闻，不可思议。（1995年7月13日）

▲鲁迅说过，有两种读书："一是职业的读书"——为吃饭而读书；"一是嗜好的读书"——因喜欢而读书。自然，此两种不同目的的读书不是井然分明，一直如此，两者之间也会转化、合一的。有两种不同目的的读书，于是就有两种不同目的的购书、藏书：一为职业计，一因喜欢起。

观余之藏书，约可分为三类：一为职业。因中文系执教的课程之需，于是就有现代文学、文艺学、儿童文学、文化学方面的藏书，当然，这里也不全是为了职业，更有喜欢的因子在里面。二为充实提升，如孔孟老庄类，中外经典名著类，及有关的类书、工具书。三为纯粹的嗜好，此即大量与"中国姓名文化"有关的图书。余立志完成中国姓氏制度史的撰写，数年来矻矻于此，访书、淘书也一直留意于此。

要而观之，余之购书、藏书、读书，缘于以上三者，或可说全是出于嗜好，也可说全是为了职业（文化人的"职业"）。所以余之藏书，无一本为闲书，无一本可舍弃。余爱余书，余爱余书斋，余在余爱之书斋中研读余爱之书，坐拥书城，寄身瀚墨，余真富翁也（精神富翁）余真大款也（书城大款）！（1994 年 8 月 8 日）

▲阅日前在沪渝书店所购之《野客丛书》。是书为宋元笔记丛书之一，宋江苏长洲人王楙著。王楙乃一寒儒，平素清澹淡泊，刻苦嗜书，每有一得，即随笔而记，经七年，三易其稿，而成《野客丛书》30卷，可谓呕心沥血之作。"刻它一部稿"是学人最大夙愿，但王楙生前却未能将是书刊刻行世。后由其子多方筹资，总算印了出来，然印数不多，流传不广，又经宋末战乱，竟至无存。故元明间史志失载，世人罕知。幸有王楙十四孙，于明嘉靖年间，遍搜藏书，重行刊刻，这才流传至今。余所购之《野客丛书》，为上海古籍出版社 1991 年新版。

王楙真乃大幸。否则生前不传，生后又失传，心血所系，岂非虚掷？学人著述不易，刊刻印行更不易，此自古皆然，所谓"出书难"并非今日始也。

▲人生一大快心事，清夜挑灯读奇书。今所阅之《异行传》即为一现代奇书。是书所记大都为现代人物的怪论奇行，如《记怪诗人徐玉诺》之特别行状：徐玉诺为河南开封人，曾参加过茅盾、叶圣陶等发起的文学研究会。20 年代，徐在洛阳教书时，一天送客人到车站，及车将开，他又愿意送客到郑州，到了郑州，他又愿意一直送到北京。在北京坐困逆旅，一住数月，而他外出时既不告诉家人也不向学校打声招呼，害得他们四处寻找。谁知徐又陪送俄罗斯盲诗人爱罗先珂到东三省去了。后盲诗人返俄，他便在吉林一中教书，在吉林住厌了，又跑到福建，先后在集美中学、厦门大学任教。直到革命军北伐到河南，他才辗转回到开封。家人惊极而喜，以为做梦。如徐玉诺这等行径，送客一送数年，天下古今，大概再无二人了。《异行传》系四川大学张默生教授之旧著，初版于 1943 年。1987 年，重庆出版社杨本泉先生将是书列入"中国现代掌故丛书"重行刊刻。余在月前以半价购得此丛书之多种，惜尚有《黔滇川旅行记》《倭营历险记》《文人剪影》等数种未见。

▲晚备课。《中国文化概论》已讲至儒学的发展演变，拟分六段述之：先秦为原生儒学时期；两汉为儒学经学化时期；魏晋为玄学化

时期；宋明为理学化时期；明末清初后儒学之衰落；"五四"后之现代新儒家。为便于学生记忆，编了以下一段韵文：

原生儒学，孔子奠定。授徒三千，编书六经。

后传儿派，大哉孟荀。性善性恶，观点两分。

汉纳董言，儒术独尊。读经成风，两经相争。

援道入儒，玄谈魏晋。率性贵无，得意忘形。

唐立道统，与释抗衡。韩愈原道，儒业再兴。

宋明理学，周张始成。三教圆融，天理为本。

理分三派，张载主气，程朱主理，陆王主心。

明清以降，西风频仍。儒学式微，新学日盛。

五四新潮，主义纷争。只手批孔，花果飘零。

从西从东，两难并存。新儒继起，特立独行。

（1997 年 2 月 9 日）

▲钱锺书读书法。有人因惊讶钱锺书满腹经纶，问钱怎么读书？读了哪些书？钱锺书轻描淡写地说："也就是一本本看下来罢了。"

一本本看，不急不躁，沉潜向学。看一本，是一本，必细细读完，有所得；看个真真切切，弄个明明白白，有所悟。凡事无专精则不能成，读书亦然。那些真有思想，启人思悟的经典之作，必得细细阅读，一本本看下来，看多了，悟透了，胸中的"底子"也就厚实了。余反思 90 年代以来的近十年间，有浮躁之气，而乏沉潜之功，读书常是匆匆浏览，急急翻过，因而心存无根浮萍之恐慌。于写作亦然，常弄短平快之文，半天一篇，一天一篇，而缺乏半年、一年不见报潜心著书做学问的冷板凳精神。总想图快，图多，结果三年下来，五年下来，蓦然回首，竟无留下一本厚重之作。思之惭愧，后悔。

专心向学，沉潜书斋。人之一生，精力有限，年寿有限，只能在一个"点"上精耕细作，获得成就，闪烁慧光，成为专家；而这一"点"，也就是生命价值的慧根圆相，生命智慧的觉行圆满。犹如世人仰望夜空中灿烂闪烁的星海，这一"点"就是你为世人所瞩目的星海

中的一颗亮星。(1999 年 10 月 3 日)

▲曹子建一赋而功成今闭门读书。第一次阅读建安文学"三曹"之曹植的《洛神赋》，惭愧。据《历代名篇赏析集成》卷二（高教出版社 2009 年版），原文并陈祖美的赏析文；又据《中国历代名赋大观》（北京燕山出版社 2007 年版）。曹子建独占天下八斗之才的声誉，多因《洛神赋》之斐然文采。子建以"质素也如秋蓬，摛藻也如春葩。汜乎洋洋，光乎皓皓"之绝妙好辞，写尽洛神之美，抒发一己"恨人神之道殊，怨盛年之莫当"的郁结与惆怅。此篇之主题既非"感甄"，亦非"寄心君王"，而是写出人人心中所有、笔下所无之人生"求不得"之苦，此乃佛陀"苦谛"之精髓也。香草美人，或是现实中之所梦所思所寄之真美人，或是臆想中之理想、目标、追寻之"美物"，但一无例外，均是"求不得"——上下求索，辗转反侧，"令我忘餐"，然终难获。安徒生童话《海的女儿》中之海底公主，愿抛弃海底 300 年之寿命而追求成为人间之人，最终也是"求不得"。《洛神赋》使人一咏三叹，也是因此而起。

"三曹"父子在建安文学中是代表中之代表，除诗赋写得好，同时又有自己的文学主张——强调文采。曹丕《典论·论文》中之"文以气为主""诗赋欲丽""夫文章经国之大业，不朽之盛事"。曹植《前录序》云："君子之作也，俨乎若高山，勃乎若浮云，质素也如秋蓬，摛藻也如春葩。汜乎洋洋，光乎皜皜，与雅颂争流可也。"这是何等高格调"高大上"的艺术追求。正因有如此之文学观、文采观，曹子建笔下才能字字珠玑，刻画出中国文学史上的第一位"维纳斯"之美丽形象："翩若惊鸿，婉若游龙，荣曜秋菊，华茂春松。若轻云之蔽月，若流风之回雪。皎若太阳升朝霞，灼若芙蕖出渌波。秾纤得衷，修短合度。瑰姿艳逸，仪静体闲。柔情绰态，媚于语言。转眄流精，光润玉颜。含辞未吐，气若幽兰……"曹子建几乎是调动了当时能找到的一切美好词汇，将情感将梦想将追求将愿景全部集中在洛神身上。对女性之美如此之刻画，从形体到举止，从外貌到内质，在中国古代文学史上，曹子建是第一人，《洛神赋》是第一篇。曹子建凭此之赋，足以在古代文学史上占有不可撼动之地位。

第三辑　江山留胜迹(行走)

行走的驴友

行动吧，在行动的过程中就形成了自身，人是自己行动的结果，此外什么都不是。

——萨特

健康地活着，快乐地行走，衣食无忧，是谓之福。

快乐地行走，且能快活地按动快门，快意地书写行走中的风景与快感。世上行走之人多多，如此快意的人又有几何？

桂文亚是快乐的，桂文亚就是这样的人。而且，快人快事，快手快书，一趟行走回来，就能赶快将行走的快乐告诉世人。于是，这就有了《长着翅膀游英国》，有了《马丘比亚组曲》，有了《少年》，有了《美丽眼睛看世界》，有了《再来一碗青稞酒》，有了《哈玛！哈玛！伊斯坦堡！》……

是啊，"每天都应该是快活的，每天都应该是新鲜的一天"。

桂文亚说得真好！在行走中寻找快活，在快活中感受新鲜。一天天的日子累积成我们生命的全部，倘若这活着的每一天都有快活，都有新鲜，这生命该是何等的爽快，畅快，愉快，痛快，拍手称快！

遥远的地方总是美丽，未知的领域充满诱惑。行走是为了寻找，为了填充心中那一份满足。即使行走到了目的地大失所望，那也是一桩快事，毕竟我已亲历其境，到此一游。所以曹文轩的那篇小说《古堡》，总会使人感动：那登上山峰的孩子虽然什么古堡也没见着，但只有他们最清楚关于山峰与古堡的传说。

行走是生命的律动，精神的释放，是标准的个人化行为。行走是对人生和世界的独特感悟，是随时随地可以打开的精神新质。行走让人发现美，发现爱，发现善，发现生命的伟大或渺小，发现生存的圆满或残缺，发现人生的大觉悟或大困惑。

行走是梦，行走是马，以梦为马，策马寻梦，去突破生存的大限制，撕裂现实的大压抑，扩张生命的大空间，觉醒人生的大觉悟。

老子骑着青牛行走，西渡流沙，不知所终。但他在行走途中留下的5000言《道德经》，却成了中国文化的精神元典："道生一，一生二，二生三，三生万物；人法地，地法天，天法道，道法自然。"——这是哲人的行走。

玄奘骑着白马行走，西天取经，风餐露宿，千辛万苦，为了心中那一片虔诚。虔诚化为信念，信念化为力量，力量结成正果。行走终于实现了中印文化的沟通，白马驮来的佛经直接开启了中古文化的新质。——这是智人的行走。

李白仗剑行走，大丈夫必有四方之志。南穷苍梧，东涉溟海，偶乘扁舟，一日千里，或遇胜境，终年不移。五岳为辞锋，四海为胸臆，于是落笔为诗，疏宕有奇气，豪放飘逸，迥落天外，阅尽了盛唐诗国巅峰时期的无限风光。——这是诗人的行走。

徐志摩握笔行走，东渡纽约，西去剑桥，归来后又南北奔波于京沪之间，终年行色匆匆。最后在行走的空中，座机与飞鸟一起乘风而去。但他依然行走在人间四月天，用纯情歌唱和维护自己的"生、爱、自由"。北海的波光，西湖的潋影，依然鲜活地映照着徐志摩与陆小曼、林徽因。"轻轻的我走了，/正如我轻轻的来；/我轻轻的招手，/作别西天的云彩。"——这是恋人与丽人的行走。

而今，桂文亚带着一架相机和一双美丽的眼睛行走。"大道之行，士贵其身。"（苏东坡）行走是她的生命之思、之诗。思即意味、即格调、即深度，诗即审美、即理想、即精神飞扬。这是一位散文家的行走，这也是一位摄影家的行走。用散文家的心态经营摄影，于是摄影作品就有了散文之美。用摄影家的眼睛解读世界，于是散文作品中的世界就有了光和影的画面美、生命美、现场美。桂文亚的行走不只是对人生存的言说，而是对人心绪的具有"生命精神化"的价值追问。

请读一读她的那一篇印在"桂文亚旅行文学系列作品"扉页的《旅行者宣言》，那实在是一篇性情诗人的自言自语，也是一篇精神探寻者的孤旅独白："与其说我喜爱旅行，探索新奇，不如说我在为自己的心灵打造一座永恒的城堡。/这城堡是我精神的原野，原野中的谷仓、花园、漫游场、阿里巴巴宝藏、艺术殿堂、神秘幽谷……任何一种说法，都没有什么不可以。/而我，就是那只把种子衔进这空中之城的青鸟，世界有多辽阔，愿我的心就跟着辽阔；世界的翅膀伸得有多长，愿我的翅膀也伸得够长。/用我全部的爱，全部的可能。"——这是一位散文人的行走，更是一位现代知识女性的行走，让人们见识了现代女性的风范、格调、无私、包容以及坚定的美丽襟怀。

行走，行走，行走……

从古走到今，从东走到西，从天涯走到海角，从地球走到月球……

双脚行走，策马行走，乘舟行走，驾车行走，坐机行走，美国巨富租用俄国飞船直向星际行走……

行走是快乐的。这是健康的确准，自由的馈赠，让生命时时感觉新鲜与活力，优雅地穿越人生境界的好时光。

但行走也是不快的，冷不丁使生命在不经意间感受失落。暮鼓晨钟，朝花夕拾，深山古刹，断垣残照，恍惚间耳际传来一个智者苍凉的声音："逝者如斯夫！不舍昼夜。"（孔子）车水马龙，川流不息，迎来送往，灯红酒绿。蓦然回首，却有一双醉眼在灯火阑珊处拔剑起舞，且歌且吟："夫天地者，万物之逆旅也；光阴者，百代之过客也，而浮生若梦，为欢几何？古人秉烛夜游，良有以也。"（李白）

蒹葭苍苍，天地茫茫，行走无涯，而人寿有涯。纵然一生都在行走，那也不过如同蠕行的甲虫，在天地之间实在只不过是行走了极小的一节，一线，一段。

行走是悖论？是无奈？是局限？是什么？

说吧，行走！

说吧，行走的旅人！

（2002 年 3 月 1 日）

二〇一五年八月二日（农历六月十八）周日　北京—丹麦哥本哈根

今开启北欧四国之旅。京城昨下大雨，今晨空气湿润，地面湿滑，阴云天气。气象播报：北京21~31℃，哥本哈根，晴，11~19℃。

9：30司机到小区，车经北二环，10：20到首都机场T3航站楼。拉杆旅行箱作行李托运。将单反相机、看的书、备添帽衣等，装进一布袋；护照、欧元、手机等，装进小背包，此二件随身带。

乘坐北欧航空公司的SK996航班，下午3：10升空，碧空万里，白云苍狗，飞机在三千英尺高空向西北方向飞行。北欧航空的空中服务员全是四五十岁的"空嫂"，只有两三位说中文的"空姐"是中国人。5：00提供机上"午餐"（有米饭、面包、生菜，咖啡等），10：00又提供晚餐。晚上北京时间12：30（哥本哈根时间6：30），安抵丹麦哥本哈根机场。12：45下飞机。2：00上大巴，2：30到市区的Imperial皇家宾馆（楼高6层），入住504室。

现代交通工具的便捷，使十小时之前还在北京的我，此刻已坐在北欧的星级宾馆草写今天的随记了。

北欧是一个既神秘又浪漫的地方，北极圈附近的这五个国家——丹麦、芬兰、瑞典、挪威、冰岛，有着纯净的皑皑白雪，神秘的极光、极夜奇观，深邃的峡湾，还有芬兰的圣诞老人和丹麦安徒生、瑞典林格伦童话塑造的浪漫天堂，而挪威易卜生却是现实主义戏剧的创始人，诺贝尔奖起源于瑞典，即使"冰火两重天"的冰岛，也有"萨迦文学"的英雄传奇。此次北欧之旅，除了孤悬于北冰洋的冰岛外，斯堪的纳维亚半岛上的芬兰、瑞典、挪威三国，以及与德国接壤的丹麦，都将踏上我的足迹。明天的第一站就是去安徒生笔下的"小美人鱼"铜像，飞行一天，还是匆匆洗洗睡吧。夜4：00寝。

（北京时间8月3日凌晨4：00，丹麦时间8月2日晚上10：00，时差6小时。记于哥本哈根）

八月三日（六月十九）　周一　丹麦哥本哈根　晴　30℃

（今记时间为哥本哈根时间）晨6：30起床，L层早点，有冷热牛奶、鸡蛋糊、面包片、水果等。丹麦酒店的底层即叫L层，二层叫一层，昨入住的504在六层。8：30退房，上大巴。今全天在哥本哈根旅游，8：35开车。

哥本哈根是丹麦王国的首都、最大城市和港口，也是北欧最大的城市。安徒生童话使这座古老而现代的历史文化名城充满浪漫气息，实际上这座城已被联合国人居署选为"最适合居住的城市"，这里的建筑、环境、空气与水让人印象深刻。

第一站，8：55到哥本哈根海，观瞻著名的"小美人鱼"铜像，安徒生童话《海的女儿》的艺术形象化身。美人鱼安坐在海边一块巨大的花岗石上，女身鱼尾，郁然沉思，美慧恬静。铜像坐落在海边，很多游人沿光滑的石头过水，争相与小美人鱼合影，背景是哥本哈根舰船穿梭的海港与海军基地。小美人鱼已成为丹麦的国家名片，这是安徒生的荣光，也是童话艺术的荣光。2010年上海世博会期间，这尊"小美人鱼"铜像曾远涉重洋，来到上海"莅临"世博盛会。

第二站，神农喷泉，位于距"小美人鱼"铜像不远的滨海大道坡地上。这是一组根据北欧神话"神农驾牛"故事雕塑的巨大群雕，依山坡而建，上为神女耕牛，下为喷泉，旁有尖顶教堂，气势壮观。据传从前丹麦人没有自己的土地，女神吉菲昂恳求瑞典国王恩赐土地。

国王答应了，条件是女神必须在一昼夜时间里用四头牛套犁在他的国土上挖土，能挖多少算多少。女神便把4个儿子变成四头力大无比的神牛，奋力耕了一天，从瑞典国土上挖了一大块土地，并把它移到海上，从此在瑞典的土地上留下了一个烟波浩渺的维纳恩湖，而挖出来的土地就是现在丹麦的西兰岛。神牛喷泉就是为了记载这则故事而建造的，由丹麦雕塑家昂拉斯·蓬高花费十年时间，于1908年塑造完成。铜雕气势磅礴，秀发飘逸的吉菲昂女神左手扶犁，右手挥鞭，赶着4头神牛奋力耕作，给人以强烈的艺术感染力。故有人将吉菲昂女神视为丹麦的创世纪女神，意义非凡。

9：38开车。经火车站，哥本哈根火车站前有世界上最早的儿童游乐园，但火车站后面则是"儿童不宜"的恶的集聚地：红灯区与脱衣舞厅。

第三站大理石教堂，腓特烈皇宫广场，有多座古老建筑，腓特烈雕像、喷泉，古典戎装头戴巨大圆筒帽的卫兵，正在广场进行持枪换岗仪式。教堂由大理石砌成，大屋顶，入内静坐了片刻。10：25开车。

第四站：10：45到市政厅广场。位于市中心，市政厅楼高6层，意大利文艺复兴时期风格，红砖房，可入内参观。广场左侧有安徒生头戴礼帽的坐姿铜像，每一位游客都会来此与安徒生握手合影，余也好不容易挤进人流空当，合影以存。11：20开车。

11：30，到马戏团剧场附近的一家"亚西宾"中式餐馆午餐（米饭、鱼肉、炒青菜）。12：20开车，12：30到国王新广场。下午就在国王新广场、游船码头、步行街一带，并乘坐游船游览。

哥本哈根运河将海港与市区商贸大街连为一体，运河码头两岸是色彩艳丽的古老建筑，其中一幢20号白色楼房曾是当年安徒生的寓所，他就在里面创作了《卖火柴的小女孩》等经典童话。码头岸边或站或坐挤满各国游客，大家都在等候游船。乘导游去排队购票，自由活动，信步走进一座4层楼高的哥本哈根琥珀博物馆参观，内有全球最大的琥珀原料，重47.5千克。

下午1：25上游船，1：30开船（船票18欧元）。今哥本哈根大

晴天，阳光直射，26℃。气温虽不高，但北欧阳光炙人，感觉如同北
京的35℃、36℃。运河沿岸是哥本哈根的心脏地带，政府大厦、歌剧
院、老城区、高档酒店、色彩缤纷的各色建筑，鳞次栉比的楼宇馆阁，
可谓"京都梦华录"。游船经过多座古老桥梁，运河两侧停满造型各
异的私家游艇。2：00运河融入哥本哈根海。眼前是壮阔的海港，巨
大的邮轮，海军基地，军舰，北欧最豪华的歌剧院（据说丹麦船王斥
资4亿美元，于2005年建成捐献给丹麦人民），在船上望见小人鱼，
神农喷泉……

　　2：38原路返回，2：45上岸，逛哥本哈根古老而时尚的步行街。
步行街东起国王新广场，西至市政厅广场，据称这也是全球最长最古
老的步行街。沿老街多是十七、十八世纪的古老建筑，经阿麦广场，
有荷兰文艺复兴时期的铜雕"鹳鸟喷泉"。步行街是名牌集中之地，
名贵手表、女包、服装、饰品等奢侈品，紧盯着游人的钱包。4：15
上车休息，4：40开车，导游带大家去一家购物店转了转。5：15开
车，5：30到哥本哈根机场，结束丹麦之旅，今晚飞往芬兰赫尔辛基。

　　哥本哈根机场实行旅客"自助式"办理登机牌（在自动出票机上
操作）与托运行李，原来为应对欧洲经济不景气，北欧航空进行了大
幅裁员。机场到处是东窜西问的旅客，秩序乱哄哄。托运行李时，导
游居然找不到哪个柜台办理。总算办好后，匆匆忙忙在一家麦当劳用
晚餐（三明治）。7：00全体集合，海关安检，进候机大厅后，等了近
一小时，屏幕上这才显示出我们这班航班的登机口：B15。晚9：00登
机，乘坐北欧航空SAS的SK1726航班，9：30起飞，空中记今日记。

　　11：45飞抵芬兰赫尔辛基机场，11：55出机舱。赫尔辛基机场不
大，传送旅行箱包的运输带，只有一个转盘（北京首都机场T3航站
楼有二三十个转盘）。已是午夜，机场大厅冷冷清清，只有我们这个
航班的旅客（大多数是中国游客，听口音还有另一个上海团）。北欧
国家之间免签，所以我们出机场不用海关边防查证签章，因而不见一
个机场安检人员，如入无人之境，就到了芬兰。

　　出站，有芬兰当地导游与司机来接。午夜12：20开车，从机场到
酒店的公路黑咕隆咚，冷冷清清。12：45到酒店，入住的是四星级

GLO ESPOO SELLO 酒店，7 层 722 房。洗漱整理毕，就寝已快 1 点了。

[哥本哈根印象]

▲丹麦人善设计，多发明创造，哥本哈根的城市建筑处处爽心悦目，极无一处雷同。每幢建筑就是一个设计，一项专利，一件艺术作品，最多的是红砖房，哥特式建筑。难怪联合国人居署要选其为"最适合居住的城市"，并给予"最佳设计城市"的评价。

▲丹麦倡导全民骑自行车出行，哥本哈根到处可见自行车，据说从首相、议长、市长开始，官员多是骑自行车上下班。市区公路、大街有专门的自行车道，年轻人更爱骑自行车，车式时尚，车身较高，车速极快，因而行人千万不能上自行车道。丹麦人之所以爱骑自行车，一为环保，二是健身。

▲丹麦人爱晒太阳，今天阳光直射，少说也有 27℃-28℃，但露天下的户外酒吧、公园、水码头，处处可见随意坐卧、晒着太阳的人们，有的躺在草坪上，一边晒太阳，一边看书。

▲安徒生无处不在，安徒生在丹麦无人不晓。哥本哈根与安徒生有关的纪念物有：海边的小人鱼铜像、市政广场的安徒生铜像。市内运河边古建筑老街至今还有安徒生当年居住过的白色楼房，安徒生曾学艺演出过的，建于 1748 年的哥本哈根大戏院。

八月四日（六月二十）　周二　芬兰赫尔辛基　晴　20℃

芬兰在历史上曾被瑞典王国统治，长达 600 多年。1808—1809 年俄罗斯沙皇入侵，芬兰被俄占领统治 100 多年，至 1917 年 12 月 6 日，利用俄罗斯十月革命内乱，乘机脱俄而独立。

芬兰因曾受俄统治 100 余年，因而首都赫尔辛基老城区的建筑深受俄罗斯影响，类似圣·彼得堡。俄罗斯虽统治芬兰百余年，但因宗教信仰不同——俄罗斯为东正教，芬兰人信奉基督教新教之路德教，故两种文化难以融合。由于芬兰曾被瑞典统治 600 多年，因而受瑞典影响更深，今瑞典语与芬兰语同为芬兰国语，城乡所有路名、街道名，均标有瑞典语、芬兰语两种文字。

芬兰地广人稀，国土 33 万多平方公里，相当于德国面积，但人口只有德国的 6%，仅 540 多万人，差不多只有中国中东部一个地级市的人口。芬兰全国分为 6 个省，人口集中居住在南部，首都赫尔辛基的人口占了全国的 1/4 还多。芬兰有"千湖之国"的美称，湖泊、河流与海洋使芬兰拥有了真正的蓝色；又由于芬兰的国土有三分之一在北极圈内，气候异常寒冷，大部分被冰雪覆盖，因而芬兰的国旗由蓝与白两色组成，蓝色十字贯通于白色底色之上。地理环境决定文化意识，诚哉斯言。

芬兰于我有亲切之感，因侄子熹之一家在赫尔辛基定居。昨在哥本哈根，已与熹之联系，如航班到的早，当晚即可见面。但昨晚到酒店已是午夜，自然无以相见。今晨 6：30 起床，即与熹之联系，利用早餐时的空当见面。8：00，熹之驾车，与侄媳一起带着才 7 个月大的小耶妮来酒店。我们在大堂聚首，十分开心，第一次见到小耶妮，大眼睛水汪汪，小脸蛋红嘟嘟，十分可爱。小耶妮比王蕾的女儿小琪琪早生一周，所以是小姐姐。熹之比在国内时长胖了一些，送给小耶妮一包小孩衣帽被子。因旅游大巴 8：30 开行，与熹之一家只匆匆相聚半小时，照了相。

今赫尔辛基晴天大太阳，但毕竟地处北欧，气候凉快，换穿了加厚长袖衬衣。

8：30 大巴开行。8：45 到西贝柳斯公园，湖光树影中的西贝柳斯公园，是为纪念芬兰大音乐家（铜风管音乐家）西贝柳斯而建。公园内有一座以铁管组合成超现实意象的巨大风琴造型，与表情奇特的西贝柳斯头像雕塑。据称每年 6 月，这里都将举行为期 7 至 10 天的音乐会。

9：15 开车，五分钟后就到芬兰奥运村。芬兰是二战战败国，按协约赔款给苏联，直到 1952 年还清，就在这一年芬兰好不容易举办了奥运会，可以想见条件所限，奥运会场仅有 4.2 万个座位。站在奥运村口，远远望见当年点燃圣火的瞭望塔与体育馆。9：30 开车。

9：45 到老城区的岩石教堂。芬兰以前所有教堂均由外国人设计，而岩石教堂则由两位芬兰兄弟中标设计，于 1968 年建成，因而是正宗的"芬兰造"。岩石教堂又叫坦培利奥基奥教堂，是一座芬国国教路德教教堂，路德教不拜偶像，也不设宗教题材的雕塑、壁画，只有用于礼拜的桌椅祭坛，因而教堂内十分简朴。但岩石教堂的闻名，更在于其独特的建筑构造：原来这里本是一块地表完整的巨大岩石，整座教堂以人工爆炸开掘建造的岩石洞窟为基础，自然与人工巧妙融合，教堂内壁保存着未作修饰的岩壁，顶部的墙体用炸碎的岩石堆砌而成，因而如果不是经人介绍这里是教堂，真还以为是一座洞窟。

10：15 开车，很快就到赫尔辛基首相府前的国会广场，国会广场是赫尔辛基的心脏，相当于天安门广场。瑞典国王于 1551 年建赫尔辛基，但广场正中高耸的巨大青铜雕像，既不是瑞典王公大臣，也不是芬兰的民族英雄，而是俄皇亚历山大二世。在俄国殖民统治结束后，仍然在首都的中心广场保留着原殖民统治者的雕像，有人说这足以证明芬兰人正视历史的气度和理性（亚历山大二世的确对芬兰的发展起过积极作用），不因人而废言，也不因人而废物。

广场正中是巍峨的路德大教堂，又名赫尔辛基大教堂，建在有 53 级台阶的高岗基座上。教堂外形十分引人眼球，巨大的希腊廊柱支撑起乳白色的教堂主体，淡绿色青铜圆顶的钟楼，在蓝天丽日映衬下分外庄严耀眼，给人一种"遗世独立"的美感。因路德大教堂通体白色，被当地中国人称为"白色教堂"。精美绝伦的白色教堂，是芬兰建筑史上的瑰宝。登上 53 级台阶，进教堂观瞻，见有宗教壁画和雕塑。居高临下，俯视广场，气势开阔，广场左右高耸着两幢黄色大楼，右为赫尔辛基大学主楼，左为芬兰国会大楼。

离广场，车经中心大街（马拉哈姆将军大街）、中心火车站、老城区。老城的路面由花岗条石砌铺，有轨电车川流不息。11：00 到渔人码头，上游船，船行一刻钟，上岸游览"芬兰堡岛古海战遗迹"。当地导游是一位华人女孩，她介绍说：芬兰堡岛是由六座岛屿组成的海上要塞，芬兰门户，也是芬兰唯一的联合国教科文组织人文遗产。在曲折盘旋的山路上，我们看到了芬兰历史上作为古战场的军营、城门、炮台等遗址；作为游览胜地，芬兰堡岛也有教堂、博物馆、餐饮休闲场所。

下午 3：00 游船返回渔人码头，拾级而上，观瞻码头边高岗上欧洲最大的东正教堂——乌斯别斯基东正教堂，显然这是当年俄罗斯统治时期的文化遗产。教堂外观的十三个金绿圆顶与古雅红砖外墙，在蓝天映衬下分外醒目，教堂内部精雕细琢的拱顶、花岗岩石柱与出自苏联画家之手的绘画，充分显示出俄罗斯文化的风情。

渔人码头的海滩上有一个很大的露天老码头集市，搭着棚子的各色摊位，热闹拥挤，水果摊上最多的是蓝莓、草莓、杏子，但见不到西瓜苹果。芬兰特产的皮毛及其衣帽制品，摊位最多，有整张的狐皮、貂皮、驯鹿皮以及加工制作的皮衣、皮帽、围巾等，都很受游客青睐。

下午 4：30，登上豪华邮轮"北欧塔林客诗丽雅邮轮"，5：00 游轮开行，挥挥手告别芬兰，前往瑞典。邮轮高 12 层，长 203 米，可载客 2800 余人，七层甲板是"步行街"，有免税店、酒吧等，晚上还有音乐歌舞演出。我们的房间在 11 层。8：00 吃自助海鲜西式晚餐，最多的是波罗的海上的海鲜，这对"见鱼眼开"的我可谓大饱口福。

八月五日（六月二十一）　　周三　瑞典斯德哥尔摩　　雨—晴

昨晚游轮穿越波罗的海，头枕着波涛，睡梦中向西直驶斯德哥尔摩。波罗的海联结芬兰、丹麦与瑞典，及从"苏联"分离出去的爱沙尼亚、立陶宛、拉脱维亚三国，南接波兰。晨 7：00（瑞典时间，瑞典与芬兰时差一小时）起床，洗漱、整理旅行箱，8：10 到 6 层餐厅早点（牛奶、燕麦片粥、水果等）。9：20 游团在七层集中，9：30 抵达瑞典首都斯德哥尔摩，经长廊桥出境，正下大雨。瑞典夏天多雨，气温 30℃ 以下。9：50 上旅游大巴。瑞典当地导游小张是留学瑞典的华人男孩，司机是瑞典人，他们将陪导我们 6 天。

斯德哥尔摩是由 14 个岛屿与一个半岛组成的水城，70 余座桥梁将这些岛屿连为一体，因而被誉为"北欧的威尼斯"。10：50，雨雾，到动物园岛的瓦萨沉船博物馆，沉船馆对面是北欧博物馆（由原皇家宫殿改建）。

瓦萨是瑞典第一位国王古斯塔夫·瓦萨之名。瓦萨号船本是中世纪皇家战舰，1625 年由雄心勃勃称霸波罗的海的古斯塔夫二世阿道夫·瓦萨下令建造。1628 年 8 月 10 日建成，整艘船舰用橡木建造，船长 69 米，3 根大柱，11 个帆，50 根桅杆，64 门火炮和上百个镀金喷彩的雕像，可谓中世纪海上的巨无霸。但天意难料，刚一出海，即遇大风，顷刻沉没（或谓设计有误，船体缺乏稳定性），葬身海底。这艘皇家战舰在沉没 333 年后，于 1961 年 4 月 24 日打捞出海，终见天日，又经 20 年的修复、保护，并在出海遗址原地修建起全球最大的中世纪沉船博物馆，现已成为斯德哥尔摩必游景点。高高耸立的暗金色双层船身，参差错落的数十根桅杆，整齐排列的几十门火炮，遍布船体和门窗的那些天神、君主雕像，以及雄狮、徽章等繁复浮雕，仿佛一起叙述着曾经沉没的一个中世纪王朝的气象。

动物园岛上的北欧博物馆原是一座 19 世纪后期建造的具有文艺复兴时期建筑风格的城堡，于 1909 年对外开放，馆内有 150 万件展品。动物园岛上还有因著名童话家林格伦而建的童话王国博物馆——"元月坡"（JUNIBACKEN），1996 年对外开放。

11：10 上车，11：25 到国王岛的斯德哥尔摩市政厅。市政厅建于1911—1923 年，是一幢长方形的红砖房，外有高 106 米的红砖塔，塔顶有三个象征瑞典的镀金王冠。市政厅是政府的办公大楼，公务员进进出出，因诺贝尔奖在此举行而闻名于世，现供游客参观的有三处大厅：蓝色大厅、议会大厅与金色大厅，其中蓝屋与金厅与诺奖有关。

从 1901 年 12 月 10 日，第一次颁发诺贝尔奖起，每年 12 月斯德哥尔摩就成为全球关注的"诺贝尔月"焦点。诺奖颁奖典礼仪式不在市政厅，而在市音乐厅举行；但有 1300 人参加的盛大宴会，则在市政厅的蓝色大厅（蓝屋）举行。蓝屋实际上也是红砖房。蓝屋的顶部有欧洲最大的风琴（1 万个风管，138 个音区）。蓝屋面积 1500 平方米，原设计为可供 700 人用餐的宴会厅，因诺奖每年颁奖都会邀请历届获奖者出席，皇室一家也会出席，因而现在有 1300 人赴宴就显得相当局促。

议会大厅庄严豪华，有供 101 位议员开会的座位，屋顶设计成维京人的船形。从议会大厅去金色大厅要经过王子画廊，画廊陈列有古典壁画与挂毯。

11：55 进金色大厅，每年 12 月 10 日诺奖晚宴结束后在此举行舞会。金色大厅纵深 25 米，金碧辉煌，气势逼人，四面墙上用了上千万块一厘米见方的细小金叶（用了 11 公斤黄金）包着玻璃片（马赛克），巧妙地镶嵌成拜占庭风格的人物画，左壁叙事，右壁讲人，正中是斯德哥尔摩的守护神梅拉伦女王的肖像。

游览斯德哥尔摩市政厅，实地感受诺贝尔奖的荣耀与气势，这是平静的瑞典王国每年引发全球关注的高地。诺贝尔奖分为物理、化学、生理或医学、文学及和平奖 5 项，1969 年，由瑞典银行资助又增设了经济奖。由于诺贝尔奖设立时，瑞典与挪威还是由同一位国王统治，所以和平奖由挪威国王在奥斯陆颁授，物理、文学等五个奖项则由瑞典国王在斯德哥尔摩颁授。北欧由此而成为全球最高荣誉奖项的颁授地。

12：30 开车，到早上邮轮停泊港附近的一家"吉祥阁"中餐店午餐，给蕾儿发短信告今日行程。

下午 1：45 开车，2：00 到"盖姆拉·斯坦老城"的皇宫参观。瑞典皇宫是至今仍在使用的古老欧洲宫殿，拥有 600 多间套房，四方建筑，环抱着一个宽阔的内庭院（广场）。皇宫外有方尖碑广场。进皇宫可供游客参观的是二层的两个皇家教堂（用于婚礼）与内庭院广场。北欧的丹麦、瑞典、挪威均是有王室的君主立宪国，而芬兰则是共和国制，长期由联合党执政。不过经过近一个世纪的改良演化，丹麦、瑞典、挪威这些君主立宪制国家，虽保留国王，但早已有名无实，这些国王和王亲国戚都已平民化。皇宫和首相府（住所和办公室除外）也免费对公众开放。在皇宫购物店，买到一本中文版的《斯德哥尔摩》小册子。

2：45 开车，匆匆告辞斯德哥尔摩，前往瑞典南部小城卡尔斯塔德，之所以今晚要赶到卡城，是因明天一早需前往挪威奥斯陆，因而卡城完全是因北欧旅游而兴的"中转站"。车行 4 个多小时，沿途所见是起伏的山峦、森林，植被丰茂，但几乎见不到庄稼地。瑞典人靠什么果腹？

导游小张介绍说，瑞典农产品以土豆与胡萝卜最多，他 13 岁随父母到瑞典，已生活了十二年，读大学时吃的最多的是土豆，因而现在见到土豆就反胃。北欧社会福利最好，伊拉克、阿富汗战争后，大批难民涌入瑞典，但进入北欧，最多的还是来自罗马尼亚的流民（吉普赛人居多）。北欧四国，瑞典国土面积最大，大于丹麦10倍，人口近千万。瑞典是北欧重工业国家，以沃尔沃集团最出名，生产挖掘机、火车头等。

下午6：50，到卡尔斯塔德，先在一家"北京饭店"中餐馆晚餐，7：50入住四星级酒店（ELITE HOTELS OF SWEDEN）265房间。酒店房间干净、舒适，但上下楼的电梯则是一百多年的老古董：有两层门，外层推门，里面还有拉门。

北欧四国都位于北极圈附近，冬季严寒且时间长，冬、夏区别十分明显。因而四国的时间实行夏令时（3至10月）与冬令时（11至2月）。但四国时差又有区别：瑞典、挪威、丹麦采用东一区的区时，比北京时间晚7小时，而夏令时则晚6小时；芬兰采用东二区的区时，比北京时间晚6小时，而夏令时则只晚5小时。所以到了北欧四国，就需及时调整时差，否则准会误机误事。

（瑞典时间晚9：35记于卡尔斯塔德）

八月六日（六月二十二）　周四　　瑞典—挪威奥斯陆　晴

昨夜10：00寝，今晨7：00起床，早点酒店自助餐牛奶、面包，水果有西瓜、葡萄、菠萝。昨天发现嘴唇右下角"长泡"，因是火重之故，缺维生素。

9：00大巴开行，离卡尔斯塔德，前往挪威首都奥斯陆。挪威之意是"通往北方的路"，面积38万平方公里，人口490万，货币挪威克朗（1欧元＝7.85挪威克朗），国家政体为君主立宪政府议会制，首都奥斯陆（51万人）。

挪威历史的重要节点：挪威古代有维京人（海盗）活动，后长期被丹麦统治，历时400多年，公元1389—1814年，成为丹麦—挪威王国的一部分。1814—1905年，挪威与瑞典是同一个联盟王国，成为瑞典—挪威联邦。1905年与瑞典分开，独立建国并选出国王。有意思的是，挪威议会选举丹麦王子卡尔为挪威王国的国王，名为哈康七世；目前挪威王室的哈拉尔五世国王为自 1905 年建国开朝以来的第三位国王。1940—1945 年二战期间，挪威被德国占领。1945—1950 年，建立福利社会。1972 年、1994 年，两度投票反对加入欧共体。因而北欧四国丹麦、芬兰、瑞典是欧盟国，只有挪威"脱欧"未参加欧盟。1976 年挪威发现石油（北海油田），一夜暴富，成为世界第三大石油与天然气大国（第一是沙特阿拉伯，第二是俄罗斯）。俗话说"人多好耕田，人少好过年"，仅有 490 万人口的挪威，居然盛产石油，自然国民富有，成为北欧第一富国。作为资源型国家，挪威除了石油，还有木材与花岗岩。

从瑞典去挪威，沿途所经平原、丘陵、山地，森林密布，极少农田。路经北欧第三、瑞典第一的造纸厂，旁有大河码头（北欧最大造纸厂在挪威）。

10：30 到瑞挪边境，有免税小商店，在丹麦、芬兰、瑞典购物者，可在此退税。买了一件宝蓝色的厚帽衣，可用银联卡刷卡，人民币 350 元。很巧，在免税店遇到北师大十多人的旅游团，他们是从俄罗斯出入境，先游俄再游瑞典等国。11：15 开车，进入挪威国境，公路边有一幢小平房，系挪威海关 KEH。挪威多山，因而大巴不断穿越公路隧洞。

12：20 进入奥斯陆峡湾，望见宽阔的水域，远处山峦上密布建筑，那就是被称之为"森林中的城市"——挪威首都奥斯陆。12：30 穿过一个极长隧洞，进入市区，到市政广场下车，在一家名为"金山"的中餐馆午餐，至 1：00。

奥斯陆 OSLO 环山面海，既是一个海湾城市，也是森林城市，全市面积的三分之二仍然保持着挪威森林的原貌，置身其中，仿佛来到森林氧吧。奥斯陆人自豪地宣称："挪威峡湾的潮汐气息与森林气息相互交融，使奥斯陆的环境如同一位出色的香水调和师。"在这里自然不会有雾霾、扬沙的烦恼。

有人说到欧洲看得最多的是"教堂广场市政厅"，果不其然，在奥斯陆，下午第一站又是参观市政厅。奥斯陆市政厅是建在高坡上的两幢对称的红砖高楼，沿阶梯而上，进入庄严高畅的市政大厅，四壁绘制有彩色壁画，内容多为反映挪威社会各行各业的生活工作，而非宗教、皇室题材。市政大厅的最大用处，是每年12月20日举行诺贝尔和平奖的颁奖典礼。但自2005年奥斯陆市内另建了一处"诺贝尔和平中心"大楼后，颁奖已移往该处。站在市政大厅，可俯视奥斯陆的街景市容。在大厅小卖部买到一本中文版的挪威画册。

1：45开车，1：55到第二站——阿克斯胡斯古城堡，城堡离市区很近。建于公元1300年的阿克斯胡斯古城堡，是一座巨大的石头城，鹅卵石铺地，有城门、城墙、宫室、大草坪。城堡面海，站在城墙垛口，俯视水天一色的海湾风光，凉风拂面，让人忘了这是八月盛夏。

2：40上车，离城堡，下山逛市区的"主干道"karl johan街道。"主干道"是奥斯陆的生命动脉，从中央火车站一直延伸到皇宫。挪威议会与奥斯陆大学之间的喷泉广场，是游人最多的场所。夏天，很多咖啡厅和饭店都将桌椅搬到室外的大街上，"人体雕像"艺人的表演与街头音乐家的演奏，成为人们围观的一景。挪威与丹麦、芬兰、瑞典一样，市区建筑最高五六层，未见有数十层的超高天际楼。我们东走西逛，来到一家挪威特产店，里面出售各色皮毛制品，有熊皮、鹿皮、狼皮、貂皮，另有海豹鱼油丸，挪威原来还有这么多的北极圈动物。

4：00上车，4：15到第三站，这是最具挪威特色的"维京海盗船博物馆"。维京Viking，意是"来自峡湾的人"。维京人泛指生活于公元800—1066年之间所有的斯堪的纳维亚人。他们善于制造航速极快的帆船，性格好斗、冒险，漂洋过海闯荡南欧与美洲的海湾，以海盗为业，也以琥珀作贸易。

"维京海盗船博物馆"内陈列有三艘维京战船，维京战船又称维京龙头战舰，一般长70—100英尺，制作精良，堪称艺术品，其中一艘据称是从一千多年前的墓冢里发掘出来的，现在被当作国宝精心保护起来。馆内还陈列着维京人的雪橇、靴子、推车等历史文物。参观"维京海盗船博物馆"，给人最深的感触就是挪威人甘于尊重历史的勇气与自信。一个民族的发展史居然从劫掠开始，这显然不是什么光彩的历史，但北欧的斯堪的纳维亚（维京人），包括瑞典、挪威和丹麦，并不讳言这段历史，还为此建起了众多的"北欧海盗时代"博物馆，除了奥斯陆的维京海盗船博物馆，还有如哥本哈根的海盗船博物馆、斯德哥尔摩的历史博物馆。在馆内买到一本中文版的《奥斯陆》画册。4：45 开车。

第三站是去霍尔门科伦山滑雪跳台，开车上山，沿途多别墅小屋，车行 20 分钟到。挪威冬季漫长，白雪皑皑，因而挪威人天生酷爱冬季运动，而奥斯陆更被誉为"世界冬日之都"。1952 年，奥斯陆曾举办过冬季奥运会，并于 1930 年、1966 年、1982 年、2011 年先后举办四次"北欧世界滑雪锦标赛"，这些国际赛事的中心区就在世界最高的霍尔门科伦山滑雪跳台。

滑雪跳台是一组庞大惊险的钢铁建筑，建于地势险要的山湾中，一头连着从山顶倾斜而下的滑道，一头连着如同屋脊兽一般昂首向天的白色跳台，着实壮观险峻。滑雪跳台从 1892 年 1 月 31 日举办第一次跳台滑雪比赛起，就一直俯瞰着奥斯陆这座冬日之都，今天我们看到的已是重修过 19 次的最新身姿。滑雪跳台配套建筑有滑雪场馆，以及建在悬崖上的滑雪博物馆等。

5：25 下山，二十分钟后到第四站维格兰雕塑公园，这是今天奥斯陆之旅的最后一站，但却是激动人心的高潮。

维格兰雕塑公园位于奥斯陆西北部的福洛格纳公园内，占地 0.5 平方千米。这是一座免费开放的著名"生命教育"主题公园，建于地势开阔的山坡高岗上，园内繁花绿茵，溪流淙淙，一条层层高上长达 850 米的中轴线上，巧妙地设置着喷泉、石桥、圆台阶、生死柱，造型优美、活灵活现的各式裸体人物雕像，错落有致地分布其间。漫步其间，仿佛来与各种人物对话。

这是挪威伟大的雕塑艺术家古斯塔夫·维格兰（1869—1943 年）从 1924 年直至临终，倾其全部心血和智慧完成的杰作。所有雕塑先由维格兰创造模型，再由专业工匠按比例放大雕刻铸造，材质或是铜、铁，或是花岗岩石，所有人物均按真人大小形铸。这一庞大的雕塑艺术工程，直到 1950 年才告完工。维格兰认为，服装会将雕像局限在某一特定历史时期，因而所有人物雕塑全部采用裸体，唯此才能永恒，这是维格兰雕塑公园的显著特色。据统计，园内共有212组（尊）雕塑，600多个人物造型，集中表达从婴孩到老朽人之一生的"生与死"这一人类永恒主题。

212组（尊）雕塑以"生与死"的主题，有机组成生命之桥（青铜）、生命之泉（中心喷泉雕像为青铜，其余为花岗岩）、生命之柱（花岗岩）、生命之环（青铜）四大板块。

"生命之桥"均为青铜雕像，一座造型宏伟的桥梁横跨池面，桥的四角立有四根花岗岩柱，其中三根雕刻的是勇斗巨蜥蜴的男子汉，另一根则是拥抱蜥蜴的美妇人。桥栏杆与花坡上装饰的58座青铜人像，男女老幼，形象各异，从母亲怀孕、生育、童年、成人、两性相悦、结婚生子、三口之家，直至人到中年、晚年、垂暮、临终，完整地演绎着人生历程与丰富斑驳的人世百态。水池中欢快嬉水的八个赤裸男童，让人欣悦童年时光展开的生命是如此美好无忧。而那些娇美矫健、青春年华的俊男靓女，最让人留恋依依。一尊名为"愤怒的小孩"的青铜雕像，围观拍照者最多，这是被视为挪威国宝级的杰作。

"生命之泉"是一个造型别致的喷泉，六个健壮的巨人，围成圆周，奋力支撑起头顶的圆盘喷泉，巨大的水流，喷洒而下，终年不绝。这是一组象征主义的雕塑，旨在象征生命的永恒与人类的长盛不衰。

最为震撼的是"生命之柱"，据说维格兰与助手用了十年时间才完成这一宏伟作品。"生命之柱"高耸在公园高岗的最高处，直指蓝天，121个表情各异的人物巧妙地镌刻在一根高17米的圆柱形花岗岩石上，有的狂喜，有的迷茫，有的愤怒，有的警醒，有的绝望，所有人物都在倾轧着、挣扎着、搀扶着、呼喊着，奋力向上攀登再攀登，动人心魄，震撼人心。真是此时无声胜有声，"生命之柱"似乎在象征人类攀登理想天国的愿景与艰辛，但也似乎在隐语漫漫人生的无力与无奈，驻足凝视，每个人的心头都会激起不同的涟漪……

园内的最后一组雕塑为"生命之环"，男女两人以超然的舞姿组合成一个完美的圆环，象征着生命的圆满与至高至美。维格兰雕塑公园内的每一座雕像，都是一个艺术品，也是一部打开的书，他们凝视着苍天厚土，对视着游人的目光，揭示着悠悠的生命历程与凡俗的食色性也，启示人拷问这一生该如何度过？如何厘定人生价值？在教堂无处不在、上帝如影随形的欧洲，难得有维格兰雕塑公园这样一处深接地气、启迪生命的人文景观。

6：35 开车，到市里一家"中国城"中餐馆晚餐。7：35 开车，8：10 到奥斯陆机场酒店，四层楼新建筑，入住 175 室，房间宽大。

（8 月 7 日上午，补记于奥斯陆赴峡湾小镇途中的大巴车上）

八月七日（六月二十三日）　周五　挪威哈尔厄当峡湾　雨—晴

今是余农历生日。晨下大雨，途中多云，午后天晴。今向峡湾进发，奔驰一天。

7：00 起床，机场酒店早餐菜肴丰富，有热炒的西红柿、土豆、肉片、鸡鸭蛋等，面食面包，牛奶果饮，为来欧早点最丰富的酒店。9：00 大巴开行，雨已止。沿途多山，白桦林、松树林密布。11：00~11：30，在一个叫"熊镇"的小镇停车，休息，镇上有很大的超市，据说附近真有"熊出没"。12：55 又到一小镇，名盖罗 Geilo，在路边停靠站的挪威饭店午餐，西餐，为照顾中国人，也有米饭，但半生不熟，很硬。进来欧洲与日本的旅游团，都是奔峡湾而去。挪威西海岸有著名的四大峡湾，被联合国教科文组织列入世界遗产目录，誉为全球未受破坏的最佳旅游目的地。我们的行程安排有两个峡湾的旅游，今全天都在大巴车上，目的是去哈当厄尔峡湾。

下午 1：50 开车，大巴沿 7 号公路盘山而上，越往上，植被越少，气温越低（山下 18℃，山上 13℃），天色阴沉，风也越大，而山势却渐趋平缓开阔。沿途公路边上，隔上三五米，就会插有一人多高的木杆。导游小张考问大家脑筋急转弯，这些木杆是做啥用的？但无人答对。小张说，这叫"雪杆"，冬季树立，用作标识，雪杆有多高，表明冬雪就有多深，立雪杆是为了方便铲雪机寻路铲雪。北欧四国一年只有冬、夏两季，而挪威因更靠近北极，气候尤冷。挪威南部为挪威土著（日耳曼人），北部多为相对原始的希米尔人（生活习性更接近冰岛），他们很少到南部来。北部的大学实行免费，因气候寒冷，学生一入学马上免费发给每人四条狗与一架爬犁，以便于出行。挪威每年一般在5年份开始融雪，6、7、8三个月雪化，是最佳生产与旅游时段，到了9月底又开始下雪，这样全年有半年多为天低云暗、大雪冰封的漫漫冬季。只有到了北欧，你才会明白，为什么老外爱晒太阳（美其曰"日光浴"）？为什么易得"抑郁症"？为什么城市建筑的色彩喜欢五颜六色的亮色调？

3：00，大巴喘息着终于来到海拔1千多米的山顶，地势非常平坦，多杂草水洼乱石，如同新疆戈壁滩。山风很大，远处山上还有斑驳积雪，大家下车去拍照。公路边有几间用青草围成外墙与堆成屋顶的"草屋"，里面有当地山民出售皮货与饮料小商品，还有丑妇人玩偶，这是挪威人视为可以护身的"山妖"。原来，我们今天翻越的是斯堪的纳维亚山脉南端的哈当厄尔高原，这也是欧洲面积最大的山地平原，北欧拥有驯鹿最多的地区。

3：30继续开车，渐渐下山，盘山公路越见陡峭，但植被越来越多，又见杂木、松林。山岚四起，时而云遮雾障，时而云开日出。忽然前方出现了一片汪汪碧水，水域越来越宽，终于势成大湖，四周青山环绕，大巴沿着陡峭公路，紧贴湖面追踪——这就是挪威著名的哈当厄尔峡湾。幽深峡谷突然冒出一座雄险的斜拉铁桥，这是跨越峡湾的哈当厄尔大桥。大巴停在坡地，让大家下车照相。大巴继续前行，跨过大桥，穿过一个极长的隧洞，时而望见峡湾碧水，时而行驶在盘旋起伏的山峦，时而又进入灯光闪烁的隧洞，这样经过两个半小时，5：45这才与峡湾告辞，足见哈当厄尔峡湾之大。

大巴终于下山，在峡谷平坝穿行，但见清清雪水溪流，绿色草甸阡陌，以及点缀其中的彩色农家小屋。忽然传来雷鸣般的巨响，前方山崖飞踢下巨大的白色飞瀑。6：09大巴在公路边停下，以近距离观瀑拍照。原来这是峡湾的又一奇观：雪山银练飞瀑。瀑分7级，从山顶层层踢落，声若奔雷，震耳欲聋，水雾四溅，寒气森森，壮哉美哉，叹为观止。

6：30开车，7：00到MYRKDALENHOTEL酒店。酒店位于群山环抱的溪谷畔，四周一片空旷，孤寂宁静，但进入大堂，却是设施齐全的四星级高档酒店，楼高 5 层，入住 5 楼的 528 房。这家酒店冬季生意最好，住满登山滑雪的游客，因而冬季房价也最贵。

晚餐一边吃着西餐甜品，一边望着窗外的白云青山与远方的雪峰，正不知身在何处。挪威是欧洲纬度最高的国家，全境三分之一的土地位于北极圈内，因而有"午夜太阳之地"的别称，夏季有两个月的时间是极昼，是名副其实的"日不落王国"。夏季 8 月，北极圈里的极昼刚刚结束，峡湾每天 4：00 天就大亮，晚上 10：00 天才黑，酒店房间配备有厚厚的不透光窗帘，这才让我们这些不适应极地光照时间的访客得以安睡。

（晚 10：00 记于挪威哈当厄尔峡湾酒店）

八月八日（六月二十四日）　周六　挪威松恩峡湾　晴

我们这次旅行，名为"北欧四国两峡湾之旅"，昨与今两天进入峡湾旅游阶段，但昨天其实只能称为追踪峡湾，今天才是与峡湾的零距离接触。

来北欧之前，只知道"峡谷"与"峡江"。峡谷是两山夹峙、两坡陡峭形成的高山深沟，如太行峡谷；如果峡谷中有江河流过，那就是"峡江"，如长江三峡，而"峡湾"还是第一次亲历。峡湾也是高山夹峙的深沟，但它不同于峡谷的峡江，峡湾实际上是海湾，但这海湾不仅是在海岸，更多的是在深入陆地的高山峡谷之间，是汪洋恣肆的滔滔海水倒灌进高山峡谷而形成的内陆"峡海"，因而挪威的峡湾是北海之水倒灌进峡湾，而在我们外行人眼里以为是峡湾之水流入北海。所以峡湾之水大部分是海水，当然也有一部分是从山上流下来的雪山泉水。

峡湾是地理奇观，大自然的杰作。全球峡湾主要分布在北欧挪威、南美洲智利与大洋洲新西兰，而以挪威最多最壮美，占全球峡湾的五分之四，因而地质专家称挪威为"峡湾国家"。挪威峡湾位于地势复杂的西海岸，从北部的瓦伦格峡湾到南部的奥斯陆峡湾，一个接一个的曲折峡湾和无数的冰河遗迹构成了壮美的峡湾风光，最著名的有四大峡湾：松恩峡湾、哈当厄尔峡湾、盖朗厄尔峡湾与吕瑟峡湾。昨天看到的是哈当厄尔峡湾，坐大巴车沿峡湾边的山间公路一路追踪，从望见峡湾水域，横穿哈当厄尔峡湾大桥，到告辞峡湾，大巴整整开了两个多小时，而这只是哈当厄尔峡湾的一小段而已，足见峡湾之大之长。峡湾水域平静如镜，辽远而深邃。地广人稀的挪威，大巴车穿行很长时间，偶尔才见星星点点散布在山沟平坝水边的农家屋宇。沿途一派田园风光，安静平和，真个是世外桃源，遗世独立。

今游第二个峡湾——松恩峡湾。此峡湾长 204 公里，最窄处仅 250 米，水深 1308 米，是全球最长最深的峡湾。现在开放旅游的是松恩大峡湾势成 γ 形的两大支流峡湾——纳柔依峡湾与艾于兰峡湾。

早上 7：45 开车，沿途山谷时见溪流、飞瀑，半个多小时后来到古德伯克小镇的山间码头，在这里上游轮。8：50 开船，船行两小时，沿着松恩大峡湾的两条"支流"，从纳柔依峡湾向艾于兰峡湾进发。

峡湾的特殊地理气候导致每天都有可能会下一两场雨，我们时运好，遇到了少有的晴天。充足的雨水加上山顶冰雪融化的雪水、泉水，使峡湾瀑布众多，空气格外清净。游轮在水天一色平静如镜的海面上行驶，两岸云雾缭绕的高山不时从峭壁上踢落下飞瀑流泉，远处山峰的积雪在阳光下泛着白色的银光，红顶白墙的挪威农舍在峡谷间时隐时现，成群飞翔的海鸥"哇哇"地叫着，上下翻飞，欢快地追逐着游轮犁出的浪花……坐在游轮窗边，悠悠地喝着绿茶（自备），欣赏着海光山色，偶或拿起单反抓拍一景，这是欧游数日来最放松的游程，不觉吟起诗来：每一次旅行都很珍贵/每一次相会都充满期待/愿岁月静好、美景凝固/香茗与良辰沉醉。

10：50，船到艾于兰峡湾最内侧的弗洛姆小镇，离船上岸午餐。弗洛姆挪威语意为"险峻山中的小平原"，这座被群山环绕的水岸小镇是松恩峡湾的交通枢纽，熙熙攘攘地挤满各国游客，古老的火车站每天送往迎来，将挪威峡湾的传奇带往四面八方。下午 1：30，登上山区观光小火车，再次领略挪威森林与峡湾的奇观。

这条 1909 年动工、1940 年修建的富兰木铁路，全长虽仅 20 公里，但沿线地势极为复杂，山高涧深，弯多坡险，火车从海拔 2 米的弗洛姆到海拔 866 米的米尔达，嗨唷嗨唷地慢慢向上爬行，穿过长长短短

20 个隧道，最长的纳丽 nali 隧道长达 1340 米，最陡处的线路陡度为 55 度。从车窗向下看，忽见陡峭的山壁上有三层螺旋爬山路，深邃的谷底有木结构的教堂、农舍。火车终于爬到米尔达（铁路可通卑尔根），再原路返回，行程一小时。

富兰木铁路小火车颇似台湾阿里山的小火车，也是为观光而开行，也是在森林峡谷间穿行，也是外来的游客拉动当地经济。沿线最精彩的是一处深谷中的"尤斯 kjos 大瀑布"，所有游客到此都会大声惊呼"哇——"，因而所有导游都戏称这里叫"哇站"。一到"哇站"，小火车特意停下十分钟，让游客下去抓拍"哇照"。争先恐后的游客（中国人最多）一下火车，就被劈头盖脸倾盆而下的瀑布打湿了衣服，巨大的雄奇的威严的惊天动地般的瀑布，仿佛从天而降，倒倾银河，夹带着雷鸣般的炸响，奔腾而下，从峡谷倾注而去……而铁路线就筑在瀑布的侧边。很多游客都赞叹，如此近距离见到如此惊险的飞瀑壮观，这一次北欧之行也就值了！

3：45 火车回弗洛姆。我们的大巴司机早上没有上游轮，而是驾车穿过峡湾隧道，早已在车站等候。4：05 分开车，沿着峡湾，翻山越岭，晚上 6：45 进入挪威第二大城卑尔根。7 点，在市区一家中餐馆晚餐，已多时未吃中餐了，一连吃了三碗米饭，过瘾。8 点，大巴送我们到卑尔根机场 ThOn 酒店入住。

八月九日（六月二十五日）　周日　挪威卑尔根—丹麦哥本哈根　晴

今是北欧之旅的最后一站，晚上将飞经哥本哈根回国。

卑尔根位于挪威西南，与奥斯陆一样，也是环山面海的山水城市，倚着七座美丽的山峰与蓝色的海湾，是北欧最美的海湾城市。卑尔根还是挪威的商贸与航运中心，从十三世纪起，就有以"德国汉撒联盟"为主的大批欧洲商人，在这里垄断鳕鱼的晒干与海鲜贩卖，因而卑尔根的渔业与商贸十分发达。

早上 9：10 开车离机场酒店，二十分钟后，我们就来到了卑尔根有名的海港码头鱼市场。鱼市场的顶上盖着橘红色的塑料遮雨板，里面是各式各样的鱼摊，还有一大片现买现做现吃的大排档，吆喝声、叫卖声、炒锅声，真个是人声鼎沸，鳕鱼三文鱼巨型蟹最多，还有叫不出名的挪威各种深海鱼贝。

卑尔根必游的景点是乘坐弗洛扬登山缆车，到弗洛扬山顶俯瞰市景。缆车在国内只有重庆与香港才有。10：05上车，五分钟后就到了海拔320多米的山顶。站在观光平台，任山风与海风拂面吹来，一览众山小，近处是五彩斑斓的城区、海港，稍远是翠绿的森林、山峦，远处是碧波浩淼的大海，卑尔根犹如从天而降的一幅巨大油画，真正是美不胜收。

如果说卑尔根是一幅油画，那么最美的画色就在布吕根；如果说卑尔根是一首诗，那么这首诗的诗眼也在布吕根。布吕根是卑尔根港口码头边的一片古老木屋建筑群，距鱼市场不远。这些高高耸立在滨海大道边的建筑，大多是三层木屋，狭长的窗户，陡峭的人字屋顶，一派朴实无华的中世纪风格。但布吕根所有的木材外墙，都被聪明的调色师涂绘成大红大黄大紫等艳丽色彩，在阳光的照射下，映衬着蔚蓝的海水、停泊在港湾的白色的高桅船只，你除了惊叹还是惊叹：简直美翻了！

穿过布吕根木屋的彩色门洞，里面有窄长的通道，曲折的转角，上下的楼梯，幽静的庭院，所有这一切，都是用原木建造。据说从前这里曾是统治斯堪的纳维亚半岛的海产品交易中心，现在已被卑尔根市民改造成非常有个性与风味的店铺，最多的是手工艺品店、特产店、画廊、咖啡店、酒吧与餐厅，虽然游人络绎不绝，但安宁而温馨，有点类似上海的"新天地"。来到布吕根，不买点什么总有点对不起这里的色彩，于是花了60欧元，买了几盒浸透北欧蓝色的蓝霉素胶囊。

中午在一家"川粤餐馆"午餐。1：00后，又逛鱼市场，经不住挪威海鲜色香味的诱惑，吃了一盘现烤的三文鱼。下午2：30，挥挥手告别这五彩迷离的卑尔根，开车前往机场。

3：00到机场，6：00登机。乘坐北欧航空公司的SK2869航班，一排四座的小飞机，6：15起飞，在晴朗的北海上空向南飞行，7：25降落丹麦哥本哈根机场，7：35出机舱。在哥本哈根转机，安检，出境签章，C35登机口候机时，吃了便餐。晚上8：50登机，乘坐北欧航空公司的 SK995 航班（与国航共享为 CA6802 航班），9：10 起飞，向东方飞行，"北欧四国两峡湾之旅"画上了句号。

八月十日（六月二十六日）　　周一　丹麦哥本哈根—北京　晴

飞机在夜空中向东飞行，地球不断地从西向东自转，而太阳每天东升西落，地球各地就形成了时间差距。按世界时区的划分，挪威、丹麦属于东一区，中国北京属于东八区，时差六小时。我们于哥本哈根 9 日晚上 9：10 起飞，按北京时间，已是 10 日凌晨 3：10。飞机升空后，就将手表调整为北京时间。机舱的电视屏幕随时显示的即刻航行信息，最多的是时速 970 公里，高度 3500 英尺。夜航班机多数乘客都腰束安全带、直坐着在"睡觉"，少数在看镶嵌在前椅椅背上的小电视，安静而闲适……

忽然听到了空姐的广播，开始送早餐。一看表，已是 11：00，打开窗户，外面晴空万里，阳光直射。此时北欧还是凌晨 5：00，这"早餐"在北欧也太早了，说中国午餐还差不多。12：18 安抵北京首都机场，12：30 下飞机，回国入境签证。

跨入第三航站楼的出口大厅，一眼就见到高挂在上空的欢迎横幅"有朋自远方来，不亦乐乎"，中文横幅后面是英、俄、法、德、日、韩、西班牙、阿拉伯八种语言的欢迎词。大厅两侧竖立着两块巨大的织锦国画，左"长城万里图"，右"清明上河图"。虽然以前每次从国外回来都见到过，但每次都感觉格外亲切，一股暖意迎面扑来，脚踩在祖国的土地，内心分外踏实。虽然北欧的蓝天、白云、洁净的空气与可直饮的水，使人留恋，但那毕竟是北欧的。飞越两大洲，环游四国家，安全回京，我心欣然。一想到赴欧前放下的事情与正写了一半的文章，不由冒出一句"心焦急只觉得时光太快"，一晃九天过去了……

下午 1：38 上车，2：25 回到小区，放下旅行箱就去超市买菜，一切恢复原样。

（2016 年 8 月 12 日下午 6：45 补改毕）

在韩国的日子里，我经常会被一些细节所感动。细节是微小的、具体的，但它却联通着人心。

那天，我第一次给韩国的大学生讲课。下课时如同在国内一样习惯地说了一句"今天就讲到这里，现在下课"。正准备离开讲台，不料下面几十个学生齐刷刷地说："老师辛苦了，谢谢老师!"我以为是初来乍到，学生表示礼貌，没有在意，不料以后每次下课都是这样。这不是稚声稚气的小学生的声音，而是二十多岁青春蓬勃的大学生的声音，听着这声音，你怎能不感动？

在校园，我时常会见到学生向老师弯腰问好，甚至有学生之间互相弯腰招呼的现象。有一次，我问一位男生，刚才那位女生怎么要向你弯腰？这位男生得意地说："我是高年级的，是师哥，她比我低一级，是师妹，师妹当然要尊重师哥啰。"

在国内，我也爱穿西服打领带，单位还曾给每位教师定做过一套价格不菲的西服。但周围少有人穿，我也只好随大流，少穿了。但在韩国大学，教师必须穿西服、打领带，即使是夏天穿短袖衬衣，也一律打着领带。一个教师衣着端庄，仪表整洁，不但是为人师表者的仪容所必须，而且也是对学生的尊重。试想一下，面对着每次下课都要齐声说"谢谢老师"的学生时，你如果衣冠不整，松松垮垮，自己也会感觉不安的。

　　周末的一天，一位男生陪我去汉城（今韩国首尔）东大门市场购物，中午时，我请他一起吃便饭。饭菜都已摆好了，我招呼他用餐，见他依然规规矩矩地坐着不动，我动筷子以后，他才动筷。以后我在学生写的《中韩饮食文化比较》的作业中，发现有不少学生都这样写道：在韩国吃饭，一定要先等长辈动筷，晚辈才能动筷。有一位学生对韩国人的"餐桌礼仪"写得比较详细（原文如此）："每个国家都有各种各样的饮食文化的礼法，韩国也不例外。第一，先长辈人开始吃饭以后，下辈人才能吃饭，这个礼法基于'长幼有序'思想。第二，吃饭时，不要说得太多。第三，不要把饭碗拿着吃，而是一定要安静地坐着吃。"另一位学生这样写道："在韩国吃饭的时候，先老人吃，后年轻人吃，不这样做的话，父母一定骂他，非常生气。"

　　在韩国大大小小的餐馆，包括学校的教师餐厅、学生餐厅，一律使用金属筷子，金属筷子夹食容易滑动，所以特意在筷子下端制成锯齿形状。原来韩国禁止使用一次性木筷，认为一次性消费浪费太大，不利生态环保。韩国人饭后有饮水（不是喝茶）的习惯，所有餐厅的水杯也都一律是金属杯子，不提供一次性的纸杯。

　　汉城拥有近1200万人口，大约是韩国人口的1/4，汉城的公共交通主要依靠地下密如蛛网的十多条地铁线。地铁车厢比较宽大，每节车厢之间有门联通，乘客可以开启出入。车厢两边上方居然还设有行李架，当我第一次见到有乘客将自己的手提皮包放上行李架，然后坐着闭目打盹时，我真是万分惊讶：不怕被偷吗？当然不用担心被偷，否则也不会设行李架了。每节地铁车厢一端设有专供老人、孕妇、残疾人使用的座位。上下车的乘客自然也很拥挤，但我没有见到过年轻人抢挤座位的现象。有一次，一位学生陪我去梧木桥出入境管理局办理外国人居住证，来回需转换好几条地铁线，但那位学生一直站在我周围，即使有空座位也不坐。我几次叫他坐下，他说还是站着好，倘若过一会来了比我年长的人，我还要站起来让座，反而不方便。

　　汉城的公交车，一律是无人售票。乘客从前门上，后门下。我注意到所有的车辆在乘客座位上方和车门两边，都设有"呼叫按钮"，乘客如在前方到站下车，只需揿一下按钮，用不着大声向司机说"下车"。由于既没有售票员嚷嚷"买票买票，没买票的快买票"，也没有乘客嚷嚷"停车停车，我要下车"，因而汉城的公交大巴都显得比较安静，在这安静中，你会感受到一个城市的素质。

汉城是一座传统与现代妥帖结合的大都市，在市中心钢筋水泥的森林中，安静地保存着景福宫、昌德宫、昌庆宫、光化门等古迹，诉说着作为韩国"皇宫之城"的古都悠久历史。在游览这些古迹时，我发现所有的地面都是黄色的硬土，或者上面铺着细薄的沙子。以后我在成均馆大学参观孔庙与儒教学院时，也发现地面都是黄土。为什么要铺成黄土地面呢？一位曾经获得北师大中文系博士学位的成均馆大学教师对我这样说："历史要用细节来体现。你如果在参观古迹时，脚下踏着的居然是水泥路而不是黄土路，你还会有历史的感觉吗？"我默默地点着头。踏在汉城古迹的黄土路上，我不禁想：岂止是历史需要用细节来验证，一个民族的人文不也需要用细节来培植和延续吗？

［2003 年 11 月 23 日于汉城（今韩国首尔）］

马来西亚逛书展

作为读书人，我在国内逛过大大小小许多书展，但去国外逛书展却还没有经历过。常听出版社的朋友谈起他们逛意大利波洛尼亚书展的那份得意劲（参加书展后四处游览），着实让人羡慕。前不久，出国逛书展的好事竟也落到了我的头上：应马来西亚有关方面邀请，前往吉隆坡逛"第九届国际中文书展"。

海涵华宇，文系马来。飞机一到吉隆坡，我就被马来半岛浓浓的中国风所包围。南马文艺研究会会长、著名教育家、作家年红先生在陪同我访问的日子里，向我详细介绍了马来西亚的文脉系守。

马来西亚是多元种族、多元文化、多元宗教的国家，马来人、华人、印度人（华巫印）是全马 2700 万人口中的主体民族，华人占了全国人口的四分之一以上，超过 600 万人。马来西亚通用英语，各民族又有自己的母语，同时也要学会其他民族的语言。因而马来西亚华人通常会说英语、华语（普通话）、潮州话、客家话、马来语，甚至印度语。

马来西亚的学生既要学习本民族的母语，也要学习其他民族的语言，难怪我在各地见到的华人孩子的书包都特别大，里面要装华文、英文、马来文三种文字的课本。经过数代马来西亚华人破石扎根、参前承后的艰苦奋斗，现在马来西亚已建成了除中国本土之外规模最大、历史最久的华文教育体系。全马现有 1289 所华文小学、60 所华文独立中学、3 所华文高校（南方学院、新纪元学院、韩江国际学院）。80多万华校学生是马来西亚华文出版物的主要阅读者、传承者，因而一年一度的国际中文书展都选在每年 11 月全国学校开始放 7 周长假的时间进行。

"第九届国际中文书展"于 11 月 16 日至 25 日在距吉隆坡市区半小时车程的绿野仙踪国际会展中心举行。今年适逢马来西亚建国 50 周年，本届书展特以"以书爱国"为主题，以"贫者因书而富，富者因书而贵"为口号。11 月 17 日、18 日，我连续两天参观了书展。展览大厅的外围正在举办"第三届东南亚普洱茶交易会"，书展与茶展、读书与品茗交融一体，给爱书人营造了浓浓的"四壁图书鉴古今，一壶清茶品书香"的氛围。据主办方（绿野会展、《星洲日报》、马来西亚全国校长职工总会）介绍，国际中文书展从第一届只有 8000 平方米的展览面积，发展到今年超过 20 万平方米、700 多个国内外商家参展，参观人数绝对可以超过去年的 35 万人。

穿行在摩肩接踵的人流中，我发现马来西亚彩虹出版公司展区、上海文艺出版总社展区、中国台湾展区、中国香港展区、商务印书馆（马来西亚）有限公司展区、中图（吉隆坡）上海书局展区以及天津出版外贸公司等展区，是本届书展的主要参展商，这些展区的品种最多，人气也最旺。

彩虹出版公司是马来西亚最大的华文出版机构，今年已上市，同时也出版英文、马来文图书。《哈利·波特》马来文版就是由彩虹公司出版的。彩虹公司董事经理沈钧积先生告诉我，彩虹以英、华、马三种文字的教材、教辅为出版重点，初中《科学》教材覆盖全国。彩虹教材还发行到泰国、印尼、文莱。沈钧积先生祖籍广东，是一位典型的儒商。他将出版华文书籍视为贡献华族义不容辞的责任。我在彩虹展区见到云里风主编的十卷本马来西亚华人作家协会《马华文学大系（1965—1996 年）》、50 卷本马华作家书系《德麟文丛》，以及《跨世纪女作家系列》《当代马华作家百人传》等，这些大型书系几乎将马来西亚华人作家的精粹之作一网打尽。

彩虹公司十分重视华文儿童文学，十年前曾约我担任总顾问并撰写总序言的 30 卷本《世界华文少儿文学系列》，至今仍然风行新马泰、印尼、文莱等国。彩虹公司为本届书展还赶印了年红先生的《幼儿儿歌》《幼儿童话》两套新书。少儿文学与助学读物是马来西亚华文出版业的重头戏。红蜻蜓出版公司的《十月》，董总出版社的《创意作文 10 课通》《升学梦工厂——一站式完全升学手册》《让自己 Q 一点——生活心理实战手册》，松柏文化公司的《南方的苗圃》，合力出版公司的《聪明世界》《小班长》等，都是本届书展重点推介的新书。

中国台湾展区的联经、远流、城邦、天下文化、野人文化等出版公司均有新书参展。中国台湾著名作家龙应台和儿子安德烈 36 封家书的通讯集《亲爱的安德烈》、德国法兰克·薛庄长篇幻想小说《群》、蒋勋的《破解梵谷》、侯文咏的《灵魂拥抱》、官振萱的《创意亚洲现场——探索十大设计师创意力》、马修·李卡德的《快乐学——修炼幸福的 24 堂课》等，在台湾展区十分抢眼。

内地参展的主要品种有《易中天品读汉代风云人物》（东方）、曹景行《香港十年》（上海辞书）、曾子墨《墨迹》（长江文艺）、《西藏旅游手册》（中国藏学）、《我们的地球》（广州）、《中国四大古典名著连环画》（上海人美）、《图解手脚按摩诊病大全》（陕西师大）、《乱七八糟的第一次世界大战》（中州古籍）等。与内地书展喜欢拉名嘴扎场子聚人气一样，马来西亚的书展也邀请了不少名嘴、名人，书展的大幅广告上印着易中天、曹景行、曾子墨、梁文道、叶林亭、翁诗杰等的头像。

参观绿野仙踪书展，最让我难忘的还是在展厅举办的一场场直接服务孩子的与书有关的活动。毕竟孩子是中文图书的最大受益者、消费者，是中华文化在马来半岛文脉守系的传承者、维系者。书展主办方大幅推介海报中明确表示："我们坚信提升阅读风气，养成阅读习惯，必须从小、从学生做起，因此我们增加了适合学生阅读的国内外书籍、创意儿童教材、电脑电子产品、精美文具、学生用品等等。我们还以学生为对象策划了丰富多彩的活动，如绿野全国学生象棋锦标赛、绿野全国扯铃观摩赛、华语讲故事比赛、亲子 IQ 创意大比拼等

王泉根散文精选

—— 珍惜我们的文化"胎记" ——

等。同时为了方便学生出行，此次书展还在周末备有免费巴士服务接送学生出行。"

11月18日适逢星期天，从吉隆坡去绿野的公路，上午就开始堵塞了。原定下午3点开始的"第九届全国华校童诗创作比赛、第二届全国少儿童话寓言创作比赛颁奖典礼暨年红《幼儿儿歌》《幼儿童话》新书推介礼"，因嘉宾堵车而不得不推迟。直到3点半嘉宾终于赶到书展。原来主办方等候的这位嘉宾是马来西亚华人领袖、华人公会总会长、房屋与地方政府部部长拿督斯里黄家定。黄家定上台致辞说，实在因为路上堵车严重，他自己多次下车向交警说好话，这才好不容易赶到会场，但由此足见书展的盛况，今年参展的人数绝对可以超过去年的35万人，为此他感到非常兴奋。

黄家定贵为马来西亚华人领袖、国家第三号人物，但没有警车开道，他自己也有一本《勤政亲民》的新著在书展展出，却特意赶来参加一个儿童文学的大奖赛与新书推广活动。当我与拿督斯里黄家定一起站在嘉宾席上，望着台下密集的华人学生和家长，望着热气腾腾的中文书展，我的内心充满了感动：大马半世纪，海天盛华风。正因为马来半岛这方土地上华裔才俊的破石扎根、文脉系守，才会有一届比一届更盛大的国际中文书展。中国人无论走到哪里，无论年长年少，都改变不了黄皮肤、黑头发、黑眼睛，改变不了血管中奔涌着的由甲骨文字传承下来的中华文化。

（2007年11月25日）

1
9
9
1
：
滇
西
笔
会

[前记] 1991 年 4 月 1 日至 21 日，由云南少年儿童出版社（今晨光出版社）、中国作家协会云南分会、昆明儿童文学研究会等单位举办的"中国儿童文学滇西笔会"在温馨的四月花季举行。我们先在昆明参加"沈石溪吴然辛勤作品讨论会"，而后驱车西行。热情的东道主带我们游大理，访芒市，走畹町，下瑞丽，参加傣族"泼水节"等民俗采风活动。滇西笔会，千里之行，沿着抗战时期修筑的滇缅公路，翻越怒山、高黎贡山，跨越水流湍急的澜沧江、怒江，一路兴奋，终生难忘，能不有记。

春城昆明

我从巴渝古国的山城飞来，轻轻地降落在滇中高原的春城。春城，四季无非艳阳，湖山莫不长春。可是当我步出机舱，迎面却是冷风冷雨与 2℃ 的低温。

这就是我心中向往的春城？巫家坝机场的阵阵烟雨带给我心中层层困惑、疑问……

潇潇雨声中，滇少社的小车把我载到了笔会的住地。

瑟瑟寒风中，我握着一双双热烈的手与一颗颗热情的心：北京、上海、天津、武汉、塞北内蒙古、江南南京……

有人告诉我：春城的朋友上午冒雨去机场等了我2小时。有人对我说：春城的老同学下午冒雨来住地看了我好几回。

世界真大，可又真小。我们又相逢在一起，包围着我的是关爱与友谊，文学与童心。

春城真冷，可又真热。潇潇雨声中我分明看到了春城绚丽的色彩与多情的光影……

（1991年6月4日草）

飞翔吧，太阳鸟！
——写给"沈石溪吴然辛勤作品讨论会"

都说我们最年轻。都说我们最快乐。都说我们是"小儿科"。都说我们是"老来青"。

——让人们去评头品足吧！我们热爱自己的事业，热爱献给未来一代的绿色艺术。

今天我们又相逢在一起，讨论新起飞的"太阳鸟作家群"——云南儿童文学的品质、风采、历程与实绩……

我们走进了西双版纳的亚热带雨林，带路的是一位大眼睛的英俊军人。他带我们巡视了一个实行"丛林法则"的动物王国，那里有《牝狼》《象冢》《第七条猎狗》《退役军犬黄狐》与一只遭遇奇特的猎雕巴萨查——那里充满生命原色、生命竞争与生命意识，洋溢着夺人心魄、催人奋起的阳刚之气……

我们走进了大理三月的苍山洱海，向导是一位温文可亲的编辑。他带我们来到月亮池、牛恋乡、珍珠泉、倩碧溪，向我们介绍西洱河的彩石、小鸟和守林老人，还有他自己的童年梦与少年心。这是另一种艺术天地：心应虫声，情感林泉，饮之太和，独鹤与飞。它使我们想起冰心的小诗、郭风的叶笛，甚至泰戈尔的新月……

我们把目光投向崇山峻岭中的阿佤山寨、德昂村落、哈尼族丛林，一位辛勤耕耘的儿童报主笔向我们讲述无数《装在葫芦里的故事》，我们认识了《摔跤王》虎旨、猎虎的小哥俩、穿过《鬼谷》的拉巴多吉。他用笔开拓了绿色艺术的新疆域，用爱塑造出虎虎有生气的少数民族新一代……

请记住滇军儿童文学——它崛起于红土高原的青萍之末，带着亚热带绿地的神秘色彩，具有多民族生活的丰富内涵，崇尚追求"大气"的美学品性。

请记住"太阳鸟"作家群——走在前头的有刘琦、乔传藻、钟宽洪、普飞，风华正盛的是沈石溪、吴然、辛勤、张祖渠、凝溪，还有赵克雯、康复昆、任素芳、杨美清，大步奔来的那是吴天、张焰铎、马赛、官晋东、冉隆中、李永坤、杨玉珍……

飞翔吧，太阳鸟作家群！

你们沐浴着七彩的太阳之光，拥有童话一般的神奇土地。今天你们已经"走出山旮旯，走向京津沪"，明天你们必将走向世界，走向绿色艺术的"大气"……

（1991 年 6 月 5 日）

大理，你好！

看不够下关风、上关花、苍山雪、洱海月。

看不够古树开花的蝴蝶泉、三塔鼎立的崇圣寺、古老的大理城与大理城古老的小巷、城楼。

看不够白族博物馆收藏的远古岁月、大理石工艺厂的精巧结构，三方一照壁、四合五天井、五马转角楼……

呵，这就是古代南昭国、大理国的故址，这就是誉满天下的"文献名邦"，这就是五朵金花的家乡喜洲。

虽然仅仅只有两天的逗留，可我已感到心灵的满足。

怎能忘怀，在"绕山灵"的歌舞声中，白族姑娘敬献的"三道茶"——一苦二甜三回味，齿颊留香殷情悠悠。

怎能忘怀，烟波碧水中的洱海之游，时间与空间在金梭玉玑（洱海的两个小岛）亲吻，现实与梦幻在银苍玉洱邂逅。高山的雪，岸边的塔，湖中的岛。四月的洱海啊，你是一池醉人的美酒。

我怎能忘怀，又怎么能忘怀，南昭舞厅优雅的旋律与甜美的歌喉。在白族舞蹈与迪斯科交织的舞步中，我看到一个古老民族轩昂奔放的历史脚步，与走向现代社会生生不息的奋斗……

大理，你好！你深深地镌刻在我的心头。

（1991 年 6 月 5 日）

大山的女儿

汽车整天在怒山、高黎贡山盘旋穿越。我看到了真正的大山：山高谷深，壁立千仞，群峰似海，步步险峻……

汽车在深山一处有泉水的路边停了下来，加水休整。

突然，我看到一位绿衣少女，娉娉婷婷，挑着泉水，从路那一边的绿荫走来。

在莽莽苍苍的大山，我看见一位少女：

她穿着和青草一样翠绿的衣裙，她有着和山花一样亮丽的脸庞，她的眼眸袒露出大山的情怀，她的笑容闪现着亚热带雨林的神韵。

她在大山深处，千里滇缅公路一侧，开设了一家小小的饭铺。她和她的两个帮手，每天在这里默默劳作，送往迎来，看日落月升，叶绿花红。

年年岁岁花相似，来来往往人不同。川流奔忙的汽车给她捎来山外面大千世界的信息，也给她带走青春岁月的幻梦。

我问：在这大山深处，难道你不感到孤独、乏味，生活对你的不公？在这大山深处，难道你甘愿这样平平淡淡打发青春、劳碌以终？

绿衣少女没有回答我的问题，只是望着更远更远的大山，笑了。她的眼眸晶亮晶亮，分明在追踪彩带一般飘曳的盘山公路……

呵，我明白了……

她属于山花和芳草，属于流泉与行云，属于大西南的红土高原，属于南疆国防的滇缅公路。

和青草一样翠绿的是她的衣裙。和山花一样亮丽的是她的脸庞。和岩石一样坚韧的是她的性格。和大山一样宽广的是她的心胸。

她是大山的作品。她是大山的女儿！

（1991 年 6 月 4 日）

写在芒市的绿叶上

沿着古代的蜀身毒道，沿着现代的滇缅公路，我们千里迢迢，风尘仆仆，走进典型的亚热带边城——德宏傣族景颇族自治州首府潞西（芒市）。

昆明要穿风衣，大理要穿夹衣，而芒市只用穿衬衣。一周之内，我们经历了春夏秋冬，一周之内，我们领略了南疆的四季。芒市，你是夏之都，热之驿，绿之地。

最难忘大青树绿色的荫庇。树干盘虬、气根悬垂的大青树呵，终年勃发着冲天的生机。擎一天高扬的翠绿，撑一把巨大的阳伞，可歇凉，可候车，可摆摊，留少男少女"列少"，招光屁股的娃娃做游戏。

最难忘方家傣味餐馆的"刹苤"。尝过了蕨类、酸笋、挑手鱼、泼水粑粑、竹筒饭，好客的店家又端上来一盘"哑谜"：它是屠牛后小肠内未消化的草料，佐以生姜、芫荽与蒜泥，奇特的傣味，奇特的风味。一盘"刹苤"，留给你终生难忘的记忆。

最难忘边城喧闹的晨曦。一辆辆来自四乡八方的三轮、摩托、手扶拖拉机，满载着田野的丰收、梦想与希冀，唤醒了边城的早市交易。

边城的街市流淌着一条彩色的歌溪：小菩少（傣族姑娘）的统裙分外艳丽，迷厄佐（景颇族姑娘）身穿银光闪耀的银泡衣，德昂女子的腰箍半节是银丝、半节是藤篾，阿昂姑娘的毡裙显示出高超的刺绣工艺，傈僳族女子的胸饰是用玛瑙海贝银币镶嵌的"拉白黑底"……

黎明在这彩色的旋律中来到边城。

边城的一草一木，一街一景都使我流连忘返，惊奇无比……

（1991 年 6 月 9 日）

风，这样飘逸

风，这样飘逸。雨，分外潇潇。
鸟儿都来聚会，花儿铺彩叠霞。
时间的旋律愈加热烈轻柔，蜜意在一天天深挚加码。
日子呀，一步步走向激动。木棍插进泥里也会开花。
盼来了，盼来了傣族的泼水节。
泼水节的边城，是歌，是诗，似霞，似画……

（1991 年 6 月 6 日）

"桑刊日"的三台山

（桑刊日，泼水节的第一天，傣族叫"桑刊日"，意为送旧。这一天人们要上山采花，故又叫"采花日"）

小菩少穿上最漂亮的统裙，小伙子今日里格外英发。四月的三台山一片翠绿，万绿丛中人们去采摘五色的山花。

菁里、沟边、山坡上，看不够啊采不完，缅桂、素馨、伊兰香、山茶、凤凰、攀枝花……

桑刊日到处是采花的人们，辞旧迎新，笑语喧哗。

金耳鸟忽然从林梢掠过，大青树下又窥见一个他和她。这是恋爱的季节，爱恋着的小菩少和小伙子，手中都有一束芬芳四溢的丁香……

桑刊日是采花的日子，爱情的种子正在新绿的泥地悄悄发芽……

(1997 年 4 月 11 日)

观礼台即景

我们被邀请作为贵宾，登上了泼水节庆典的观礼台。

我们从祖国的东西南北赶来，分享泼水节的狂欢、德宏州的艳阳、民族祥和的吉庆、孔雀故乡的风采……

一声声铓锣震地动天，一阵阵象脚鼓气势澎湃，一块块方队载歌载舞，一辆辆彩车流金溢彩。

男人手上的长刀亮光道道，女人身上的银链闪闪振恺。孔雀舞、嘎秧舞旋转所有的视线，木脑纵歌的鼓乐分外气派……

我真恨不能长出一千双眼睛，把泼水节的庆典看一个够。从色彩感受生命，由造型体味空间，在线条上顿悟时光的流动，从狂欢节的欢庆之河、激情之潮、歌舞之海中鉴赏彩云之南的云至真至美至爱……

感谢傻瓜相机给我留下了永远的一瞬：观礼台上，一位小菩少正向我送来泼水粑粑。她的统裙是那么鲜艳夺目，她的脸如月、眼如星、眉如远山的青黛……

(1991 年 6 月 8 日)

我们也来泼水

哦，泼水节，你是傣族的新年，你是狂欢的日子，你是吉祥的化名，你是大喜欢、大释放、大轻松、大解脱……

什么时候，边城的街上流成了小河，到处都在泼水。

小伙子向小菩少泼水，优格佐向迷厄佐泼水，大朋友向大朋友泼水，小朋友向小花小草小树小鸟泼水……

泼水，泼水，泼水，泼水……这是吉祥的甘露，这是圣洁的清泉，这是深情的祈祷，这是真挚的祝福……

我们向广场上五彩缤纷的统裙泼水，祝她们有甜甜的梦与甜甜的爱，祝她们的民族祥和、幸福、多彩。

我们向边城人泼水，祝边城有永远的碧水永远的蓝天，祝边城人每天都撒播希望的种子，希望的种子必定长成芳草与茂林、繁荣与流彩。

我们向参加笔会的我们自己泼水，向来自全国各地的文朋诗友泼水。祝朋友们文如春华、思若泉涌、德艺双馨、名扬四海。

我们向《小朋友》《故事大王》《儿童文学》《儿童时代》《儿童小说》《中国儿童报》《少年文艺》《少年世界》《东方少年》《儿童文学选刊》《儿童文学研究》《春城儿童故事报》泼水，向中国少儿出版社、上海少儿出版社、云南少儿出版社、湖北少儿出版社、江苏少儿出版社、辽宁少儿出版社、重庆出版社泼水。祝我们的儿童文学事业蓬蓬勃勃、红红火火、潇潇洒洒、气气派派，走向孩子，走向未来，走向世界……

（1991 年 6 月 11 日）

致畹町市和她的桥

这个市小得不能再小——方圆不到 100 平方公里（含乡村），人口不足 1 万。

这座桥短得不能再短——全长 20 米，步行 40 秒。

但，市不在大，有功则名；桥不在长，有勋则灵。

畹町（今瑞丽市畹町经济开发区）——太阳当顶的地方。你是320 国道（上海—畹町）的终点，你是边境转口贸易的重镇，你是镶嵌在南疆丛山密林的明珠，你是祖国西南边防的眼睛。

抗日战争的烽火，使你从一个鸡毛小店跃为大后方唯一的陆上国际门径。无数援华抗战物资从你这里入境，无数远征军将士从你这里出征。你目睹了昨天的苦难伤痕，你最能感受中华民族挺直的脊梁不屈的灵魂……

今天，我来到畹町边关，一睹你的风采，一亲你的倩影。畹町桥就在眼前，望一眼畹町桥呵，抑制不住的喷涌的诗情。

全长 20 米的畹町桥，你一头连着中国的畹町市，一头通向缅甸的九谷城。短短的畹町桥，联结着长长的"胞波"友情。两国边民跨界而居，赶集互市，探亲访友，联姻结亲。

入夜，同顶一轮明月；黎明，共闻两岸鸡鸣。桥上历史烟云，桥下流水深情……

我站在畹町桥头，久久仁立。我感到地球变成了村庄，边关是一个驿亭。

我回望山坡上矗立的畹町新城，改革开放使小城商贾云集，游客倍增，无日不市，贸易兴盛……

呵，畹町——你毕竟是太阳当顶的地方。迎着新世纪的曙光，彩云之南必将一展雄风，万里鹏程……

（1991 年 6 月 10 日）

夜幕下的瑞丽城

匆匆访问了弄岛傣家的竹楼，匆匆观瞻了姐勒佛塔的美景，我们走进了夜幕下的瑞丽城，走进瑞丽的长街、商场、地摊、市声……

这里是名副其实的南亚商城，多半商人来自外境。他们的肤色比我们黝黑，他们的黑发比我们卷曲，他们操着生硬的汉语，不时用手势交换表情。他们来自缅甸、泰国、印度、巴基斯坦……有商贩，有车夫，有帮工，也有大亨。

这里是熙熙攘攘的购物中心，从法国的香水到泰国的菜刀，从印度的纱裙到越南的虾仁，从日本的西装到美国的迷彩衣，从新加坡的木雕到缅甸的水果糕饼。但最多的还是五颜六色的化妆品与变色镜，当然还有缅甸的翡翠、宝石，甚至还有南亚的象牙项链……

我们走在瑞丽的夜市街头，五色迷目，五音绕耳，五味生津。不夜的瑞丽城呵，你使人亢奋，使人着迷，也使人生惊。

有人买到了价廉物美的服装，款式、质料、色彩样样时兴。有人惊呼上当受骗，跑千里之遥买了一盒假冒的"雅倩"。最失望的是走遍长街看不到一爿书摊，最称心的是那些木雕工艺制品，有大象、狮子、佛头、寿星……

夜幕下的瑞丽，你袒露着复杂与单调、进取与无奈、富有与贫穷、希望与憧憬。

你展现出这座城市从古老走向现代的阵痛与足迹，也预告着这座城市一天天的繁盛与升腾……

（1991 年 6 月 10 日）

"飞地"姐告

这是一块神奇的飞地，她位于国境线的那一边，方圆 4 平方公里，距瑞丽 4000 米。元末的大将曾在这里筑城，二次大战这里是盟军的大本营。史迪威公路从这里穿过，百米之外就是缅甸重镇木姐。

这是一块充满希望的热地。虽然她曾有过昨天贫困与寂寞的记忆，如今这里正在建设"边境贸易经济区"，一切的一切正在悄悄地发生奇迹。这里将出现"中缅一条街"，出现林立的商厦、宾馆、饭店、购物中心……

这是一块生气勃勃的土地。各路大军正在这里汇集，到处是已经开工、正待开工、计划开工的建设工地。热情的主人向我们描绘未来的蓝图，智慧和汗水宣告荒凉即将成为记忆。敏感的个体户捷足先登，一家家傣味餐馆、百货小店纷纷开业。

哦，姐告——你是一片最最神秘而又最最开放的土地。我走在温暖的四月原野，走在芬芳的四月花季。我多么幸运，在你拓荒的时刻就来到了这里。我希望一切美好的"希望"种子，都能破土萌生，枝繁叶茂，有一个蓬蓬勃勃的美好生机……

（1991 年 6 月 10 日草，2012 年 12 月 12 日厘定）

［前记］1993 年 5 月，其时我尚在位于重庆的西南师范大学（今西南大学）任教，到北京开会，会后住在北京师范大学的招待所，逛书店、访名流，晃荡了多日。回重庆后，应《重庆晚报》"一周笔会"专栏之邀，撰写了这组文章。因从周一至周五连载五天，所以只写了这五篇《北京观察记》。

满城流行黄 "面的"

北京是出新名词的地方。近年风行各地的"侃大山""倒爷""大腕""说法"等，无不源自北京。时下京城又冒出一个新名词：面的。何谓"面的"？

刚到北京，我被这名词弄得丈二和尚摸不着头脑。那天，陪我去保利大厦参加研讨会的中国少年儿童出版社编审谷斯涌，指着东四十条（地名）来来往往的黄色小面包车说："这就是面的，北京人也叫小面。"

原来如此！

1993 年，北京满城流行黄 "面的"。这是一种类似重庆长安牌的微型汽车（有的就是长安车），车身一律刷成黄色，可坐三五人。在当今激烈的出租汽车竞争中，"面的"可谓独树一帜，大受乘客青睐：第一，起价低，10公里以内，只收10元人民币；第二，以公里计费，超过10公里。每1公里收费1元。

这是相当吸引乘客的。一般出租汽车不但起价高，以时计费，如遇堵车或吃红灯，计费器的指数不断上跳，有时短短数公里的行程，就会打出上百元车费。而"面的"就无这些忧虑。不论堵车多久，它只以公里计费。外地来京办事的人，本地需用出租车的人，招手叫一辆"面的"，10公里范围之内只付10元钱，这对一般工薪阶层来说都是能够承受的。

有一天傍晚，开明出版社的编辑突然打电话来，邀我去吃饭。我从东四十二条中国青年出版社，坐"面的"去海淀万泉河路芙蓉里，自东到西，横穿整个北京城。上车时，我有意看了时间。正是下班高峰时，一路"面的"停停开开，一小时后才到目的地。司机说："正好20公里。给20元就行了。"

开明的编辑知道我是坐"面的"去的，就说："你的车费由我们出版社报销，坐别的出租车也行。"我说："还是坐'面的'合算，为你们节约开支。""你真行，刚到北京就把'面的'的行情都摸到了。""入境问俗嘛。我还想把北京的'面的'介绍给重庆的读者，使他们来北京后也能节约开支。"说罢，大家一齐笑了起来。

吴宓研究"热"

重庆的文化人对吴宓应当是不会陌生的。这位大名鼎鼎的教授、诗人、中国比较文学奠基人，自1949年4月起，就一直在重庆任教。先是北碚的相辉文学院、勉仁文学院，后到四川教育学院、西南师范学院（今西南师大），直至1977年11月"文革"结束之后，才以病残之驱由其胞妹接回陕西老家。吴宓（1894—1978年）一生有三分之一的岁月是在重庆度过的。作为重庆的文化人，尤其是作为吴宓生前执教过的西师中文系的一名教师，自然关注学术界有关吴宓研究的近况。

我终于有机会再次拜访了北京的一些学术界前辈，尤为幸运的是见到了在全国人大工作的吴宓先生的女公子吴学昭。

吴宓在二三十年代长期担任清华大学教授，并出任清华国学研究院主任、外语系代主任等职。当今国内学术界、文化界的第一流名人，如钱锺书、季羡林、曹禺、吕叔湘、李赋宁、余冠英等，都是吴宓在清华时的弟子。现在他们大多住在北京，明年是吴宓先生诞生100周年纪念，北京的"吴宓研究"自然也就格外"来劲"。

时下，北京的学术界、出版界正在悄然出现吴宓研究"热"，尤是在清华园。一大批有关吴宓研究的史料、专著已经或即将与读者见面。这些信息，想来重庆的读者是会感兴趣的。

经了解，吴宓生前亲撰的《吴宓年谱》及250万字的《吴宓日记》（解决前部分），将由三联书店出版。前书今年问世，后书明年付梓。三联派了最强的编辑任此两书的责编。吴宓的英文著作《文学与人生》大纲（原文尚未找到），年内将由清华大学出版社出版，列为"清华文丛"第五种。"清华文丛"第一种即吴学昭女士著的《吴宓与陈寅恪》，去年已出版。《文学与人生》已由吴宓的弟子（英文教授）译成中文，钱锺书先生题签，全书约200页，这是研究吴宓哲学思想的重要文献。清华大学徐葆耕教授撰写的《吴宓评传》前三章，将在年内创刊的清华学术年刊《汉声》杂志上登载，当有精彩之论。北京还将出版吴宓未刊诗稿，以及《白璧德与吴宓》《白璧德和他的中国弟子们》等探讨西方人文主义思潮与中国现代文化关系方面的专著。

自从1990年8月，陕西省政协联合清华、西师等十多家单位，在西安召开首届吴宓学术研讨会之后，"吴宓研究"已日渐成为国内学术界关注的一个课题。西安研讨会的论文集《第一届吴宓学术讨论会论文选集》与纪念文集《回忆吴宓先生》，已由陕西人民教育出版社出版。陕西计划出版"吴宓研究丛书"系列。目前，吴宓一生生活了三分之一岁月的重庆，我想自然也会关心吴宓研究，重视吴宓研究的。吴宓先生如九泉有知，自可无憾矣。

碧空楼访舒芜

国内研究周作人的专家，北京有舒芜、钱理群，上海有倪墨炎，天津有张菊香，湖南有钟叔河。我因在 20 世纪 80 年代初出过一本《周作人与儿童文学》的小书，因而与舒芜、钟叔河先生等有一些交往。舒芜先生住在海淀区学院南路皂君庙的中国社科院宿舍。那天，我从北师大出发，蹬了半个小时自行车，才找到他的寓所。

舒老先生第一句就问："我这里不好找，你怎么找到的？"我晃了晃了手上的北京交通图说："按图索骥呗。""哈，我成了老骥。"舒芜幽默地说。

舒芜自然可以称为"老骥"——学术界的老骥。"老骥伏枥，志在千里。"他曾主编过《中国近代文论选》，出版过《挂剑集》等专著，长期担任国内最高学术刊物《中国社会科学》的编审。近年他将兴趣转向周作人研究，出版了《周作人概观》《女性的发现：知堂妇女论类抄》等，他的另一本新著《周作人的是非功过》年内也由人民文学出版社出版。

我们的谈话自然以"周作人研究"为话题。舒芜说，他少年时在安徽桐城，家中有不少新文学书刊，但不知为何，独喜"二周"文章。在中国现代文坛，既是思想家又是文学家的，当推鲁迅（周树人）、周作人兄弟二人；而他对周作人的文章似乎更为偏爱。80 年代初，周作人研究还是文坛的敏感课题，北京一家出版社打算出版周作人的散文，请舒芜写序。舒芜下笔不能自休，洋洋洒洒，一口气写了数万字。后来，那本书"因故"未能出版，而他的序文《周作人概观》却印了书。

随着学术研究的正常化，今天周作人早已不是什么"敏感"人物了，书店到处摆着《周作人散文》《周作人小品》之类的读物。但现在的周作人研究也遇到了"新问题"。舒芜先生告诉我，自从两年前开始公布《著作权法》以后，周作人的家属为保护版权与有关出版社进行了一些交涉，这是正当的，也是合理合法的。但有的书因家属不点头却难以出版，如鲁迅博物馆编录的《周作人日记》，浙江师大一位研究生编选的《儿童的发现：知堂儿童论类抄》，均因周作人的家属不同意出版而搁置。舒芜说，他见到过周作人的日记的原本，格式与鲁迅日记相仿，文字简约，内容丰富，有很大的文献史料价值与信息量，如能公开出版，这对现代文化、现代文学研究都是很有裨益的。

舒芜先生对我说，他于抗战爆发后的第二年（1938 年）到重庆，胜利后第二年（1946 年）离重庆，正好八年。他曾在江津白沙的女子师范学院、南温泉的中央政治学校等教过书，也在合川住过。自 1946 年离渝后，就再无机会进渝了。我告诉他：今天的重庆已是日新月异，渝中半岛上的抗战房已快拆迁得差不多了。他深情地说："要是有机会再去看看重庆，那该多好"。

不知不觉，已谈了两个多小时，我起身告辞，忽然看到墙上"碧空楼"的斋名，我问为何叫"碧空楼"？舒芜先生解释说："我以前住在地下室，长年不见天日，书斋叫'天问楼'。现在条件好了，住在高楼内，开窗碧空悠悠，满目生辉，因而命之曰'碧空楼'。"

关于"教授卖馅饼"

"北大教授卖馅饼"（有的写为卖烧饼），曾在报上传播一时。有人说这是观念更新，文人下海；也有人说这是斯文扫地，知识贬值。

在北京师范大学住了几天，我终于弄清了"教授卖馅饼"的来龙去脉。问起这事，中文系的张美妮副教授十分气愤：根本不是那么一回事！

原来，卖馅饼的是北京林业大学某系的一位总支书记，因其评的党政系列职称"相当于副教授"，于是记者就顺手写成了"副教授卖馅饼"，再一传，就成了"北大教授卖馅饼"。尽管时下体脑倒挂，老师工资偏低，但在北京，还没见过一位正儿八经的教授下海去卖馅饼油条的，甚至连讲师助教也没有这样做。如果说兼任第二职业也处下海的话，那早就有人下海了。张副教授不但自己在校外兼课，她带的5 个研究生也在校外兼课。同时还编书，一年下来，挣个八百一千没有问题。但三问话不离本行,他们的第二职业都是第一职业(专业研究)的延续与应用。

在北京,当然也有教师离开讲坛,辞职下海的。但"弃教"的重要原因是因学术上奔头不大,职称无望。有一天,我在王府井新华书店,巧遇杭州大学中文系王元骧教授,问起杭大教师下海的情况。他说中文系只有两位助教下海弃教,原因是专业研究搞不出名堂。杭大绝大多数教师依然珍惜"大学教师"的职业与荣誉。

人心总是相通的。北京绝大多数大学教师,尤其是北大、清华、人大、北师大等名牌大学的教授副教授们,依然兢兢业业,忠于自己的职守,不为滚滚红尘所动。前不久,广东汕头大学以月薪1万元的待遇到这几所大学"挖"教授,结果只有北大数学系的一位教授应聘,而且讲好是兼职,而不是调走。北京的教授态度很明确,离开了良好的学术环境,学术研究搞不上去,要那么多钱又有何用。

与当前庸俗读物、印刷垃圾甚嚣尘上形成鲜明对比的是,北京的一些大学、研究机构创办了一批高档次的纯学术刊物。如三联书店与台港联合出版的《中国文化》,中华书局出版的《传统文化与现代化》,北京大学的《国学研究》,清华大学的《汉声》,北京中青年学者主办的《学人》等。这是一股文化的清流,它向世人宣告:学术不会沉沦,师道依然尊严。北京之行,使我坚定了从教从学的信心。我在心里一遍一遍告诫自己:生命的价值,要用在最有意义的燃烧。

海淀图书城

有这样一个说法:读书人不到琉璃厂,就等于没到过北京。琉璃厂是北京旧书业的集中地,传统文化的风水宝地。如今,北京又多出了一处读书人的好去处,这就是海淀的图书城。

海淀是北京的"硅谷",这里有北大、清华、人民大学、中国科学院等中国第一流的大学、科研机构。图书城位于海淀大街西端,其主体建筑是一幢5层楼的图书大厦"籍海楼",内有首都与外地50多家出版社开设的30余家书店。除"籍海楼"外,图书城内还有中国书店、新华书店、外文书店、世合书店等。在一条短街，集中了这么多的书店，真使我惊喜不已！

从上午10点，到下午4点，除去吃快餐盒饭的时间，我一直在书城盘桓穿行，其兴陶陶，其乐融融。

"籍海楼"底楼有清华、文献、广电、石化、审计、专利等书店；二楼有九章、友谊、文联、神州、学海（北大）、万里（人民大学）、震旦、中南、新世界、金融文化等书店；三楼有书苑、科苑、兵器、考试、旅游、今日、大风、未名、艺文、国际图书等书店。这里的图书绝大多数都为京版，其中大多是我未见过的，或只闻其名未识其真。外版图书甚少，渝版更是寥寥，我仅见到重庆出版社的《中国现代诗学》与《民间文学书目汇要》两种。半天下来，我买了一大摞新书，有《吴宓与陈寅恪》《励耘承学录》《中国文化新论》《评新儒家》《文学序说》等。

中国书店门市部以经营旧书为主，寻觅多年的《炎黄氏族文化考》以1.50元购得（原价7.65元，齐鲁书社1985年版），真是大喜过望。见有标价30.00元一套的30年代中华书局版《通志略》，另有周作人的《中国文学源流》初版本，踌躇再三，终因囊中羞涩而作罢。"文革"期间的一册清华红卫兵小报合订本，标价150.00元，这对研究"文革"史的人来说，无疑是珍贵资料。

图书城中最为别致的是被海外称作"大陆第一家台湾书店"的九章数学书店，它是台湾九章出版社开设的数学专营书店。副经理晁洪先生向我介绍说：九章出版社的老板孙文先，今年39岁，毕业于台湾师大数学系。他以经营文具印刷品挣来的钱养九章的数学书，立志建立一个数学王国，为中华民族的数学教学奉献心力。到目前为止，九章已出版了一百余种纯数学书籍与全书，还拿出130万元新台币，在中国大陆设立"九章数学奖学金"。孙文先公开宣称："但愿它的设立成为今日社会中的一股清流，让企业家们也注意到社会的责任与文化传承，一切的利益应建立在中华民族全体人民的福祉之上，大家同心协力共建我中华。"

告别图书城，沿海淀——中关村——三环北路，蹬自行车回北师

大招待所。阳光和煦，微风拂面，我感觉到身上的每个毛孔都充满着
欢喜。我知道，这是因为书香的缘故。

（1993 年 6 月 14 日）

1994：台湾走马录

[前记] 正当杜鹃花（台北市花）盛开的季节，我飞越海峡，应邀前往台湾访问开会。从台北到台东，从都市到渔村，从大学校园到原住民部落……我的双脚真切地踏在祖国宝岛的土地，走得那么近，那么近。

这是一片美丽而又神秘的土地。镶嵌在太平洋上的台湾岛，椰风海浪，流云飞鸥，碧水苍山，一幅幅如诗如画的风景，历来引得文鸣不已。而如今，当台湾匆匆迈入现代工业文明，成为"亚洲四小龙"之后，生态、环保、水源、能源、交通、治安、人口、就业等一系列困扰人类共同的问题，一样地困扰着海峡对岸。

这是一片熟悉而又陌生的土地。同样是黄皮肤、黑头发、黑眼睛、方块字、大米饭、赵钱孙李、二十五史，同样是炎黄子孙龙的传人、书同文、语同音、习同俗、行同伦，两岸之间实在有着太多太多一样的东西；然而两岸分隔毕竟已快半个世纪，又有许多陌生的符号、话语、行为、方式使人无以解读。但随着两岸交流的推进，共同的东西已越来越多。于是，我用相机匆匆摄下了我在台湾的所见所闻，用笔记下了在台湾所见的点点滴滴……

179

教师与会馆

从香港启德机场乘坐华航班机，飞越台湾海峡，不到一个半小时，我们就降落在台北桃园机场。从机场到台北，高速公路上驱车半小时，进入市区，已是万家灯火了。我们被安排住宿在闹市区文福路的台北教师会馆。

这是一幢6层大楼，地处台北交通要津，但馆内却绿树婆娑，闹中有静。诗人林焕彰先生对我们说："原先安排住宿在剑潭青年活动中心，但被别的会议提先占用了。现改住教师会馆，一是价廉，二是干净。"林先生说的"干净"，除了住宿条件外，还有另一层意思，即不会有女郎半夜敲门。至于价廉，实在也不廉，每个房间起码要三千台币（相当于一千元人民币）。

在台湾环岛旅行途中，我们才知道岛内各市、县均有教师会馆（或称公教会馆），这是专供大中小学教师住宿、休息或开会用的招待所。他们的口号是："教师为民族服务，我们为教师服务。"我们游览台东和日月潭时，也住在当地教师会馆，设施均相当现代、考究。日月潭教师会馆富丽堂皇，依山傍水，林园幽美，介绍词这样写道："省教职员福利会为教职员提供最佳福利，尊师重道精神的最具体体现；媲美五星级饭店的住宿设备，却有五星级饭店找不到的宁静书香。"

在台湾，教师是一个热门职业，但要从教十分不易。一般"国中"（中学）教师来源主要是台北、高雄、彰化三所师范大学的毕业生；如从综合性大学毕业，则须经严格的初检、实习、复试等考核，录取率仅为3%左右。"国小"（小学）与幼儿园教师则全是台湾九所师范学院的毕业生。至于要到大学任教，那就更难了，往往一个空额，会有众多留学美、日等国回来的博士在那里激烈竞争。

为何大家争着想当教师呢？刚考取国小校长资格的作家陈木城先生（留美硕士）向我们作了介绍。

原来，在台湾，医生与先生（教师）一直是受世人尊敬的职业。

医生救死扶伤济困，救治的是人的身体；教师传道授业解惑，升华的是人的灵魂。这两种职业都是直接关系着人、关系着民族与民族未来的生存和发展，因而理应受到社会的尊重，他们的社会地位与经济所得，也理应受世人仰慕。

陈木城先生说，台湾教师的地位较高，收入也较可观。他们除有一份固定工资外，每年还有一个半月工资的年终奖金，另外还有公费医疗保健，购房贷款低利率优惠及优厚的退休金等福利，其收入比公务员高出许多。为提升教学质量，台湾每年还遴选 600 位绩优教师出境考察。台湾工商业发达，工作紧张，而教师职业的节奏相对不那么快速；再加之现今台湾人较为重视个人的生活品质，讲究休闲情趣，因而教师职业自然成了硕士、博士的择业首选。

记者与报纸

未去台湾前，就从《台声》杂志上了解到台湾记者抢新闻的本领很是了得，有所谓"缠、磨、钻、抢"之功。那天傍晚，我们从桃园机场刚到文福路台北教师会馆，行李还没放下，呼啦一下，就有一帮记者围上来抢拍照片、交换名片。晚宴进行过程中，我们几位中国大陆学者先后一个个被记者"请"出去采访。第二天早晨打开报纸，好家伙，我们到台湾的消息已公之于世了。以后在台北的几天会议，台湾各大报均有报道、照片。有一天，我在上午 10 点作的一场论文报告，下午 5 点送到住地的《联合晚报》就刊出了详细报道。

看惯了中国大陆对开四版的报纸，忽然看到台湾报纸，使我们十分惊讶！台湾的报纸，不论大报小报，都是厚厚一大沓，少则 20 版，多则五六十版，而且大都是彩色印刷。当然，由于两岸差异，台报全是繁体字排印。

台湾在 1988 年元旦解除"报禁"前，只有 31 家日报，现在已猛增至二三百家，但仍以老字号的《联合报》《中国时报》《中华日报》《自立晚报》《民生报》《联合晚报》《经济日报》《台湾日报》《国语日报》等最具影响。据统计，这些报纸的总发行数已超过 600 万份。

《联合报》与《中国时报》是台湾两大著名民营报业集团，共出版了21种报纸，统领台湾报业潮流。

有一天，我们去台北忠孝东路四段参观"联合报系"，可谓开了眼界。该报体系有三幢十多层大楼，是台湾最大的报业托拉斯。除《联合报》外，还办有《民生报》《经济日报》《联合晚报》《美国世界日报》《欧洲日报》《泰国世界日报》《香港联合报》7报。《联合报》航空版发行129个国家和地区，为全球民营中文报业仅见之规模。

我们在报系大厦参观时，但见各个编辑部，数十、上百人挤在一间间偌大的办公室内，人人全神贯注，只闻电脑按键声。整个联合报系，实行编采全程电脑自动化作业，从记者键发文稿、核稿、分稿、校对、编辑，至全页组版，全部编采流程都在一个系统网络中完成。记者、编辑大多数为二三十岁的年轻人，工作效率甚高。

版面多、栏目多、彩页多、照片多、广告多、标题多，这是台湾报纸的特色。如《联合报》，每天14大张，56版，每份定价10元新台币。所设栏目多种多样，内容丰富多彩，一报在手，可供全家老小不同兴味的人阅读。《联合报》的固定栏目有：重要新闻（又分要闻、焦点、政治、生活、综合、社会、国际、大陆）；民意论坛；大台北新闻（又分焦点、综合新闻、都会扫描、生活资讯、社会公益、消费理财、经济证券）；影视体育；生活艺文；联合副刊（发表文学作品与理论）；家庭生活周报（又分焦点话题、男女、亲子、心灵、健康）；消费天地等。

台湾报纸的广告数量大，门类广，图文并茂，设计也较新颖。广告内容五花八门，令人目不暇接。如《中国时报》推出的"独家心闻，抒情广告"专栏，专门刊登亲朋好友、同学师生、热恋男女间的生日、结婚、生育、入学、毕业、乔迁、各种纪念日的祝福、祝贺、抒情文字，颇受青年人欢迎。台湾许多报纸刊登广告数量没有限制，有多少登多少。如《联合报》的56个版中有20版的广告，而且其他正版的下方也几乎每版附有广告。《中国时报》的44个版中也有近20版的广告。

每天打开报纸，面对工商社会和如此密集的广告轰炸，目睹台北街头拥挤不堪的滚滚车流，不禁使人想起一句老掉牙的古谚："熙熙攘攘，皆为利忙。"

买车容易停车难

环岛旅行途中，每到一地，常有当地作家、教师自己开着小轿车来看望我们。他们自称是"食有鱼，出有车（读 jū）。"台湾是我国的第一大岛，海产丰富，"食有鱼"不算稀奇；但"出有车"却是台湾经济起飞以后的事。

在台北，几乎家家有汽车，上下班时间，街上一片车海，因而堵车（台湾叫塞车）也就成了家常便饭。傍晚下班以后，大街小巷两旁凡是能停车的空当，几乎都塞满了车子，一辆挨一辆，使本来不算宽的街路显得更加狭窄。台北人自叹"买车容易停车难"。诗人林焕彰对我说，他家在大湖区东湖路，人在忠孝东路的《联合报》上班，每次从家里开车到报社只要半小时，而找停车位置通常也要半小时，经常找得火气直冒。所以在台北，没有火气的人会变得烦躁起来。

台湾的公路分为"国道"（高速公路）、省道、县道，凡南北走向的公路以单数标记，东西横贯公路则以双数标记。台湾现有两条高速公路，都是南北走向，连接台北——高雄的称"一号公路"；尚未完工的台北——新竹公路为三号公路，台湾人习称"北二高"。

台湾公路的两边有 24 小时加油站、司机休息站。司机休息站场地都较大，除供应食宿、洗车外，还有商店。因而台湾公路两边没有见到过"路边店"。交叉路口设有红外线自动测速照相，公路边还有雷达自动摄像。司机如超速、闯红灯、无照驾驶，开车到家后的次日就会收到一封附有违章照片与罚款单的信，罚款高达三千至一万元新台币。所以台湾开车的不敢顶风冒险，但也有人在司机室安装有反雷达、反红外线照相的装置。

我们在台湾期间，到过台北、高雄、台东、台中、花莲、宜兰、屏东、南投、新竹等地。各地所见，除了汽车就是摩托，只在台东见到过一些中学生骑的自行车，另外在淡水街头见到一种两人前后同时踩踏脚的双人自行车（协力车），十分好玩。男女学生最爱骑小摩托车，色彩斑斓，来去如风。台湾的青少年一度曾疯玩摩托车，称为"飙车"。现在有钱的时兴玩吉普车，据称目前全岛玩吉普车的人口已超过5万人，车辆7万辆，车队60多个，以蓝哥牌和吉星牌最吃香。蓝哥牌原价60多万元，改装后要120多万元新台币。

台湾幅员小，人口密，车辆多。据台湾"交通部门"称，去年台湾挂牌登记的各种机动车辆至少在1257万辆以上，平均达到每平方公里349辆以上的密度。大量车辆排放出的废气，严重污染了环境，我们在台北经常看到摩托骑士戴着大口罩。

如何保护宝岛的生态环境，阻止"美丽岛"变成"灰色岛"，已成为台湾传媒的热门话题；文学创作中已出现了"环保童话""生态小说"等新体裁。我们在台湾时，不止一次听到台湾学者的感慨：中国大陆在经济起飞过程中，一定要抓紧生态环保，千万不要蹈台湾的覆辙；尤其是城市规划，应充分考虑今后的车辆发展与车库位置。台北就是因为当初住房建筑中没有考虑车库设计，因而搞得如今怨声鼎沸，叫苦连天。

台北街头逛书店

逛书店是读书人的人生逸乐。一到台湾，我就抓紧时间逛书店。

台湾出版业发达，2000多万人口竟有3500多家出版社（年度营业额超过20亿元新台币）。岛内幅员小，因而在台湾到处可见书店，尤其在台北，更是书店林立。台北的书店主要集中在重庆南路、忠孝东路和台湾大学附近的罗斯福路、新生南路一带。

重庆南路是闻名遐迩的"书店街"，如同上海的福州路。这条街旧称"府前路"，日据时期即有两家大书店，一是"新高堂"，即今东方出版社；二为"台湾书籍株式会社"，即今台湾书店。今天，光是重庆南路一段，就有中华、商务、东方、金石堂、书香林、文翔、上达、东华、文源、千越、华一、儒林等30余家书店；而在台大附近，竟有联经、书林、桂冠、古今书籍等 40 多家书店，在工商社会滚滚红尘中呈现出一种独立不羁的文化品格。

台北的书店一般都较气派，卖场大，书类多。位于重庆南路的台湾书店，是一幢地上十层、地下二层的大楼，总耗资 1.4 亿元新台币，历时三年建成。一楼展示样本书，二至四楼为门市部，以销售儿童读物、考试用书为主。

"金石堂文化广场"是目前台湾最大的连锁书店，在岛内各地有 32 家书店。其中以位于台北汀州路三段的汀州店场面最大，各类图书约有 5 万种，尤以中国传统文化、学术性书籍为特色，颇使读书人激动。店中的"文化走廊"，张贴着台北市区各种文化活动的海报，而店内的咖啡座，则常举行作家与读者的联谊会或新书发布会等活动，让读者在逛书店的同时了解到多姿多彩的文艺资讯。

由书店承办有关书的文化活动，这是台湾书店的一大特色。这种活动既是新书的促销手段，也是学术走向大众的普及形式，使书店的文化气息更加浓郁，成为作家、出版社、读者之间的联结纽带。我在台北时，曾去中华书局传记之家（书店）参加过一次由智茂文化公司主办的"《战争的女儿：莎拉塔的围城故事》新书发布会"。作家、编辑、读者、记者济济一堂，有书评、有导读、有采访、有问答，气氛颇为活跃，一本新书很快就由传媒推介出去。

以一个中国大陆读书人的经验逛台湾书店，感觉有以下特色：

一是图书全部开架销售，任凭读者选择阅览。书店空间一般都较宽敞，除售书外，还附设有咖啡屋、书香园等读者休息处，及供家长与儿童共读的亲子乐园等，使读书人品味到逛书店的文化滋味与享受。

二是图书品种多。店堂内的书架一架架连过去，有的书架直达壁顶，造成一种逼人的文化气氛，而架上陈列的图书每种不过一两册，绝无一种图书十多本密排在一起的现象。

三是图书定价昂贵，一般书价都在 200～300 元新台币。如笔者随手记下的几种中国大陆作家台版书定价：新锐版陈忠实著《白鹿原》价 280 元新台币，国际村版凌力著《少年康熙》价 400 元新台币，业强版施建伟著《林语堂传》价 200 元新台币。

四是中国大陆作家、学者写的书相当多。据台北市出版同业公会估算，目前台湾书市中，有中国大陆作者、出版社参与的图书数量，高达五分之一以上。五分之一是多少呢？若以去年"台湾"中央图书馆纳入新书编目的 19000 种台版书计算，五分之一即为 3800 种，其数量可谓惊人。

应当说，在台北街头逛书店确是一种文化享受，但有时不免"别有一番滋味在心头"。时下因多种原因，大陆有出版学术专著难之叹，于是一大批文史哲博士论文流往台湾文津出版社。这套博士论文丛书现已出版数十种，每种大致印刷 500 册以上，定价一般为 300～400 元新台币。对博士而言，学术成果总算找到了出版机会，但因版权已属台湾所有，中国大陆读者无法见到，这对中国大陆读书界而言，不能不说是一种学术资源的"流失"。

台湾人不说"搞"

到台湾不久就发现两岸隔离几十年后，在普通话（台湾人称"国语"）用语上存在着不少差异。我们几位中国大陆学者，虽然在研讨会上文质彬彬，但积久成习，经常会蹦出一些习惯用字，如"搞得很好""把学术研究搞上去"。

有一次，《民生报》的桂文亚女士终于忍不住向我们提出："在台湾，最好不说'搞'字。"原来，"搞"这个动词在台湾用语中别有所指，非常少用，凡遇"搞"，他们必说成"做"。如：做房间——搞卫生；做书——搞编辑工作。入乡随俗，以后我们也不说"搞"了。

台湾人男女同事、朋友、互称"男生""女生"，好像彼此还是在校同学，有一种亲切感。台湾人对某些数字很忌讳，医院里没有四（死）楼、十楼，商品房四楼、十楼的售价都较别的楼层便宜。在中国大陆，方便之处称厕所，城里人文雅一点称洗手间；而在台湾则叫"化妆间"，香港也如此。中国大陆人做报告的口头语多是"这个，这个"，而台湾人作报告的口头语却是"那个，那个"。

台湾用语中有一个"秀"字用得很多，如个人秀、政治秀、脱衣秀、秀界、秀场。后来才知道"秀"是英语"show"的音译,意为"表演、展示"。与台湾人接触多了,才发现台湾人的普通话常夹带有一些英语或日语单词,这与香港相似。

台湾的女孩子碰到什么新奇的事,都会情不自禁地"哇——"叫一声。我们在研讨会开幕式上互赠礼品时,台下听众席上的女士、小姐,不时异口同声发出"哇——""哇——"的叫声,使会场增添不少乐趣。

留心处处皆学问。我平时留心观察,随手记录下一些两岸常用语的差异,辑录如下,以飨读者:先进——前辈;餐叙——宴请;买单——结账;资讯——信息;农人——农民;身力声——立体声;录影机——录像机;布袋戏——木偶戏;国剧——京剧;货柜——集装箱;从业人员——工作人员;团队精神——集体精神;车掌小姐——公共汽车售票员;智慧财产权——知识产权。一些外国政治名人的译名也与中国大陆不同,如:柯林顿——克林顿;叶尔钦——叶利钦;戈巴契夫——戈尔巴乔夫;施亚努——西哈努克亲王。

在台湾旅行,所见广告宣传用语之幽默生动,也颇令人难忘,这里顺带介绍几则。如:高速公路两边提请司机注意安全的宣传用语——珍重生命,惜福惜缘;加油站——带走美好回忆,请勿留下垃圾;化妆间(公厕)——来也匆匆,去也冲冲;健力士黑啤酒——男人本色,深不可测。最幽默的是在台北龙山寺附近一处化妆间(公厕)门口所见的一条广告:出售卫生纸——亲密接触系列。

圣经·电线杆·十八王公庙

途经香港时,我们住在文福道的基督教析颜露斯宾馆。临上飞机前整理行李,与我同室的广州作家班马,忽然发现抽屉里有一本中英文对照的《圣经》,初以为是供旅客阅读用的,打开扉页,赫然一行文字:"请把我带走。"原来是免费赠阅。班马喜出望外,他正想找一本中英文对照的读物学习英语呢。

到了台北,我们才惊讶地发现台湾免费赠送的宗教读物之多,可谓随处皆备，不但寺庙有，旅馆、饭店里也有。

有一天，会议主办单位顺路带我们去台北龙山寺，看一看台湾的寺庙是什么模样。进得寺里，除了各地均可见的菩萨香火善男信女外，还有大量佛教读物任人拿取。这些读物大都印刷精美，用纸考究，有的还有拼音，如《太上无极混元真经》《佛说阿弥陀经》等。另外还有大堆免费赠送的佛教音乐磁带，如《大日如来法音集系列》等。所有佛教读物都是民间佛教团体募捐，由善书出版机构或寺庙印行，标明为"非卖品"。

台湾人有一种理念，就是结合民间力量推动社会的发展。他们认为，传统中国的民间社会，随着历史的时空不断地调整改变，不论是正面的影响还是负面的影响，都保有一种活泼的社会力量，是社会迈向现代化的有力的互动。因而在台湾，民间宗教活动十分活跃，不少专家学者也倾心于宗教研究，尤其是佛教。据说今日台湾，共有15000多座庙宇，全岛一百多所大专院校及各工矿企业，大都设有宗教社团。正可谓处处香火鼎盛，时时梵音不绝。

除了佛教，外来基督教在台湾也很盛行。我们在环岛旅行途中，不时看见公路两边古色古香的寺庙和尖顶红墙的教堂交相掩映在绿树瓦舍之中。基督教的宣传可谓无孔不入，连公路两边的水泥电线杆上，也印着标语，如："天国近了。""耶稣复活了。""神憎恨色情。""悔改信耶稣。"

在中国，从来没有哪一种宗教居于独占鳌头的地位，老百姓大多各拜各的神。信佛的拜如来，信道的拜老君，种田求土地，发财求赵公元帅，这一现象在台湾亦然。

有一天，天卫出版公司的陈卫平、沙永玲夫妇，开车陪我们去文化名城淡水，车行金山途中，经过一座"十八王公庙"。陈先生告诉我们，此庙的来历颇具传奇性。相传从前有17位台湾渔民出海遇难，其中一人所养的爱犬，天天望海等候主人，最后也投海自尽。百姓感犬义行，特建庙奉祀，名为十八王公庙。据称来此祈祷都能如其所愿，因庙处热门的观光、夜游路线上，庙旁时常出现深夜堵车的奇观。

台北富春文化出版公司总经理邱各容先生，是一位很有成绩的儿童文学史料专家，我曾与他有书信交往。这次一到台北，就打电话联系，但一直无人接。后来有知情人告诉我，邱先生因病去学一种什么教，病情好转，因而信仰弥坚，于是关掉出版公司，带领妻儿上山修炼去了。在现代经济发达的台湾社会里，神秘的宗教究竟扮演着什么角色呢？毕竟我们不研究宗教，于是不免感到困惑。

差点流落香港街头

由于两岸还未直航，中国大陆居民须经香港转机才能进入台湾。从深圳罗湖海关出境，必须三证齐备：一是中国大陆公安机关签发的"港澳通行证"；二是台湾当局签发的"台湾地区旅行证"影印件；三是香港—台北往返机票。按照规定，中国大陆居民在香港过境时无须签证，可作七日停留。所以，我们去台湾来往都要经过香港。

香港开销大，出境前在深圳买了一大堆方便面。在香港转了转，发现若摸到当地行情，也有节约之道：早餐牛奶面包，街边小食店供应，价钱10港元以内；午餐快餐盒饭一个，15港元左右；晚餐的饮食连锁店"大家乐"或"大快活"，汤、菜、饭各一份，20港元即可。手头宽绰者，当然可以在香港放开肚子美餐。

香港不但是美食城，更是购物天堂。在中环、铜锣湾、尖沙咀、弥敦道一转，直看得人眼花缭乱。香港毕竟是国际大都市，摩天大楼林立，各式车辆奔驰，而街道却是出奇的干净。我们几位中国内地学者，一个个囊中羞涩，虽置身繁华锦绣地，富贵极乐乡，但只能饱眼不能饱腹。

在香港一夜住宿要花300港元，浙江师大的韦苇教授连呼"好心痛也"！因而我们只在去台湾时，因非要到中环力宝大厦换取"台湾地区旅行证"正本，才在香港转了转。从台湾回来一到香港启德机场，我们就直奔九龙红磡火车站回境。

我们到九龙已是下午四点，那天又是周末，去深圳、广州的香港人特别多，火车站特别拥挤。我和广州作家班马、浙江师大韦苇教授同机回港，韦苇教授是长者，他的行李由我和班马照应。

　　人在旅途，安全第一。去台湾时，天津作家詹岱尔在罗湖海关钱包被窃，损失惨重。在台湾时，会议主办单位已为我们每人投保200万元新台币，相当于70万元人民币的人身保险。一路上我们总算平安无恙，未用保险公司一分钱。现在眼看已到了家门口，心里不免宽松起来。

　　韦苇教授去车站商店购物，我和班马一起在搬移行李。候车室熙来攘往，客流挤挤。忙乱中大意失荆州，我将随身携带的小书包顺手一放，去接班马搬过来的一只大提包。仅仅只是一瞬间，我一转身，不禁大惊失色——包丢了！里面有回大陆入境时必须检查的"港澳通行证"和返重庆的数百元路费。

　　我猛然见到一个中年男子怀里揣着我的小书包，正快步向月台梯坎走去。说时迟，那时快，我冲上前去，大吼一声："还我包来！"一把将包夺下，那贼男赶紧夺路而逃……

　　班马和韦苇教授见此一幕，都为我捏出一把冷汗："好险！好险！看来香港也不是天堂。"

　　那天如果真的书包被窃，丢失"港澳通行证"，就不能入境；而且身无分文，香港又无亲戚，那我非得流落香港街头不可了……真是越想越后怕，连背脊上都沁出冷汗来。我们都互相庆幸总算没有出事。不知不觉间，火车已抵达罗湖海关，台湾之旅也就画上了句号。

（1994 年 6 月）

　　重庆于古为渝州，中国第四直辖市。其地当长江、嘉陵二水之汇，西连蜀滇，北通豫陕，东接楚湘，南达黔桂，向为长江上游之中心，西南交通之枢纽。其城依山环水，烟浮三岸，峰列彩屏，高楼林矗，万千气象，壮美无比。世固谓天成之重庆兮，寰宇将何地以求之。重庆形胜，以两江环绕之古城渝中区为最。佛图关扼其西，朝天门镇其东，面涂山，跨字水，街衢纵横，水陆四冲；而城中巍然屹立之解放碑，尤为全市人民所共仰。此诚为二十世纪重庆历史之见证，六百里巴渝地脉之结晶。

　　由今上溯至公元1937年，我中华遭受日寇侵略，卢沟桥事变，淞沪血战，南京屠城，粤汉沦陷，国民政府迁都重庆。烽火半壁，悲风万里。1939年5月3、4日，日机狂炸重庆，惊魂报警，烈焰腾空，全城万人惨死，长江血染呜咽。我堂堂炎黄子孙，岂能屈于倭寇之淫威！为昭示陪都重庆和全民族抗战到底之决心，其时由国民精神总动员促进会、新生活运动会、慰劳总会等发起，特在都邮街十字路口之废墟兴建"精神堡垒"。外示抗战必胜之信念，内聚民族团结之精神。工程历时一年，于1941年12月30日告竣。

　　公元1945年8月，八年抗战终获全胜。驱逐倭寇，光复神州，长歌祭祀国殇，华夏涌雪耻愤。为纪念中国抗日战争之伟大胜利，彰扬重庆人民对圣战做出之卓越贡献，其时重庆市政府特于 1946 年 10 月决定，在"精神堡垒"之原址，修建"抗战胜利纪功碑"。翌年 10 月 10 日，由重庆市都市计划委员会督管设计，天府营造厂承建完工，此为抗战胜利后全国唯一之胜利纪念建筑物。是碑之建立，足以告慰抗战英灵，长我民族志气。

然世纪多难，战火再起。红岩英烈，慷慨就义。歌乐忠魂，烈火永生。一唱雄鸡，东方既白。刘邓大军，挥师西进。铁骑凯歌，旋转乾坤。公元 1949 年 11 月 30 日，重庆宣告解放，自兹揭开历史新纪。1950 年 10 月 1 日，西南军政委员会改"抗战胜利纪功碑"为"人民解放纪念碑"，军政委员会主席刘伯承元帅亲书碑名。解放碑庄严雄伟，屹立于蓝天白云之下，激励当代，昭示后人：息兵戎而兴建设，保和平而泽兆民，冀祖国之早日统一，促中华之巨龙腾飞。同胞争仰，国人共敬，重庆人民尤引以自豪。1991 年 4 月，四川省人民政府特将丰碑定为省级文物，倍加保护。

迨解放以迄今兹，重庆建设日新月异，改革开放，发展尤速。公元 1997 年 3 月 14 日，第八届全国人大五次会议批准设立重庆直辖市，其地广八万平方公里，其口达三千万之众。重庆直辖市首届政府，夙兴夜寐，励精图治，务实苦干，富民为本。特于 5 月 20 日决定，实施直辖市形象工程，辟建"解放碑中心购物广场"，并维修丰碑，作为是年为民办实事十件要务之一。全市人民奔走相告，积极参与。规既定而工兴，历半年而事成。

今观乎广场，大道如坪，华厦似林，熙来攘往，南腔北音。门盈喜气，到来尽八方宾客；店满春风，都道是百业鼎新。丽日中天，"重百楼"之商贸欣欣；华灯争辉，"大都会"之笙歌阵阵。南馔北肴，"颐之时"味尝天下；春服冬装，"新世纪"衣裁中西。创名牌争效益，果然商兴市兴；通三江达四海，不愧经济中心。世人曰：可比上海之南京路，北京之王府井。

伟哉解放碑！历经风雨，阅览春秋，名虽三变，而神则一：此非自强不息和合创新之中国文化精神在重庆之缩影乎？

兴矣大重庆！时际世纪之交，河清海晏。新世纪谱写宏图，我中华如日东升。三千万重庆人民负重自强，放眼量未来前程灿烂似锦。

广场既建，全市同庆。渝都客厅，作赋记盛。

（1997 年 10 月 26 日）

金刀峡游记

　　重庆多峡：远有长江三峡、小三峡、小小三峡，近有合川、北碚间的嘉陵江小三峡。现在重庆旅游图上又多了一个新开发的峡：金刀峡。此峡原属江北县，前几年行政区划调整，划归北碚区，位于柳荫与三汇之间华蓥山西南麓，距离重庆市中心不足百公里。

　　华蓥山蜿蜒南来，到柳荫戛然而止，千尺山岩裂开一道极长极细的峡谷。那天，金刀峡旅游开发公司的中巴车送我们到皮家山。车停高处，峡在谷底，沿"千步云梯"下山，一入峡内，大家都惊呆了：这才是真正的金刀神工，叹为观止！

　　余观金刀峡，有三大特色。

　　一是峡险。两山夹水谓之峡，山高水恶自然生险。金刀峡重岩叠嶂，地脉险要，两壁悬岸对峙，如切如削，垂直高度超过百米。峡底水流湍急，声若擂鼓。穿越此峡，必须涉水攀岩冒着极大危险。为开发旅游，北碚区府特在急流之上、绝壁之间铺设了水泥柱桩、杂木桥面的人行栈道。此栈道工程之艰难可想而知，投资的一千多万元多用于此。人行峡间，只觉遮天蔽日，寒气逼人，虽在午间，也如同晨昏。抬头仰望，天空仅露一角、一线。栈道最窄处，只容一人通过，且须身材苗条。一边是危岩突兀，一边是百尺深谷，游人若掉入峡底，根本无法上来，只有随流水顺峡而去。

　　二是峡长。峡深不足奇，峨眉山的"一线天"也是因两壁深崖夹峙而成奇观。但那"一线天"仅长数百米，走不上十分钟，而金刀峡居然长达6.2公里，我们走了整整两小时。金刀峡随地势高下，分为上下两段。上段多洞穴，下段多碧潭，而居中一节因水面稍宽，不设栈道，改为水渡。游人至此，正可放松，饮水食果，稍事休息。船在峡谷溪流间穿行，人在清风鸟语中啸歌，另有一番情趣。

峡深峡长本已足可游观，但大自然的鬼斧神工尚嫌不足，又加了重重的一笔：峡奇。金刀峡之奇有二：一奇有飞泉瀑布，悬漱其间。时而如瓢泼大雨，劈头盖脸冲将下来，游人惊叫着从底下穿过，带来多少刺激；时而如舒缓乐章，叮叮咚咚，跌落而下，似珠似玉似雾似一帘幽梦，驻足凝视，浮想联翩。二奇有钟乳怪岩，错落其间。人在峡间行，不时可见崖壁洞顶突然冒出一处处钟乳石，如飞鹰如蹲熊如睡狮，使人啧啧称奇。大自然的闲章随笔，造就多少绝妙好辞。

余游山水，常是"一次性消费"，不愿再作二次游，而金刀峡则使余牵肠挂肚。此峡集雄、险、奇、幽于一身，汇泉、瀑、洞、峡为一体，实是可遇而不可求，故应作四季常游。春游寻乐，飞泉急流，苔湿路滑，奇险生趣；夏游避暑，空谷生凉，啸然物外，何等快意；秋游赏心，景随步移，幽韵撩人，随遇而安；冬游励志，林寒涧肃，冰河雪地，谁人敢到。

重庆人多福，有此金刀奇峡近在家门，正可一游而再游；不必像京津沪居民，须乘车转船，长途跋涉，去外地辛苦寻觅。

（1998 年 6 月 1 日）

第四辑　我辈复登临（神思）

北京的『学术气场』

2007年7月4日的《中华读书报》发表了记者丁杨采访曹聚仁的二公子曹景行的访谈录：《曹景行：无心插柳"拣来"传媒人生》。曹聚仁是从浙江金华乡野走出来的现代文化名人，因我曾在金华生活过三年，因而对曹聚仁的著作与传记格外关注，书柜里一直矗立着曹聚仁的《我与我的世界》《中国学术思想史随笔》。曹聚仁后半辈子生活在香港，在我的猜想中，他的子女也应在香港。读完记者丁杨的采访，这才知道曹聚仁的二公子曹景行先生与我是同辈人，而且早年也上山下乡当过"知青"，他是从上海去安徽的，在黄山茶林场当了整整十年知青，实在不简单，不容易。

曹先生现在在清华大学新闻与传播学院做访问学者并教书。从丁杨的采访中可以看出，曹先生是很喜欢留在清华教书的，他说："作为一个中国人，怎么也要在北京住上两年，毕竟是首都。"他认为在香港很难清晰了解今天的中国，而北京是会不断产生新闻的地方。妙哉斯言，深得我心！北京的好处就因为它是全中国的政治、文化中心，自然也是学术中心。因而作为一个中国人，尤其是中国的文化人，无论如何也应在北京住上几年，能长住或久居自然最好。

去年5月的一天，与北大温儒敏教授、北师大同事李春青教授一块坐火车去天津南开大学参加博士论文答辩。旅途中闲聊起北京有几位名教授被外地高校为实现博士点"零的突破"高薪挖去任教的事。

温教授很为他们遗憾，他说他曾去过某教授所在的大学开会，虽然条件不错，科研经费大大的，但总感到那里太寂寞了，寂寞什么呢？没有北京的"学术气场"。

温教授可谓一语道破北京的妙谛。作为知识分子，学界中人，要的就是这一个"学术气场"。气场是一种氛围，一种精神，一种彼此激发、辩驳、切磋、对话、守望的平台与场景。虽然大家在北京各忙各的，互不来往，甚至互不相识，即使是友人也难得聚面。但由于这个"学术气场"的存在，又似乎彼此离得很近，当在书报上看到某人的名字，就会感觉很熟稔，会想起某次会议曾有一面之缘，如果交换过名片，一起吃过饭，那就愈感熟稔了。这就是"气场"——你会感到你也是北京这个学术中心"气场"中的一分子，你对学术的那一份热爱、愿景乃至责任意识，就会油然而生，时时提醒着你的身份与担当。这就是北京给予你的好处。许多外地学者之所以乐于进京，并不是冲着北京的气候、住房、待遇而来，他们更多是冲着北京作为中国文化中心的"学术气场"而来。

北师大文学院近年从外地招聘了多位名教授，如中国台北的龚鹏程、重庆的李怡、济南的张清华、德国的方维规，成都的曹顺庆最近也调来了。他们之所以纷纷加盟北师大，看好的就是北京的文化中心位置与学术气场。我猜想，曹景行先生之所以也想留在北京，吸引他的恐怕也是北京这个"学术气场"吧。

"学术气场"在多数时间是悬空的心理的，是学者之间心灵感应的一种精神吸引与"我思我在"的磁场。但在特定时间，则是实实在在的，这就是大家在同一时间因某种因缘聚集在一起，这是"学术气场"效应充分凝聚与最大化发散的时候。

学术研讨会

研讨会有大有小，大的有国际性的、全国性的，有时像赶场那般热闹。听大会固然有收获，但大家对会下的串门似乎更是乐此不疲。住在宾馆，吃好喝好，夜里无事，于是天南地北，三五学人，黑头白发，识与不识，好不容易逮到机会聚在一起，天下大事，学科建设，名家轶闻，小道消息，口无遮拦，滔滔不绝，直至深更半夜，乃至东方既白。第二天坐在会场，难免哈欠连连，梦见周公。

在北京，我更喜欢参加小型的学术研讨会，一般是一天的会议。北京交通拥挤，早高峰出门更是不便，因而主办方大致都把开会时间安排在早上九点甚至九点半。会议规模是一二十人、三五十人不等。往往前面坐着"专家学者"，后面坐着"媒体记者"，围绕一个主题，集中一个目标，有中心发言，有即席发言，有插话提问，有讨论商榷，气氛活跃，精神奔放。

中午餐聚，正好与自己素所敬仰的学界长者坐在一桌，会上听他的发言已是如沐春风，现在又能零距离向长者敬酒请安，真是何幸之至。须知这样的长者早是国宝级别，平时最多只能在电视上见面，但在北京的"学术气场"中却时不时能与他们零距离接触。

论文答辩

每年五六月是各大高校硕士生、博士生论文答辩的"农忙"季节，不但你指导的学生要答辩，还要被邀参加外校学生的答辩。虽然研究生院要求答辩委员会的组成人员应从专家名库中随机抽取，但学术圈内毕竟早已知己知彼，同行专家也就是这些人，因而答辩之前大多已彼此通过电话，询问有否时间参加。如果真按"随机抽取"那样去做，到时候很难找到专家。

论文答辩名义上是考学生，实际上是考导师。答辩专家的提问万一把你的学生考住了，张口结舌，答非所问，最难堪的还是坐在一边的导师。所以专家的提问、质疑都会掌握一个"度"，既不失专业应有的品质，又不刁钻古怪。答辩终于顺利通过，散场后学生答谢老师，紧绷的神经已可放松。导师与答辩专家坐在一桌，话题还是离不开专业，或者问问同行之间的信息，学生毕业后的去向。这是"学术气场"颇为温馨的时刻。眼见着又一批研究生毕业，学术薪火承续相传，能不举杯相庆？

茶 叙

"茶叙"是台湾学人的说法，即以茶聚友，品茗论道。与茶叙同类的还有"餐叙"，那自然是在餐桌上聚友谈论了。相对而言，北京学人愿意餐叙而少茶叙。

北京的餐馆实在太多，举凡中餐西餐、荤食素食、各地口味、各国风味、传统老号，皆汇聚于此。有一本《北京美食地图》的书专门搜集了全市 600 多家特色餐馆详作介绍。北京的茶馆既少且贵，有名的老舍茶馆，坐上一个时辰，少说也要上百元的开销。另一家圣陶沙茶楼，装修得富丽堂皇，像个皇宫。因而北京学人的茶聚大多是在自家阳台的茶吧。事实上，这里才是散发学术气息的场所。

钱锺书有一段名言："大抵学问是荒江野老屋中二三素心人商量培养之事，朝市之显学必成俗学。"二三素心人培养学问，少不了有一杯清茶净心。周作人《雨天的书》中也有一段妙文："如在江村小屋里，靠玻璃窗，烘着白炭火钵，喝清茶，同友人谈闲话，那是颇愉快的事。"徐志摩在给友人的信中念念不忘同样的妙处："拂拭古简古笺，写三两行字，啜一碗清茶，养生适性，神仙也不过如此。"

现在住房条件改变了，住在高楼，阳台南向，冬天室内有暖气，太阳透过玻璃窗照进来，与三两友人，喝清茶，聊闲天，有事谈事，无事谈书，这才是一种难得的享受。这样的好时光，我在北京多位学人家的阳台上享用过，我也用同样的阳台茶吧（有一个武夷山根雕茶几）招待过多位京城学人，还有远从异域来的学人。正是在这里，碰撞出了我的不少文章题目，包括我的博士生的论文选题。

书 市

北京有着全国最大的书市、书展：每年元月的"全国图书订货会"与七八月间的"北京国际图书博览会"；至于北京本地举办的"地坛书市"等大大小小有关书的集会，那就更多了。

在这样的场合，这样的时刻，你背着一个书包，晃晃悠悠，穿梭在书的海洋，绝对能与京城大大小小的学人碰面，那种"不期而遇"的惊喜，或者"狭路相逢"的快意，借用一句广告词"感觉真是好极了"！于是，一起站着交流对新书的看法，打开对方的书包瞧瞧买了些什么书，从中获得淘书的启示。

有一次，我在书市上到处寻找白烨编的《中国年度文坛纪事》，恰巧遇到白烨，问他最近出的这本《纪事》怎么到处买不到。白烨说：这是一本赔钱的书，出版社已换了好几家，从漓江到长江文艺，现在改由文化艺术出版社出了。我说从他编的 1999 年第一本《纪事》起，我每年必购，这是研究中国当代文学与文化的必备书。白烨说，每年编这本书，要从年初开始就一直紧盯着文坛，随时收集资料，做得很累。我说你做了一件大好事，假如七八十年代就有人做这件事，出这类书，现在真是太珍贵了。白烨说他动过这个念头，想从"文革"后一年一本选编补齐，但这个追溯历史的工程实在太大，最难的是即便编成了也找不到出版社。那次在书市见到白烨已有两年未见，不知白烨先生的愿景进展得如何？

八宝山告别仪式

一位德高望重的学界前辈走了，或者一位学界精英突然中年早逝。告别大厅播放着哀乐，空气中弥漫着伤感、痛惜、唏嘘。深深地鞠躬，缓缓地步履，紧紧地握手，默默地退场，这是北京"学术气场"中最为揪心的时刻。在缓缓进入告别大厅和步出大厅的队伍中，你会看到十分熟悉的面孔，甚至多年未见的面孔，但这时候，大家都阴沉着面孔，彼此只是点头示意，不再寒暄，不再交流，而心却是相通的：又一位学界中人就这样走了，留下来的我们，又能为北京的"学术气场"做些什么呢？

（2007 年 7 月 20 日）

闲话大学校名

事出偶然，忽然接到北华大学邀请讲座的电话，心里纳闷：北华大学在哪里？对方告在吉林省吉林市。吉林市是有名的"雾凇之都"，于是从北京飞往长春，又转城铁到吉林市。

一进北华大学，第一感觉是校园真大，比北师大大多了，但院长说，这只是一个校区，北华横跨吉林市，拥有好几个校区哩。再一感觉是"北华大学"的校名取得不错，北国江城，华夏名邦，上海有东华大学，四川有西华大学，湖南有南华大学，遥相呼应，够气派。

餐叙桌上，我有点恭维地说，北华大学的校名取得真好，想必定是高人所为。谁知院长却说，北华这个校名，当初可吃亏了，自从改了校名，生源不升反降，考生不知道北华在哪里，哪个专业最好。

原来北华大学是以吉林师范学院为主体，合并了吉林市内多所大专联合而成的。吉林师范学院是 1906 年创办的我国第一批师范院校，历史长，牌子响，当今赫赫有名的小教名师窦桂梅就是该校的毕业生。为什么非要砍掉"师范"？去掉了吉林师院的校名，不要说一般考生家长，就连我这个久在师范的谋生者也找不到北了。

北华大学因改校名而吃亏，这真使我大跌眼镜，不由一时语噎。因改校名吃亏的事，以前也曾听说过。

20 世纪 80 年代，我去甘肃兰州的西北师范大学开会。开幕式照例请主办方领导致辞，校长一上来就滔滔不绝地讲起了"校名与校史"的关系，中心是改校名吃了大亏。原来西北师范大学的前身西北师范学院，是教育部直属的六所师院之一，与北师大、东北师大、华东师大、西南师院、华中师院并列。后来甘肃省不知出于何故，将西北师范学院改为甘肃师范大学，从表面看，师院改大学是拔高了，殊不知却是"自动降级"。

"文革"结束后的1978年，教育部决定重新恢复六所部属师院的地位，但当时的主事者不清楚甘肃师大就是从前的西北师院，于是将西北地区的部属师院，定为西安的陕西师范大学。这一下甘肃急了，向教育部申诉，纵探源流，横诠诸说，要求重新定位部属师大。但一方面政令已出，木已成舟，另一方面陕西那边岂肯放弃如此从天而降的美事，咸鱼自然翻不了身。西北师大一时"情绪低落"，为改校名吃了大亏抱憾不已。须知，在中国的教育体制下，部属高校与地方院校的差别，那不是局外人可以想象的。

当然，话又说回来，因改校名吃亏的高校那只是个案，更多的是因改校名而撞大运。即使是因改校名一时吃亏也有"东山再起"的机会。如西北师范大学现如今是"甘肃省与教育部共建的重点大学"，而北华大学则是"吉林省属规模最大的综合性重点大学"。

考中国现代性大学之起源，自然当属1898年清末戊戌变法时创办的京师大学堂。京师大学堂是北京大学之前身，而京师大学堂1902年正式附设的师范馆则是北京师范大学之前身。因而中国大学的校史，最长都不会超过北大、北师大。

但有意思的是，现在国内已有多所大学的校史把北大、北师大比了下去，原来这些高校是将从前的书院作为"史前史"的。若照此类推，中国高校历史最长者当数长沙的湖南大学。湖南大学校区里的岳麓书院，创办于北宋开宝九年（976年），至今已有1041年的历史，而且板上钉钉的是，岳麓书院现在仍是湖南大学的下属实体办学机构与校产。不知湖南大学有否将校史的源头定位为北宋开宝九年？若如此，湖南大学的校史之长，完全可以申请上海的吉尼斯纪录。

自从中国创办现代性大学以来，大学校名之命定，大致可分为以下几类：一是以学校所在地的城市或省区命名，综合性大学较多，如北京大学、山东大学、内蒙古大学；二是以高校学科属性冠以地名，如南京航空航天大学、云南林业大学，全国这类校名最多；三是出于典故，深具人文内涵，此以老校名校为主，如清华大学、复旦大学、同济大学，还有以前北京的辅仁大学、梁漱溟在重庆北碚创办的勉仁文学院等；四是以历史名人命名，此较少，如中山大学、鲁迅美术学院。

大学校名的变更，有两个时期较为活跃，一是二十世纪五十年代"院系调整"，因重组高校，调整学科专业，自然产生了一批新校名。如 1950 年位于重庆的国立女子师范学院和四川省立教育学院，合并组建西南师范学院（今西南大学）。

二是进入改革开放的八十年代，当时有不少学院纷纷升格更名为大学，如北京著名的"八大学院"北京政法学院更名为中国政法大学，北京钢铁学院改名为北京科技大学，现在的多数师范大学也都是在那个时期改名的，如北京师范学院改为首都师范大学、浙江师范学院改为浙江师范大学，又如江苏师范学院改为苏州大学。顺便说一句，现在的江苏师范大学是由徐州师范大学发展改名而来，与原江苏师范学院没有任何关系。

大致进入二十世纪九十年代，一股扩校合并之风开始在高校掀起，据说原因是要创建一流大学，如何创建？将大学做大是当时的顶层设计。于是这就有了浙江大学横跨杭州全城，一口气兼并了杭州大学、浙农大、浙医大三校，但不叫合并叫"回归"。紧跟着，吉林大学的步子更大，齐刷刷地兼并了长春市内多所高校，因而长春市民戏言"长春市在吉林大学"。

这一股合校之风，自然灭了一些大学校名，最可惜的是杭州大学从此绝迹。以近现代浙江文脉之盛、杭州大学当年在全国高校中的文科优势地位，如果保留至今，浙江省无论如何不会只有浙大一所中央直管的高校。看旁边江苏省就有南京大学、东南大学、江南大学等好多所。笔者作为一个浙江籍教授，每念及此，总心有戚戚也。话说远了，赶紧打住，还是回到文章的本题。我要说的是，在这一波扩校合并时期，中国大学的校名一不小心产生了许多故事。"四川联合大学"

之校名可谓经典段子之一。

　　九十年代中期，四川大学与成都科技大学合并，两校都是教育部直属的重点大学，校名怎么改？一时成了难题。若是"四川大学"，科大感觉是被川大"吃"了，自然绝不接受；反之川大亦不爽。据说还是川大中文系有高人想出了妙招，提议上头合校后改名为"四川联合大学"，这样双方都能接受。但"联合"二字给人以民办甚至野鸡大学之嫌，时间一久，都想放弃，到那里再改回"四川大学"，自然风月虚心，皆大欢喜。高，实在是高！1994年川大与科大合并后，改为"四川联合大学"，两校果然相安无事，怡然自得。但不出两年，"联大"之名屡被社会质疑，里里外外都讨厌，更糟糕的是，四川联合大学举办百年校庆，场面冷清，很多校友都不承认自己是"联大"毕业生。于是，天时地利，水到渠成，联大于1998年很快就改回了"四川大学"。我的女儿当年高考，接到的录取通知书是四川联合大学，毕业时发的证书则是四川大学，这在中国高教史上是很难遇到的。

　　但纵观中国高校之改名，最热闹、最复杂也最有"故事"的当是进入资本市场的"教育产业化"时期。教育产业化的第一要素是生源，生源好办学经费就多，因而现在当校长的头等大事之一就是筹措办学经费。如何吸引生源？说到底还是要靠教育质量。但鱼有鱼路、虾有虾路，继续扩校并顺理成章地改校名就成为其中的重要路子。

　　"教育产业化"以来的改校名，有两大景观最为突出：一是将"师范"齐刷刷地排头砍去，以前各地地级市大多有师院或师专，现已大多不存，或改大学，或改文理或理工之类的学院。如上文的北华大学，又如山西的大同大学，系由原雁北师范学院、大同医学专科学校等合并组建而成。我家乡的绍兴文理学院，由原绍兴师范专科学校与绍兴高等专科学校合并组建，此后绍兴卫生学校、上虞师范学校等相继并入。

　　再一景观是将传统专业校名尽量放大为更时尚的行业，流行的有"铁道"改"交通"、"水产"改"海洋"、"地质"改"工程"、"钢铁"改"科技"……更有甚者千方百计与热门专业挂钩，如财经、经济、理工、传媒等。跨度最大的当是河北地质学院更名为石家庄经济学院。网传，该校 2003 年校庆前又想改名为"华北工商大学"，但未获教育部批准。2012 年再拟改校名为"河北地质经济大学"，仍未获教育部批准。2016 年 3 月 31 日，教育部官网发布了《教育部关于同意石家庄经济学院更名为河北地质大学的函》，应当说这一校名才回归了该校的本源。

因"教育产业化"以来改校名成风所及，直接影响到不少大学的专业院系改名——系改院，千方百计"做大"，这是突出景观。如将图书馆系改为信息管理学院，历史系改为历史文博学院。最牛皮哄哄的是中文系，如今全国各高校都将中文系改为文学院，或人文学院，现在已很难找到中文系了，难怪学界有人惊叹："今日中国大学已无系（戏）了。"但有一个例外，北京大学依然还叫中文系。为什么非要系改院呢？院长的"官帽"就比系主任大？其实在高校谁都心知肚明，院、系是同一级别，如北大、清华、北师大都是"副部级"，下面的院长、系主任也就都是"处级"而已。但印成名片，尤其是上电视，当然是院长更牛。

行文至此，不由想起了二十世纪二十年代，清华大学创办国学研究院，任命吴宓为院长，不料却被吴宓断然拒绝，他不要"院长"而要"主任"，于是这就有了"清华大学国学研究院主任吴宓"这样不相匹配的头衔。吴宓为何不当院长只要主任？他认为院长是做官，主任是做事，他筹办国学研究院是要为复兴中国文化做事，而不是要在清华谋一官职。试想如果吴宓将印着"清华大学国学研究院院长吴宓"的名帖，去见梁启超、王国维、陈寅恪，聘请他们一起来国学研究院共事，他们见到这位院长大人将作何感想？这就是二十世纪那一代高校教授的做法与作为。现如今主任纷纷成了院长，院长下面还有若干副院长，甚至还有院长助理，真不知这是高校还是官场？话又扯远了，赶紧打住，还是回到大学校名。

据 2015 年统计，在过去的六年时间里，全国共有 472 所大学改名，几乎占高校总数的四分之一。有的甚至在短短几年实现了三级跳：由中高职合并为高职——高职摇身一变成为学院——学院一跃成了大学。

由于大学也允许"民办",因而现在出现了一大批民办大学的新校名,有的在业内称"独立学院",如南京大学金陵学院、厦门大学嘉庚学院、北京吉利学院等。此外还出现了中外合作办学的大学新校名,如宁波诺丁汉大学、昆山杜克大学,还有"北京师范大学香港浸会大学联合国际学院"(位于广东珠海),这是教育部公布的全国高校名单中校名最长的大学。

按如今时势,大学改校名应是"只赚不赔"的买卖,否则为什么有这么多的大学都热衷于改校名?君不见,自从教育产业化、高校扩招合校以来,改校名早已"蔚然成风"。学院改大学,专科改综合,地方改区域,校名千方百计要往"大"处靠。

我曾去过某省的一所"人文科技学院"讲课,该校原是地级市的师范学院,在省里同类师院中排序比不上另一所师院。但自从改了校名,由"(某市)师范学院"改为"(某省)人文科技学院",生源那个好啊,噌噌地往上长,把另一所师院甩出了老远,弄得自己也有点不好意思。相映成趣的是,另一所以前胜出该校的师院,因校名谦虚地改为"(某省)理工学院",比不上"人文科技学院"名气大,生源当然都往人家那里跑了。校长又后悔又憋气,当初改校名怎么没想到请"姓名学"专家把把脉呢?

在"蔚然成风"的改校名浪潮中,也有大学不忘本源,决不改名。如四川外国语大学与四川美术学院,这两所大学都在重庆,以前重庆是四川的省辖市,1997 年重庆成了中央直辖市。川外、川美要不要改名?当时议论纷纷,但最终两校坚决不改。据说只要川外、川美一改名,四川方面的高校早已"虎视眈眈",看好这两个校名的含金量了。本人执教的北京师范大学,曾也一度有人动议改为"中央师范大学""京师大学",最终当然没改。"北京师范大学"是传承百年的校名,岂能轻易放弃。

说来有意思,在改校名成风的时期,竟然还有"保卫校名"的"壮举"。这有两件事最有说头,涉及大学校名有没有"专利权"。

一是"川医"。凡四川人无不知道"川医",这是从前响当当的四川医学院的简称。2015 年 6 月,泸州医学院改名四川医科大学,简称

"川医"，这一下四川大学不干了。原来四川医学院于80年代更名为"华西医科大学"，2000年，华西医科大学并入四川大学，成为新四川大学的华西医学中心。泸医的行为激起了"川医"校友的激烈反弹，这年6月，川大师生还举行了大规模的集会，表达"捍卫川医"的立场。川大校方迅即向教育部发函表示反对泸州医学院的改名，认为侵犯了川大的权益，要求教育部行政复议。大概背后有"姓名学"专家支招，使川大万万想不到的是，半年后的2016年1月，泸州医学院突然宣布放弃"川医"，改名为更牛的"西南医科大学"。川医争夺战由此落下帷幕。

二是"杭大"。本人获得过杭州大学的硕士学位，曾听老杭大的老师说，杭州大学自从1998年"回归"进浙江大学、校名不存以后，杭州市有的高校几次三番想改为"杭州大学"，但都被老杭大的老教授老前辈们阻止了。作为曾经与杭大有过渊源而且在杭州生活过多年的我，太清楚老杭大人的"杭大"情结了。当年杭大被浙大"回归"，校名不存，早已心有戚戚也，现在如果连"杭州大学"的校名又被别的高校袭用，那简直如有刨去祖根般的痛。不过人事有代谢，往来成古今，以后的事就说不准了，特别是在市场决定一切的年代，须知阿里巴巴的马云，人家可是杭州师范大学培养的高才生呢。君不见，各大媒体最近争相报道：浙江大学已力压北大清华，成为富豪校友数量最多的大学。财富论英雄，改个校名还不是小菜一碟。

下笔至此，不由想起清华大学原校长梅贻琦的名言："所谓大学者，非谓有大楼之谓也，有大师之谓也。"真正的一流大学，是因其办学特色与品质名扬四海，而不是因其校名之大之牛。我们需要追求的应该是大学办学品质的"实至名归"，而不是盛名之下的"其实难副"。

（2017年3月6日）

　　据统计，中国所有大学都办有自己的学报，重点大学的学报还有文科学报与理科学报之分。这是属于校一级的学术刊物。中文系（时下已有不少中文系改名为文学院、人文学院等，名字虽换，但仍属于系一级建制）向来是大学最活跃的学术单位与思想平台，因而不少大学的中文系也创办有自己的学术刊物。余生也晚，属于"文革"结束后首批考入大学的"77级"，故对"文革"以前上溯至清末民初中国最早的大学——京师大学堂那一时段的大学中文系有否学术刊物，实在弄勿清爽（希望知情者有以教我）。

　　在我的记忆中，"文革"结束后第一份公开发行的中文系学术刊物当数南京师范大学中文系创办的《文教资料》。《文教资料》最初的刊名是《文教动态简报》，创办于1972年"文革"后期，内部发行。20世纪70年代末，当我在大学读书时，该刊已改为《文教资料简报》，在当时学术刊物稀少的年代，实在是一份难得一见的学术大餐。我的多位同学都通过邮购方式，自费订阅过该刊。《文教资料》的刊名由茅盾题写，办刊宗旨是"人杂我专，人华我朴，人弃我取"，挖掘出大量有价值的近现代文史资料，可读性强。该刊以后改由南京师大古文献整理研究所（估计是从中文系分出去的）主办。1992年，该刊创刊20周年时，曾编印过《文教资料》总目录（总第1-200期）。

　　20世纪80年代初，西南师范大学中文系（重庆）创办的《美的研究与欣赏》丛刊，是当时"美学热"中一份引人瞩目的学术刊物。该刊的主编是西南师大中文系的苏鸿昌先生，以书代刊，由重庆出版社出版。所设栏目有美的研究、美与艺术、美与生活、美学之窗等。遗憾的是，苏鸿昌先生英年早逝，该刊断断续续坚持了数年，大概于1988年左右停刊。随着"美学热"的退潮，西南师范大学（今西南大学）的这一份系刊现在已鲜有人知了。

同样创办于20世纪80年代初一直坚持至今的《文艺理论研究》，是由华东师范大学中文系（上海）创办的。华东师大有著名文艺理论家钱谷融先生这一面旗帜，因而该刊在我国文艺理论界颇有影响。湖南师范大学中文系（长沙）创办的《中国文学研究》，也是一份跨越世纪坚持至今的系刊。湖南师大中文系汇聚了凌宇、谭桂林、罗成琰等一批现代文学研究专家，因而该刊在中国现代文学研究方面独具特色。

《长江学术》是武汉大学中文系于2002年创办的大型学术刊物，由北师大郭预衡先生题写刊名，长江文艺出版社出版，初为半年刊，自2006年起改为季刊。该刊首任主编龙泉明教授，与我以前都在西南师大中文系执教，以后他去了武大，我来到北师大。2003年2月22日，时任武大中文系主任的龙泉明君来北京为武大中文系一级学科授权"跑点"，同时送他的女儿去法国留学。那天，他请刘象愚、刘勇和我在北师大对面的同春园饭店餐聚。万万没有想到，同春园竟是见龙泉明君的最后一面。这位为武大中文系学科建设立下汗马功劳，并创刊《长江学术》的川籍学者，竟于2004年1月英年早逝，享年53岁。

与武汉大学同在一城的华中师范大学中文系，拥有130多位教师，号称"亚洲最大的中文系"。在我的记忆中，华中师大中文系曾于20世纪80年代办有一份《外国文学研究》，后来的情况不甚清楚，故而打住。

北京的大学数量是全国最多的，但有意思的是，除了北京语言大学中文系创办有《中国文化研究》以外，北大、清华、人大、北师大等校的中文系，均没有自己的学术刊物。个中原因大概与北京作为全国文化中心，学术刊物众多，发表论文比较容易有关。但近年这一情况有所变化。首先是中国人民大学中文系的一些教授，纷纷担任该校"人大复印报刊资料"的主编，如程光炜担任《中国现当代文学研究》主编，金元浦担任《文化研究》主编。当然"人大复印报刊资料"不是中文系系刊，但中文系的教师担任这些刊物的主编，多少可以扩大中文系的学术影响。北京师范大学中文系（2003年改名文学院）也于2005年创办了系刊《励耘学刊》，由启功先生题写刊名，学苑出版社出版。"励耘"二字出于北师大老校长陈垣先生的书斋名"励耘书屋"，以励耘命刊，这是很有深意的。该刊分为文学卷与语言卷，每辑60万字，现已出刊两辑。

20世纪80年代，我国曾出现过"美学热""文化热""方法热"，学术界颇为热闹，当时申请刊号也比较容易，因而大学中文系创办刊物的热情也比较高。这一时期还出现了一批面向中学语文界的刊物，如杭州大学中文系的《语文战线》、西南师大中文系的《语文》、浙江师大中文系的《教学与研究〈中学语文版〉》、河北廊坊师专中文系的《语文教学之友》、山西师大中文系的《语文报》、武汉大学中文系的《写作》等等。

90年代以后，申请刊号越来越难，于是一些大学中文系往往通过以书代刊的形式，创办学术刊物。四川大学中文系1996年创刊了《中外文化与文论》，由曹顺庆教授等主编，四川大学出版社出版，该刊大概出版了10辑左右。川大中文系（现改名为文学与新闻学院，简称"文新学院"）近年又创办了《文学与文化研究》，也是以书代刊。目前以书代刊最具规模的当数汕头大学中文系的《新国学研究》，由著名学者王富仁教授主编，人民文学出版社出版。王富仁教授于2003年由北师大调往汕头大学，在汕头大学校方与李嘉诚基金委员会的支持下，创办了《新国学研究》丛刊。据创刊号"编者的话"介绍：该刊以刊发二万至十二万字的长篇学术论文为主，目前只刊发特约稿件，不接受外来投稿。创刊号上的第一篇文章是王富仁教授的《"新国学"论纲》，长达163页，至少也有10万字。

以上拉杂所谈，只是我所了解的一些大学中文系的学术刊物，实际情况当然远不至此。关心中文系学术刊物的读者，如有兴趣也可通过各大学中文系的网址加以检索。

（2006 年 4 月 20 日）

文化与人生的三段式

梁漱溟的《东西文化及其哲学》认为天地万物都是人类大意欲的表现。大意欲的具体表现营造为一股无形的力量，不断推动人类进步。人类全部生命正是这种盲目力量的体现。正是这种意志——大意欲的个别具体化——和实现这种具体化时所遇到的障碍之间的争斗构成了生命历程。人类文化的不同可以归结为"意欲方向"的不同或是意欲据以处理环境中障碍的方式的不同。

梁由此提出了人类三种表现不同"方向意欲"的（范式的）文化类型：一是西方文化。它是意欲规则或标准的方向。反映了人视为动物性的生存取向，即对饮食男女（食物、住所、生殖）等的需求。为了达到此类欲求，需克服环境并满足这种基本的欲求。西方文化的所有特征和成果如科学、民主、征服自然的力量等，都是沿此意欲方向发展起来的。二是中国文化（儒道），其基本方向是趋向于自我和环境的协调。也即意欲本身的需求和环境之间取得一个平衡。此种文化类型关注的问题是：追求感性上满足的生活并获得极大的内在惬意感和生活的快乐。三是印度文化，意欲回复到自我的否定。在第三种文化的最后阶段，人类意识到世界不过是一种幻觉，因之要寻找绝对的觉悟。

梁认为人类的大意欲（以上三种意欲方向的文化类型）有着某种程度上的固定顺序，每一种意欲方向都应在人类进化的相应阶段上胜过其他方向。在人类生存的原始阶段，人们企图通过改变环境以满足自身有机体的基本欲求（第一阶段）；当此基本欲求满足之后，开始意识到获得情感丰富与生活本身的乐趣（第二阶段）；当获得了内心满足和外部物质财富之后，他们面临着要意识到生命的真正永恒的问题：意欲突破尘世的暂时性和死亡的必然性，此即第三阶段。在此阶段，人类从对自身和外部世界的错觉中解脱出来，向往最终获得涅槃的绝对快乐。以上是美国艾恺解读梁漱溟文化三段式后的概括。

人类大意欲有此三段式，三种方向，三种文化类型，作为生命个体之一生，也何尝不是如此。

人一生之大意欲，也可分为三个阶段，三种意欲方向，三种"文化"类型（人在幼年时期，天真未凿，浑噩童蒙，故可以不计，不列一个阶段）：

青年时期——追求物欲的满足（生存需求），感官的刺激（生殖需求），重在向外部求索（求职求婚求功利位势）。充满骚动，如夏之炽热。此亦如同西方文化。故可曰西方文化是人类青年期的文化。

中年时期——经过前一阶段的打拼追求历练坎坷，物欲已经满足，性欲也通过婚姻形式得到体验，蓦然回首，这才意识到需要抓紧时间充实后半辈子的生活。西人曰："人生从四十岁开始。"中国的梁实秋说："中年的妙趣，在于相当的认识人生，认识自己，从而做自己所能做的事，享受自己所能享受的生活。"于是寻求精神的协调，生命的安详，重在内在的惬意，充满稳健，如秋之成熟。此亦如同中国文化。故可曰中国文化是人类中年期的文化。

老年时期——经过青年期的向外（外宇宙）搏击、中年期的向内（内宇宙）调适，已经看透尘世，了悟人生，对名利场不再留意（孔子曰："五十而知天命，六十而耳顺。七十从心所欲，不逾矩。"古人寿短，七十已稀，今人寿长，七十后方为老年）。夕阳无限好，只是近黄昏，值此时期，自会思虑（思考，思索，忧虑，顾虑）人生的真谛，终极的关怀，生命的真正永恒的问题。老年沉潜着深刻，如冬之深邃。此亦如同印度文化。故可曰印度文化是人类老年期的文化。

中、西、印三种文化的交融互补与时俱进，胎孕出新文化。新文化则是充满再生希望的春之文化，也如同人类的幼年期、生命个体的童年期。童年虽然天真未凿，浑噩蒙晦，但却是希望之所在，生长之开端。天候四季，周而复始，复归于春，而人生却不能周而复始，复归于幼。这是人生的大悲哀，也是无数哲人崇拜小儿的根因。老子曰："常德不离，复归于婴儿。""圣人皆孩之。""专气数柔，能婴儿乎？"《易经》曰："童蒙，吉。象曰：童蒙之吉，顺以巽也。"现代的丰子恺说得更明白："我的心为四事所占据了：天上的神明与星辰，人间的艺术与儿童。"

　　静坐书斋，独自冥想，记下晨间之所思。

（2004 年 1 月 14 日）

珍惜我们共同的文化『胎记』

最近中央印发的《关于实施中华优秀传统文化传承发展工程的意见》指出，文化是民族的血脉，是人民的精神家园。文化自信是更基本、更深层、更持久的力量。中华文化独一无二的理念、智慧、气度、神韵，增添了中国人民和中华民族内心深处的自信和自豪。应当看到，随着我国对外开放日益扩大，西方各种社会文化思潮大量涌入，一定程度上出现了以洋为美、以洋为尊、以过洋节为乐，甚至贬低、漠视优秀传统文化的现象。这都迫切需要我们加强民族本土文化的传承、弘扬与建设，推动中华优秀传统文化发展走上积极健康、规范有序的轨道，让中国人更像中国人，中国人就是中国人。

有一首流行歌曲这样深情地唱道："我们都有一个家/名字叫中国/兄弟姐妹都很多/景色也不错/家里盘着两条龙是长江与黄河……"中国，中国，这是多么亲切的名字，多么崇高的称呼！中国人即中华民族，由56个民族组成，其中汉族占了绝大多数。

据我国以2010年11月1日零时为标准时点进行的第六次全国人口普查结果统计，全国总人口为1370536875人。大陆31个省、自治区、直辖市和现役军人的人口中，汉族人口为1225932641人，占91.51%；各少数民族人口为113792211人，占8.49%。同2000年第五次全国人口普查相比，汉族人口增加66537177人，增长5.74%；各少数民族人口增加 7362627 人，增长 6.92%。

1986 年台湾汉族人口为 1945 万多人，占台湾总人口的 98%。世界各地约有 3000 万华侨，绝大部分为汉族。全世界汉族的总人口在 14 亿人以上，约占世界总人口的 1/5，是世界上人口最多的民族。据最新人口统计资料表明，当今中国人口最多的前十大姓是李、王、张、刘、陈、杨、赵、黄、周、吴。其中李、王、张、刘、陈五姓分别占汉族人口的 7.9%、7.4%、7.1%、5.4% 及 4.5%，也即世界上李姓超过 8500 万人，王姓超过 8000 万人，张姓超过 7600 万人，刘姓超过 5800 万人，陈姓超过 4800 万人，合计超过 3 亿 4000 万人，占汉族人口的 3/10 还多。

中国文化是多元一体的中华民族在中国这块古老、广袤的黄土地上所创造的文化总汇，是由历史沿袭而来的社会风俗、道德、思想、艺术、制度、生活方式等一切物质和精神文化现象的有机复合体。中国文化的主干、核心是汉族文化，而汉族文化又以儒家思想文化为主体，儒、道、释三家互补交融构成汉族传统文化的主旋律。

从历史考察，汉族的前身是华夏族。"华"即"荣"，本义为光辉、文采、精粹；"夏"即"中国之人"，居四方之中。春秋时，居于中原地区的各诸侯国"有文章光华礼义之大"，自称为华夏，亦称夏、诸夏，而把四周不遵守周礼周俗的各族称为东夷、南蛮、西戎、北狄，泛称"胡"。几千年来，我国一直是一个版图辽阔的多民族国家，我们今天的汉族是以华夏族为主体、古代各兄弟民族长期交融汇合形成的。这种交融在春秋战国、南北朝、五代十国、辽金元清等时代尤为频繁、明显。"汉人"这一名称是东汉（公元 25—220 年）以后才出现的，由朝代名转化而来。汉族在历史上还有秦人（在秦朝）、唐人（在唐朝）等称呼。

汉族人到底有哪些特征呢？笔者曾向著名人类群体遗传学研究专家、中国科学院遗传研究所研究员杜若甫先生请教并讨论，我们认为以下几方面的内容都应属于文化视野审视的范围，包括文化人类学与体质人类学的汉族人特征。

一、体质特征

汉族人根据体质特征可以明显地分为南、北两大人群。北方人群的共同特征有：眼裂上斜，眼裂开度较窄，大多数人有蒙古褶；鼻根较高，鼻翼发育弱，鼻形高而窄；红唇薄；头短而宽（短头型），下颌角间较宽，整个面形高而宽；身材较高；ABO 血型系统中，B 型血型的人较多，而在 MИ 血型系统中，И 型多于 M 型；北方人中干型耳垢者居多，尤其在山西、内蒙古一带占 95% 以上，可能是世界上干型耳垢基因的起源地。

南方人群的共同特征有：水平型眼裂较多，通常无蒙古褶；鼻根较低，鼻翼发育显著；红唇较厚；头型略长而偏窄，面形低而窄；身材较矮。在 ABO 血型系统中，A 型血型的人较 B 型多，而在福建、广东、广西、海南、台湾等地，O 型血型的人特别多；在 MИ 血型系统中，M 型多于 И 型；分泌湿型耳垢的人较北方多，尤其是广东、广西、海南等地。

南、北方汉族人群共同的体质特征是：由于 Rh 阴性率都很低，在 0.2%~0.5% 之间，成年人中只有 7.6% 左右的人有乳糖酶，因此有不少人喝鲜牛奶一次超过 600 毫升时就会有不适反应。有一半左右的人的乙醛脱氢酶结构异常，代谢能力低，因而酒量小。苯酰脲味盲率仅 9% 左右，比白种人低得多。红绿色盲率为 5% 左右。

近 30 年来，由于生活水平提高，尤其是营养改善，汉族人的体质发生极显著的变化。例如，身高在一代人间平均增高 3.6 厘米。女性初潮年龄提前，大城市为 12.8 岁，中等城市为 15 岁左右，山区等偏远地区为 16 岁左右，在大城市中一代人间平均提前 1.8 岁；而女性绝经年龄比以前大大推迟，大中城市为 50.6 岁，30 年中推迟约 4 年，与欧美妇女相同。

二、语言与文字

语言作为一种音义结合的符号系统，是人类最重要的交际工具。文字是记录语言的音、形、义统一的书写符号系统，从属于语言。没有语言，社会不能存在；而没有文字，社会仍可存在。语言与文字是一个民族最重要的文化属性之一。

汉族人使用汉语，有些少数民族也转用或兼用汉语。汉语分北方、吴、湘、赣、客家、闽、粤七大方言。方言间的差异主要表现在语音上，而在词汇及语法方面差异不大。现代汉语有标准语（普通话）和方言之分，标准语（普通话）以北京语音为标准音、以北方话为基础方言、以典范的现代白话文著作为语法规范。普通话不仅是汉民族共同语的标准语，也是中华民族的共同语。汉族人使用方块汉字，汉字已有 5000 年以上的历史，造字的方法主要有象形、指事、会意、形声四种。一个字是一个音节。字体主要经过甲骨文、金文、大篆、小繁、楷书、草书、行书等阶段。今天大陆使用汉字的简体字，中国台湾仍使用繁体字。

三、文化·风俗·习惯

汉族人遍布中国各地，但主要聚居于黄河、长江、珠江等流域、东北松辽平原以及台湾岛、海南岛。各地汉族人的文化风俗习惯虽有差异，但有不少共同性，大致可归结为以下数项：

（1）崇拜龙与凤，尤其是龙。

（2）多神宗教，即没有产生全民族必须信仰的完全意义上的宗教，对各种宗教兼容并包，道教是汉族人的本土宗教，而佛教、祆教、摩尼教、天主教、基督教等则是汉代以后的外来宗教。

（3）姓名符号结构采用姓在先、名在后的形式，通行一字姓二字名，子承父姓，现代也从母姓，取名方法曾长期流行"字辈谱"（即按家谱规定的辈分字取名）。

（4）有十二生肖，每人有一属相。以甲子纪年、月、日、时辰。

（5）讲历法、节气（一年分为二十四节气）、节庆。主要节日为春节，最为隆重，还有元宵节、清明节、端午节、七夕节、中秋节、重阳节等。

（6）以红为吉庆，黄代表至高、中央，而忌白色。

（7）传统建筑采用斗拱挑檐的木结构，如北方的四合院，南方的干栏式屋宇。园林建筑以苏州园林为代表。

（8）饮食以米、面为主，南米北面。吃饭用筷子，流行合食，喜饮茶，注重烹调艺术，爱吃炒菜。各地饮食因在选料、切配、烹饪等技艺方面，经长期演变而自成体系，有川菜、鲁菜、粤菜、苏菜、浙菜、闽菜、湘菜、徽菜八大菜系，还有潮州菜、东北菜、京菜、冀菜、豫菜、客家菜等。各地还有风味各异的特色小吃。

（9）服饰历代变化较大，20世纪40年代末男女多为对襟或斜襟上衣和长裤。现在男子以西装、中山装、茄克、衬衫及西式裤子为主，女子则有各式短衣、衬衫、裙子、旗袍、裤子等。千层底的圆口、低帮布鞋曾长期流行，现已不多见，代之以皮鞋、球鞋、塑料鞋等。古代男子不剃发，结发于顶加冠，清代改为剃发结辫，民国后剪辫留短发，多西洋式，也有平顶或光头；古代女子多高髻，近代流行短发，或留长辫子（一条或两条），都市女子时兴烫发。

（10）有独特的书写工具（笔、墨、纸、砚）与计算工具（算盘）。

（11）中医诊脉，吃中草药，提倡"治未病"，流行按摩、针灸、火罐、气功。

（12）体育竞技运动有武术、围棋、中国象棋、赛龙舟、踢毽子等。

（13）戏曲流行画（或戴）脸谱，分生、旦、净、丑等行当，往往男扮女或女扮男（如越剧）。传统戏曲有京剧、黄梅戏、昆曲、越剧、评剧、豫剧、川剧，主要地方戏有秦腔、花鼓戏、二人转、梨园戏等。曲艺丰富，有皮影戏、山东大鼓、河北梆子、评书、相声等。

（14）重历史，重寻根意识，尊奉炎黄为始祖，国家有国史（二十四史），地方有方志，家族有家谱。

（15）提倡尊祖敬老爱幼，过去认为多子多福，重视白头偕老，离婚与非婚性行为比西方少得多，家庭婚姻以牢固稳定著称。

（16）倡导讲仁爱、重民本、守诚信、崇正义、尚和合、求大同等思想理念，弘扬自强不息、敬业乐群、扶危济困、见义勇为、孝老爱亲等传统美德。

文化视野中的汉族人文化"胎记"，内涵十分丰富，但以上几方面则是显著之处。

笔者曾在韩国国民大学任教一年，深感韩国民众对中国文化的崇敬与热爱。在韩国使我最难忘的是这样两句话：（1）"你们中国人有一辈子看不完的名胜古迹，一辈子吃不完的美食小吃，一辈子学不完的汉字。"这是一位韩国教授亲口对我讲的，他说话时眼神里流露出发自内心的敬仰之光。（2）"不要和没有看过《三国》的人说话。"韩国人酷爱看《三国演义》，小时候看《三国》图画书，长大看全本文字书，最牛的是看中文版《三国》。看不看《三国》，懂不懂《三国》，成为韩国人文化素养的标志。

中国文化源远流长，博大精深，这绝对不是一句套话。研究中国文化，传承、弘扬中华优秀传统文化，建设与时俱进、立足于世界民族之林的新文化，我们实在有着太多太多的事情要做。其中之一，我们需要有探讨、交流、共享文化研究成果的平台，如果没有平台，没有可供研究成果发表的刊物，而只是书斋中三两人闭门自赏，那显然是无法建设中国文化的。辽宁的《文化研究》刊物，自创刊十年来，立足东北，辐射全国，为中国文化研究与建设做了扎扎实实的工作，声光远播，学界称誉，可圈可点。值此《文化研究》创刊十周年之际，特草此文以祝，用以铭感我们中华民族共同的文化荣光，为繁荣发展新世纪中国文化而努力。

（2017 年 2 月 22 日）

我们需要一门叫『生命』的课程

生命是人最重大的事情。人最宝贵的是生命，因为生命属于人只有一次，而且人人平等。

"我是谁？我从哪里来？要到哪里去？""我是什么？我应该是什么？我将会是什么？"这是西方哲人纠结心底的苦恼，苏格拉底曾为探索人的生命本质而焦虑了一生。

"未曾生我谁是我？生我之时我是谁？长大成人方是我，合眼朦胧又是谁？"这是东方大清朝顺治皇帝一直解不开的心中大惑。谁能读懂生命的来龙去脉？从帝王到平民，从来都是一头雾水。

生命到底是什么？人要怎样活着？活着又是为了什么？——人世间多少人为此而苦苦思虑，古今中外又有多少作家、诗人为此而殚精竭虑上下求索。从战国屈原的《天问》到民国鲁迅的《朝花夕拾》，从意大利但丁的《神曲》到俄罗斯普希金的《纪念碑》……

苏联战士作家奥斯特洛夫斯基在其自传体长篇小说《钢铁是怎样炼成的》里所写的那一段关于生命的叩问，曾激动过无数年轻的生命，多少人将这段文字抄录了下来："人最宝贵的是生命。生命对于人只有一次。人的一生应当这样度过：当回忆往事的时候，他不会因为虚度年华而悔恨，也不会因为碌碌无为而羞愧；在临死的时候，他能够说：'我的整个生命和全部精力，都已经献给了世界上最壮丽的事业——为人类的解放而斗争。'"

众生的出身、家庭、命运虽然千差万别，但归宿都是殊途同归：不免一死。在死神面前，众生既有各种悲叹，也有各种超越。佛教求诸佛法，超越轮回，追求彼岸来生，极乐世界；道教服丹辟谷，重生贵术，追求长生不老，得道成仙；基督教信仰上帝，救赎原罪，追求灵魂净化，进入天堂……宗教似乎为迷途的生命指引了路津。

可是，尘世间多少人依然困惑，迷茫，在挫折面前，在苦难面前，在失败面前，在绝望面前……他们难以承受精神的大痛苦、大崩溃，从而选择了自我生命的毁灭。更有一些生命，甚至是年轻的生命，仅仅是因为某种不如意、不称心、不快乐，竟也选择了毁灭……

这是为什么？因为什么？为了什么？难道人世间还有比生命更宝贵的东西？

生命的大愉悦是什么？大欢喜是什么？大智慧又是什么？谁能告诉我：生命的价值到底是什么？

我们的学校，从小学到中学到大学，开设了那么多的课程，却没有一门关于"生命"或者"生命学""生命教育"的课程。我们的老师教给了我们那么多的知识、观念、意义，却从来没有细心地与我们讨论过关于"生命"的问题。传道、授业、解惑——教育与教师真的做到了吗？生命，这一人世间最重大的问题，为什么偏偏又被忽视了呢？

这是教育的缺失？这是教师的失职？都是，但又都不是。

因为生命实在是太深奥，太神秘，太丰富，太复杂了。

人要用一生来解读生命、理解生命、破译生命、感悟生命。更要用一生去把握生命、善待生命、珍惜生命、优化生命。

古往今来，人的问题是一切学科的起点、终点与中心。人类的一切思维成果，哲学的、宗教的、心理的、伦理的、教育的、文学的……无不指向人自身，指向人的生命存在与意义，指向人与人、人与自然、人与社会的关系。

我们的教育，需要一门关于"生命"的课程。告诉孩子们，敬畏生命，尊重生命，享受生命，精彩生命。生命有价值，有潜能，有智慧，有尊严。生命需要爱，生命能体验，生命是抉择，生命充满"是"与"可能是"。

　　生命教育就是这样一种活动：以生命为基点，整合各种学科有关生命的资源———特别是文学作品中的生命资源，唤醒和培养青少年儿童的生命道德与智慧，引导年幼一代追求生命价值，用生命影响生命，用生命陶冶生命，活出生命的精彩与意义。

　　文学托举梦想，审美优化生命。生命在呼吸之前，生命就是当下。把握我们的每一天，活好我们的每一天。

　　有一种力量，让生命充满审美。有一种力量，让青春刚柔相济。有一种力量，让成长不再空虚。相信阅读，相信精神，相信文学的力量，相信用文学传达的"生命教育"的力量……

（2014 年 4 月 7 日）

金波先生叫我们捡回一个「宝」

诗人、儿童文学作家金波先生，是我素所敬仰亦师亦友的长者。十多年前，我从外地调到北京谋生，因而我们经常在会上会下见面，电话不断，可谓"老友"。我知道金波先生写过许多儿童歌词，流传久远，如《在老师身边》《海鸥》《把心贴着祖国》《红蜻蜓》等，但我万万没有想到，我儿童时代最爱吟唱的那首《勤俭是咱们的传家宝》，词作者竟也是金波。我是在上海《儿童文学选刊》上读到金波先生的文章《我又找回了一个"宝"》，这才第一次知道。那天我放下《选刊》，立刻给金波先生打电话，兴奋地对他说："这首歌我从小就爱唱，至今难忘。你叫我们捡回了一个'宝'……"

可以说，我是唱着《勤俭是咱们的传家宝》长大的。儿时读书唱歌，只记内容，不会去关心作者姓名，因而这首歌的词曲作者一直不知，但歌词我至今依然记得一清二楚：

> 勤俭是咱们的传家宝，社会主义建设离不了，离不了。不管是一寸钢哎哟一粒米，一尺布，一分钱，咱们都要用得巧。好钢要用在刀刃上，千日打柴不能一日烧，不能一日烧。（下阙略）

　　这首歌分上下两阕，进行曲节奏，有民歌味道，唱起来爽口提气，活泼欢快。那时全班小同学一边齐唱，一边拍着巴掌，摇头晃脑，直唱得声震瓦屋，十分来劲。

　　金波先生是1958年上大学二年级时写的歌词，我是在读小学三年级时学唱的。我们传唱的年代正处于总路线、"大跃进"、人民公社"三面红旗"，以后又遇到"三年困难"时期。当时全国上上下下都在倡扬自力更生、奋发图强、艰苦奋斗、勤俭建国，因而金波先生的这首歌自然而然传遍各地，响彻校园。

　　我是在浙东曹娥江畔的一座小镇读完小学、初中的。我至今忘不了，我们唱着这首歌，春耕夏种秋收时节，参加学校组织的生产队劳动，我们捡过麦穗，插过稻秧，摘过茶叶，挑过堤埂，还放过学校勤工俭学饲养场里的山羊。我更忘不了，我哼着这首歌，帮大人干家务活，干得最多的是去清澈的曹娥江担水，由小水桶到中水桶再到大水桶，年龄一年年增长，力气一年年增大。

　　在我心里，曹娥江是一条思源之江、文化之江。曹娥江的江名是因纪念东汉少女曹娥投江救父的孝行而得名的，东晋大书法家王羲之曾为此写过《曹娥碑》。曹娥江中游的东山，是指挥过"淝水之战"的东晋名相谢安的隐居之地，"东山再起"的典故源出于此。曹娥江畔还出过东汉哲学家王充、南朝山水诗人谢灵运这样的文化名人。曹娥江上游的嵊州，是越剧的发源地。李白、杜甫等唐代诗人，曾因曹娥江留下了不少诗篇。

　　我是喝曹娥江水长大的。那时候，清澈的曹娥江水可以直接用来淘米烧水做饭，从曹娥江河沙里挖来的黄蚬烧霉干菜，是家家户户最爱吃的靓汤。可我万万没有想到，当我多年后再回家乡，曹娥江的黄沙已被当作建筑材料挖光了，沙老板又把目光转到了江边的沙地；两岸的企业已使江水变质了，人们再也吃不到"黄蚬汤"，更不能直接用曹娥江水烧水做饭了。我站在江边，不由唱起了《勤俭是咱们的传家宝》，为什么一部分人靠淘沙腰包鼓了，家乡的面貌也变了，但流淌了千万年的曹娥江水却在我们这一代人手里被污染了呢？当子孙后代知道曹娥江水曾经可以直接用来烧水做饭，曾经有过的黄沙滩与

"黄蚬汤"，他们会不骂我们这一代人吗？

"勤俭是咱们的传家宝……千日打柴不能一日烧……"周围的家乡小朋友不清楚我在唱什么歌，有的还在窃笑，因为他们从来没有唱过这首歌。不知从什么时候开始，金波先生的这首歌销声匿迹了，"勤俭"二字也被屏蔽得差不多了。人们更多地听到的是"能挣会花，拉动经济"。至于"新三年，旧三年，缝缝补补又三年"早已成了不耻出口的老皇历，而什么"楼倒倒，桥垮垮"则几乎使人听得麻木了。

从我住的小区到任教的学校，要经过一条热闹的街市。我在大街路过时，隔不多久就会看到"关门甩卖，门面转让"的告示，很快店面易主。新店主进场头一件事就是将上家店主的装修统统砸掉。这一砸，几万几十万甚至上百万的资源就变成了垃圾。砸完后便是重新装修，又把几万几十万甚至上百万的资源扔了进去。接着敲锣打鼓开张营业……没想到一年半载过去，"门面转让"的告示再次登场，"叮叮当当"的打砸声再次响起……

如此一遍遍地砸了又装、装了再砸"前赴后继"的市场景观，真个是"能挣会花，拉动经济"，大家似乎都很忙碌，都在闷声发大财。殊不知有限的资源、原本可以留给子孙的资源却在这一片"叮叮当当"声中被消耗殆尽。至于逢年过节送来送去的那些茶叶、月饼、手礼的豪华包装，一转手就当垃圾扔掉，还有酒席间餐桌上的浪费……唉，不说也罢。让我这个曾经唱着《勤俭是咱们的传家宝》长大的人，看了实在心痛。

面对无序而又无奈的现实，我们今天还需要继承"勤俭节约"这一中华民族的传统美德吗？"克勤于邦，克俭于家""取之有度，用之有节"这些古训今天还有价值吗？在一次生态环保与原创文学研讨会上，我提出了自己的观点，我认为"当今人类社会的主要矛盾是人类无节制的甚至疯狂的索取与发展，和有限的地球可供资源之间的矛盾。发达国家要发展，发展中国家要发展，欠发达国家也要发展，地球的每一个角落都在开发，而地球的资源毕竟是有限的。对此现实，人类有两种态度：一种是盲目乐观主义者，认为煤挖完了有石油，石油用完了用核能，地球资源消耗尽了可以移民其他星球，人是有办法的，'儿孙自有儿孙福，不为儿孙做马牛'，心安理得吃子孙饭；另一种则是现实忧患主义者，他们奔走呼号，大声疾呼，著书立说，呼唤人类善待生命，善待地球，保护生态，节约资源，保障可持续发展，为子孙后代积德留福。"从一定意义上说，为儿童写作的儿童文学作家在骨子里属于后一类人，因为儿童文学着眼的是民族下一代，服务的是未来社会的小公民。

我相信，金波先生属于这一类人，因而当他偶然听到今天有人还在唱《勤俭是咱们的传家宝》时，便兴奋地写下了《我又找回了一个"宝"》。我明白我自己也属于这一类人，因为我至今仍爱唱《勤俭是咱们的传家宝》，同时希望新世纪的少年儿童也爱唱这首歌，希望在拉动经济的同时不要丢了我们民族勤俭节约的美德……

（2013 年 1 月 6 日）

讲好我们民族自己的故事

一个国家如果在国际社会没有自己的话语，那就只能拾人牙慧，看别国的脸色行事，沦落为属国番邦。一个民族如果没有自己的故事，或者虽有自己的故事而不讲，偏爱讲别人的故事，那就不免丧失民族自信，如同抽去筋脉，矮人三分。一个民族的孩子如果不知道自己民族的故事，而从小听着、看着异族的故事长大，那又会如何呢？

我曾听一位女作家讲过她孩子的故事。她的女儿从小看着日本的绘本、动漫长大，有一天女儿对她说："妈妈，我长大了要当日本人。""为什么？"妈妈大惊。"日本多好啊，日本的绘本多好看，还有《樱桃小丸子》《窗边的小豆豆》。"

孩子的一番话使这位女作家彻夜难眠。从此，她将全部精力和智慧，用于一件事：打造我们民族自己的图画书。除了自己创作，她还广邀画家朋友、作家朋友一起来做这件事。终于，事情慢慢起了变化。国内有越来越多的出版社、阅读推广人都来倡导我们民族本土的图画书。终于，在中国孩子爱读的图画书中，有了《布老虎》《元宵灯》《京剧猫》《小石狮》《团圆》《桃花源》《二十四节气》《一园青菜成了精》……

我深深地敬佩这些具有民族良心、文化良知与投入良苦用心的作家、画家、出版人、阅读推广人。我们的文化，我们的文学，尤其是我们的儿童文学，实在太需要向下一代讲述我们民族自己的故事了。

中华民族缺少自己的故事？缺少自己的神话、童话、幻想文学传统吗？当然不是。中华民族有着巨大的文学想象力和创造力。《格萨尔王传》《江格尔》等众多史诗保存着珍贵的民族生命史、创造史；嫦娥、西王母、精卫填海等无数美丽动人的神话，讲述着亘古不变的人间梦想；一代代口口相传的童话故事、民间传说，传递着真善美的道德准则与价值观、审美观、生态观；海量的歌谣谚语蕴含着中华民族无穷的生活经验、生产经验与人生智慧……据报道，我国口头文学遗产已建成的数字库，仅是第一期录入工程就达 116.5 万篇（条），超过 8 亿多字（《中华民族最大的文学数据库诞生》，《中华读书报》2014 年 3 月 5 日），而这只是口头文学，并不包括浩如烟海的古代典籍中的文学遗产。

历史文献表明：早在 9 世纪的唐代，我国就已出现了西方"灰姑娘"式的童话故事，这就是唐代作家段成式写的《酉阳杂俎》一书中的《叶限》。叶限姑娘的故事比 17 世纪法国贝洛写的《鹅妈妈的故事》中的灰姑娘，还要早出七八百年。历史文献还表明：16 世纪的明代嘉靖年间，我国就有了世界上最早的儿童图画故事书，这就是《日记故事》。《日记故事》采用上图下文的形式，描写了曹冲称象、灌水浮球、司马光破缸等古代儿童的智慧、阳光故事，这比捷克杨·夸美纽斯编写的儿童插图读物《世界图解》还要早。

中国本土传统神话、童话、幻想文学等，是一笔丰厚的民族文化遗产，同时也是一笔丰厚的中国儿童文学传统遗产。这些传统儿童文学，既保存在丰富的口头文学遗产之中，同时也蕴含在历代文献典籍之中。古代有很多作家、学者，从小爱听故事，长大了还是这样，如晋代的干宝，唐代的段成式、李公佐，宋代的苏东坡、洪迈，明代的冯梦龙、瞿佑，清代的蒲松龄、沈起凤等等。正是这一大批"青春在眼童心热"的有识之士，把他们听到的、采风来的故事记录了下来，并写进了他们著述之中。"文锦织成便不磨"。于是这就有了《山海经》《搜神记》《酉阳杂俎》《古今谭概》《聊斋志异》……在这些魏晋传奇、唐宋志怪、明清小说中，就有大量童话、神话、幻想文学等传统儿童文学文本，只不过古代并不叫"童话"而已。周作人很早就认为："中国古代虽无童话之名，然实固有成文之童话，见晋唐小说，特多归诸志怪之中，莫为辩别尔。"（周作人《古童话释义》，1914年）这是很有见识的观念。

中国传统儿童文学遗产，是一座尚待我们开发的文学富矿、文化富矿。这座矿脉的一头联结着由甲骨文字传承下来的五千年中华民族的血脉与文脉，联结着我们古老的土地、山川、风物、民俗、梦想、开拓、乡愁；另一头则联结着千千万万中华民族下一代的精神生命世界。我们的爷爷、爷爷的爷爷的爷爷，他们从小就是听着这样的故事长大的。

在我小时候，《石门开》《渔童》《田螺姑娘》《阿凡提》等本土民族童话故事，曾给我的儿时带来无穷的阅读快乐与无边的想象，同时也让我从小懂得了勤劳与善良、正义与追求。

但不知从何时开始，我们的孩子只记住了蓝精灵、米老鼠、无敌铁金刚，只知道《猜猜我有多爱你》《夏洛的网》《哈利·波特》。这些外来的故事固然如同外来的麦当劳、肯德基一样，自然有它们的营养与可口之处，但如果我们的孩子只爱看这些书，只爱吃这些洋餐，显然会造成偏食、偏颇，不利于身心的健康成长。如果走向极致，则会忘记自己的黄皮肤、黑头发、黑眼睛，缺失民族身份与文化认同。

今天，在这样一个门户大开、东西文化八面来风的时代，我们实在太需要将我们民族自己的故事，将童话、神话、幻想文学等传统儿童文学遗产开发出来，并将传统儿童文学遗产的两头继续贯通起来，联结起来，用现代理念和艺术形式智慧地转化为广大少年儿童爱读爱看爱接受的读本。希望我们今天的孩子，在阅读欣赏叶圣陶、冰心、张天翼、孙幼军、曹文轩等中国作家创作的百年儿童文学优秀原创作品的同时，也能读到从《山海经》延传下来的民族传统童话、神话、幻想文学中的优秀本土作品。童话不等于白雪公主、小人鱼、睡美人，对于中国孩子来说，童话的第一要义应该是集中国上下几千年的历史、智慧、情感于一体的优秀传统本土故事，这不仅是老祖宗巨大的文学想象力和创造力的结晶，更是中国孩子看得见的文化之根。

（2016 年 2 月）

思
絮
录

【前言】以下这些文字，犹如春之柳絮，夜之流星，云之苍狗，梦之碎影，忽然袭来，稍纵即逝。于是信手记录下来，日积月累，居然成篇。现摘取若干，以见一斑。

（2014 年 6 月 8 日）

众生皆有不同的活法

鱼有鱼路，虾有虾路，黄鳝泥鳅没有路，也要钻出一条路——此是绍兴俗谚。天下芸芸众生，熙熙攘攘（当你来到地铁站、火车站、北京王府井、重庆解放碑、上海南京路，你会真真切切感受到人之众，之挤，之闹），每个人都有每个人的活法、每个人的生存之道、每个人的喜怒哀乐、每个人的得意之处或失意败笔、每个人的心中秘密、每个人的梦幻追求，或大或小或浅或深，或清醒或糊涂，或明智或朦胧。人心相通，但人生各有不同，众生皆活着，众生皆有不同的活法。

（2002 年 5 月 30 日）

学术专著应遵循三原则：诚信，创新，个性

诚信，即自我劳动，诚实研究。最低线不能剽窃他人成果，对所研究的对象应实事求是，无征不信。

创新，即具有创造性见解，创造性成果。学术研究不是一种简单劳动、重复劳动，而是一种创新劳动。创新劳动是运用智能发明、创造新的产品。学术专著的价值与意义充分体现在有否为学术界提供新的创造性精神成果或新的发现、新的方法、新的启示。

个性，即个性特征。学术专著忌人云亦云，千人一面，应有研究者自己的个性，包括创新性、文采、语言等。学术智慧与激情是学术个性的显现。

（2002 年 5 月 30 日）

对学生期末考试（撰写文章）的十六字要求：

自拟题目，自我劳动，自圆其说，字拟三千。

（2002 年 6 月 17 日）

中西文化之不同

中国文化主张"人之初，性本善"，即"性善论"。因为是从人性本善出发，在此大前提下，若人行恶作恶不过是本性的扭曲变形，故要努力使人向善的方向转变，回归"本善"的本性中去。于是，中国文化特别提倡道德教育，以德育人、化人，以德治国，中国的道德文化才如此发达。道德文化强调人的内心、本性的修养与规范，"内圣"然后"外王"。

重道德，则重人的内心修炼，吾日三省吾身，此也养成中国人的

"内向""内倾"性格。

西方文化则认为"人性本恶"，上帝造人，亚当偷吃禁果，人生而有罪，人性本原就恶。如何惩恶？就得从外部环境、制度等方面加以规范，整训，这就产生了社会的游戏规则——法律。因而西方文化强调法治，以法治人，以法治国，法律文化大倡。

重法治，则重人的外部规范，以法为利剑，整训人与人的游戏规则，这就势必影响到西人的"外向""外露"性格。

——中西文化之不同，此为一大端也。

（2002 年 9 月 23 日）

"智者不争"的大智慧

世上有些事是永远说不清的，也是不必说清的。比如人是什么，比如生与死，比如是先有鸡后有蛋，还是先有蛋后有鸡。

智者对此的态度是：不争论，只做不说。典型例子，如孔子所言"不知生，焉知死"。生的大道尚且难以穿透，又何必去探询人人都摆脱不了的死呢。好好活着，享受人生，珍惜人生，创造人生的意义与价值，这就够了。孔子的态度影响了中国人的人生观：重今生，重现实，重进取。

什么是美？美是什么？这又是一个说不清的问题。20 世纪 80 年代出现的"美学热"中，人们争论着种种"美"，梳理出种种"美"的界说，有美是主观说，客观说，主客观互补说，等等。但争论到最后，还是不了了之，谁也说服不了谁。最好的答案还是柏拉图在《大希庇斯篇》中的那句话："连这美的本质都还茫然无知……美是难的。"

人是什么？人从哪里来，要到哪里去？这又是永远说不清的"终极"课题。但人不必为寻找不到"人是什么"的准确答案（倘若果真有此准确答案）而苦恼，而犯愁，而放弃做人的自由与潇洒。虽然我们难以找到一个普遍都能接受的关于人是什么的定义，但这并不能阻止人的存在以及对存在方式与意义的种种探寻。人不是因为找到了"人之为人"的答案才去做人的，而是在做人的过程中各自去领悟"人之为人"的意味。倘若人整天都去争辩"人是什么""人之为人"，那就不免饿肚子，还有谁去种地啊？

智者不争——不争论这些问题，好好活着。这是智者的大智慧。

古希腊阿波罗神庙上镌刻着一句苏格拉底的经典名言："认识你自己。"苏格拉底只是提出了问题，没有给出答案。人如何认识自己，那是每个人自己的事情，不同时代、不同社会、不同民族、不同宗教信仰，各种各样的人都会给出自己的答案。不必争论"人应当如何认识自己""如何认识自己才是准确的"。因为人生代代无穷已，正是在永无结论的过程中，人在发展着自己，克服着自己，寻找着自己，思考着自己，认识着自己，享受着自己，创造着自己，完美着自己。

老子说："道可道，非常'道'。名可名，非常'名'"。可以用言词表达的道，就不是永恒的"道"，可以说得出来的名，就不是永恒的"名"。

智者不争，大智存焉。

（2002 年 11 月 30 日）

完美主义的失败

完美主义者最有可能成为失败主义者。

完美主义太理想化，因而也太天真，总以为这世界上能够而且应当实现理想中的人和事，对爱情、对事业、对专业、对目标、对职位、对价值，一切都设定最高标尺，以理想的最大化作为奋斗方向。殊不知这世界本来就是不完善、不平等、不均衡、不圆满的，因而目标越高，奢望越大，最终也就失落越多，痛苦越深。

完美主义者太相信自己的力量，总是充满自信，满怀壮志豪情，所谓人定胜天，欲上青天揽明月，天上的月亮也能摘下来。殊不知人的精力有限，只有失才能有所得，欲得全反而必遭缺。什么都想圆满周全，结果什么都是竹篮打水。一个人同时追赶两只兔子，结果一只都追不上。

完美主义者总是事必躬亲，吃别人嚼过的馍没味道，因而人家做事总觉得不放心，不称心，不满意。如此一来必然忙碌，大事小事细碎事，事事关心，白天晚上节假日，天天忙碌。这是完美主义的必然生活姿态。殊不知，世无完人，事无完事，人生有涯，岂能事事躬亲，样样如意。

完美主义的精神与境界是值得尊敬、崇敬的，但不能效法，因为完美主义弄不好会"成事不足，败事有余"。太理想化，目标定得太高，反而会影响人和事的进展。

吴宓与学衡派是 20 世纪中国文化中的完美主义者。他们既要"昌明国粹"，又要"融化新知"，而结果遭到两头夹击。吴宓一生都在为"殉道殉情殉学术"而痛苦，不但对道的追求理想化，对情的追求也是如此。吴宓的精神显然使人崇敬，但其最后的效益却不得不使人遗憾与叹息——"好梦难圆成碎影，慰情无计剩劳歌"。吴宓从中青年起就发愿要完成三本传世之书的著述：一、诗集；二、长篇自传体小说《新旧因缘》；三、哲学笔记《人生要义》。但最终也只完成了诗集，原因依然是太完美主义。吴宓中年时在西南联大完成的用英文写的《世界文学史大纲》《欧洲文学史大纲》《文学与人生》三书，也因不断修订而未能及时出版，最后遭际世事变迁，人生变故，连这三部书稿的下落也查无觅处，实在可惜之至。倘若当年吴宓不追求 100% 的圆满，此三书即使以 60%～70% 的大半圆满度出版，对中国文化与中国文学也将是一独特之贡献。

检讨本人，也是一个完美主义的种子，虽做成了一些事，但也失败了一些事。例如：上海文艺出版社的约稿《中国文化百态大典》，从 1994 年动议立项起，迄今已过去了十年，不断补充，反复修改、务求圆满、周全（大而全）。结果——昨晚接责编林爱莲电话：社长总编已换了人，新领导提出版权问题、成本问题（规模大的书投入也大）……从林爱莲口气可以听出，此书出版的可能性已不大了。"要是在几年以前出版，当时版权意识还不明显，社长郝铭鉴十分看好这一选题，当时也就出版了，现在……"完美主义反使即将长成的果树横遭斫伐，眼睁睁地面对"功亏一篑"的苦果。

由《中国文化百态大典》一书之教训，使余不得不警惕手头正在"完美主义"之中的另一部书稿：明天出版社两年之前的约稿《新世纪中国儿童文学新观察》。此书在 2002 年底已交寄大部分文稿，为追求完美，一直被几篇文章（尚未完成或还要补充修改）拖压着。匆匆已过去了两年，再拖下来不是办法，责编徐迪南已来过多次电话催问。小徐虽然语气委婉，但一拖再拖也太不像话了。此书拟"快刀斩乱麻"，决定在最近杀青定稿，交由明天出版社及时出版。

（2005 年 1 月 4 日随笔）

【补记】《新世纪中国儿童文学新观察》最后于 2008 年交清书稿，于 2009 年 7 月出版，上下两卷，141 万字。我在此书"后记"中，再三感谢明天出版社允许我一再拖延交稿时间。好在当时老社长刘海栖还在任上，如果换了领导换了出版思路，说不准也会遭际《中国文化百态大典》的结果。

（2014 年 8 月 23 日）

年轻生命的三求

人生在年轻阶段重在拼搏，重在进取，重在创立。有三求与三成：
一是求学，目的在成才；
二是求职，目标在成业；
三是求婚，结果是成家。

孔子曰，"三十而立，四十而不惑"。一般而言，人生在三十岁之前应完成求学、求职、求婚的任务。基本达成：成才，已有良好的奠基与发展趋向，获得较高学历与学位；成业，一方面指已有稳定职业，另一方面是已有创业的潜质与资质；成家，显然是已找到人生的另一半，结婚安家且已育儿生女。当然当今社会的年轻人也会将成家的时间推迟或采取"另类"求婚形式（如同居等）。

三十以后，人生应进入精进奋发、成名成家（此"家"系指教育家、文学家、科学家之事业成功者）、追求人生价值乃至"三不朽"之中年、盛年的黄金岁月时期。孔子曰："四十而不惑，五十而知天命，六十而耳顺，七十而从心所欲不逾矩。"即此之谓也。现代社会六十以后将退休，下岗离职，然其正是人生经验最成熟阶段，自然也大有事情可做，前提是身体康泰。人之一生，学无止境，事业之追求，也无止境也。

（2005 年 3 月 29 日研究生授课所讲）

文学与宗教

真正的文学是为人类提供超越现实尘世的精神（虚拟）空间，使人沉浸在文学世界时，忘却现实世界。但那只是短暂的，一旦掩卷，也就立马走出了虚拟空间，回到了现实，所以文学安慰人的心灵的作用是短暂的。

世上的一切宗教，无论佛、道、基督、伊斯兰，都以建立超越现实尘世的第二世界为指归，为人类建构起一个理想的精神空间。正是在这一点上，文学与宗教有相同之处，但宗教所建构的虚拟空间更能安抚人心，使人心沉浸其中而乐忘忧。因而宗教的作用比文学更久远，更广大。

（2007 年 3 月 12 日夜记）

"文学" ="文" +"学"

古人的"文学"所指，显然不同于今天意义上的文学，古之"文学"由"文"与"学"两义组成。

文——与"言"对应。古代写作的条件十分艰难，或刻于石，或刻于龟甲，或刻于竹简，或书于帛，当能书于纸张，已是很进步很奢侈了。因而古人自然惜墨如金，十分强调"书写"的文字，强调文必有采——富于文采。"言而无文，行之不远"，此"文"是对应于言——平时日常说话的口头语言而言，口语可以大白话，滔滔不绝，但书之于器（石、龟、简、帛、纸）必须简精，而且必须深具文采，以尽可能少的文字，包容、反映尽可能多的内涵、思想、心绪、情感。文与言由此分家，文必具采，如同织锦，因而文章又叫"文锦"。

　　学——是指学养、内涵，指写作者的修养，高人一筹，非凡俗之辈，所谓"文质彬彬，然后君子"。

　　故，古之"文学"，连起来理解就是：富于文采，深具学养——凡能写出富于文采之人，必是深具学养之辈。因而，古代富于文采的随笔、奏章、书信、序跋、策论、箴铭、传状、碑志，甚至公务员的公牍（如表、议、疏、启、令、制、檄）都被视作"文学"。

（2012 年 2 月 28 日 晚给研究生讲课）

文学有什么用？

　　文学的终极价值，在于凝聚起历史与现实、上代与下代、人生与人性、社会与民族向上向善向美的力量。

　　虽然我们知道任何一部小说、任何一篇诗歌的力量没有这么伟大，但是，当无数的微小力量叠加在一起时，文学的伟大就显现出来了，它会引导一个时代的正气，凝聚一个民族的意志，升华一代人的精神。

　　反之，当无数充斥泡沫、垃圾、丑恶的所谓"文学作品"叠加在一起，这个民族，这代人，就会变得萎靡不振、庸俗、变态、混乱、恶臭……

　　文学的价值在于提供一种精气神，一种能促使人类向上向善向美的精气神。

（2012 年 9 月 12 日 晨）

中国文化的特点是生命文化

晚6：00骑自行车到校，在教研室为硕研生上课，涉及生命观的问题，给诸生特别讲了"中国文化的特点是生命文化"：

1. 追问生命的前生（来源）：寻根问祖报本，重视一己生命之来源，故中国的史学特别发达（国有史，方有志，家有谱）。又重孝，即重视赋予一己生命之父母；因而爱惜己身，重生。

2. 强调生命的今世：经世致用，内圣外王，"不知生，焉知死"，在今生今世中实现一己之生命价值意义。故中国文化强调现实人生，脚踏实地，不尚空谈，做好今世的事。

3. 注重生命的延传：士追求"三不朽"，民众讲究"传宗接代"。敬重父母所授之生命，"身体发肤，受之父母，不能损伤"，爱自己即是爱父母。

（2012 年 4 月 12 日）

文 气

文以气为主，气贯而文舒，文舒而笔畅，笔畅而势健，势健而神旺。

（2012 年 6 月 17 日）

如何理解文学

——是先有"文学"这一概念，后有"文学"？

文学的概念是发展的，如同人不可能是搞清了"人"的定义之后才做人一样，文学也不是先有了"文学"这一定义，才出现文学。文学的要义是渐进的，发展的，不同时代会有不同的理解。

——文学是一个"类"词，如同"水果"是一个类词一样。水果包含着苹果、桃子、李子、杨梅、樱桃等种种具体的果品，因而只要有具体的果品存在，就有水果存在。文学也是如此，文学包含着小说、散文、诗歌、童话、寓言等多种具体文体，因而只要有具体的文体存在，就有文学的存在。由此观察中国儿童文学，中国古代有童谣、童话的存在，自然有儿童文学的存在。

——文学的发展，从民间文学到作家文学是必然途径。对文学的理解，既有作家文学，也有民间文学，民间文学是整个文学的组成部分。因而可以说，只要有民间文学的存在，就有文学的存在。中国儿童文学也如此，只要有民间儿童文学的存在，就有中国儿童文学的存在与发展的前提。

（2012 年 8 月 19 日晚 11：10）

佛教教义感悟

佛教教义的核心是"色、空"二字，色是指存在，空即是虚无。

在佛陀看来，人世间的一切"存在"（色）——金钱、权力、地位、美色……都不过是昙花一现的虚无（空），所谓"色即是空，空即是色"，存在即是虚无，虚无即是存在。因而佛陀告诫众生要放下一切，一切皆空，四大皆空，不再留恋金钱、位势、权争、美色，心中也就了无牵挂，澄澈空明，自然不再有贪欲，有纠结，有患得患失，有烦恼与不快了。

然而，如果人生正是这样到世上来走上一遭，既无欲也无求，如同"呆痴"那般什么都不知不晓，什么都不动心，什么都麻木不仁，岂不枉来世上走一趟？因而众生要"放下"这"色"，循入"空"门，实在是难。众生就在这纠结、两难、徘徊、犹豫、苦虑、希冀之中度过其岁月。真能"放下"一切的"色"而坚信坚守"空"的，实在少之又少，因而自然也就难以成佛。

（2014 年 4 月 1 日下午 4：15）

人才一生之阶段

10 岁后为成长。生理、心理渐渐成长起来，由幼稚向成熟转化；

20 岁后为成熟。从学校走向社会，逐渐适应业界、职场，并发挥越来越重要的作用；

30 岁后为成才。方向明确，精力旺盛且集中，职称、职务开始上升，在成才之路上不断叠加成果与声誉；

40 岁后为成名。逐渐在本专业、本领域扩大学术影响、专业影响，上升业界地位，拓宽专业交际层级，成为本专业、本领域的拔尖人才；

50 岁后为成家。奠定学术地位与影响，成为本专业、本领域重量级人物，担任本专业、本领域相关社团的重要职位，培养扶持年轻才俊；

60 岁后为成功。在本专业、本领域的学术影响成倍放大，其著作与重要观点成为本专业、本领域绕不开的话语，常为人引用，并已成为社会大众知晓的人物；

70 岁后为成就。在本专业、本领域为之奋斗数十年的业绩，已足以出版文集乃至全集，撰写回忆录日渐占据时间；

80 岁、90 岁、100 岁后为成精。学界与业界的泰斗人瑞，评传、传记、自传类著作在书店、图书馆可见，家乡原籍因其而光耀宣扬，乃至维修保护其故居母校。

（2014 年 10 月 15 日）

后记

我第一次在报刊上发表散文，还是在 1978 年 1 月 23 日，这一天的《重庆日报》用了大半个版面，刊出了我的散文处女作，题目《我的弟弟》，署名"泉根"。当时的省级大报都是四大开 4 个版，因而有大半个版面刊出我的散文，在当时自然是一件很得意的事。

人生就这么一晃，竟是 39 年过去了。今天回过头来选编这本散文集，实在感慨系之。收录在这本散文集的作品，自然只是我所写散文的一小部分。

选入这本集子中的作品，内容繁杂，我借用唐代诗人孟浩然《与诸子登岘山》一诗中的前四句，将全书分为四辑：一、人事有代谢（人事）；二、往来成古今（阅读）；三、江山留胜迹（行走）；四、我辈复登临（神思）。全书所选作品的文字长短不一，体式各异，但整体追求精神一致，这就是：以真为本，可读性强。

我的"散文观"是：以真为本，美文书写，神形兼备，文笔干净。小说可以散文化，但散文绝不能小说化。真正的散文只能是"有我"的写作，即作品里站着作者，有作者的真感情、真思悟、真行动、真愿景。当然，散文不是"口述实录""起居录"，散文的文笔自应追求美文书写。作品的风格可以各异，或恬淡，或清丽，或激越，或苍劲。但语言必应是干净的、优雅的、形象的、生动的，是可会于心可动于情的。

　　我对散文缺乏研究，但我对散文有自己的文学观。这本集子正是我的"散文观"的具体实践与结晶。如果说这本集子有什么意义的话，那就是这本集子鲜明地提出并实践了自己的"散文观"，在每一篇作品里，都有一个"我"的存在。

　　在文学百花园中，散文与小说是两种最让人煞费心思的文体，也最容易测出一个人的才气与品性。这两种文体的最大区别是：小说更多体现出"文异其人"，而散文则更多地表现出"文如其人"。

　　感谢长江文艺出版社，感谢尹志勇社长，感谢叶露与李艳两位女士的辛劳；同时特别感谢北京大学谢冕教授的赐序与赐教，使我的这本散文集得以与读者见面。

王泉根

2017 年 5 月 15 日于北师大